Linda Barnes

Blut will Blut

Deutsch von Jürgen Bürger

WUNDERLICH
TASCHENBUCH

Neuausgabe November 2000
Veröffentlicht im Rowohlt Taschenbuch Verlag GmbH,
Reinbek bei Hamburg, Oktober 1992

Die Originalausgabe erschien 1986 unter dem Titel «Blood will
have Blood» bei Ballantine Books Edition, New York

Redaktion Peter M. Hetzel
Umschlaggestaltung Barbara Hanke
Foto: Hulton Getty / Tony Stone Bilderwelten
Gesamtherstellung Clausen & Bosse, Leck
Printed in Germany
ISBN 3 499 26291 6

Die Hauptpersonen und die Rollenverteilung für einen Mörder

CAROLINE AMBROSE

die Hauptdarstellerin mit den dunkelblauen Augen – Wie weit würde sie gehen, um ein naives Mädchen von der Bühne fernzuhalten ... und fern von ihrem Hauptdarsteller?

EDDIE LAFFERTY

ein Charakterdarsteller, der einen Iren spielt – Warum ist er für die Rolle genau der Richtige?

GEORGINA PHILLIPS

die platinblonde Braut Draculas – Was ist das Geheimnis, durch das sie aus dem Stück fliegen kann?

KAREN SNOW

die schicke, aber auch reizende Inspizientin – Wen versucht sie zu schützen?

ARTHUR DARIEN

der verzweifelte Regisseur – Warum hat er einen Privatdetektiv engagiert, wenn er nicht bereit ist, die ganze Wahrheit zu sagen?

MICHAEL VINCENT SPRAGGUE III

schließt sich diesem finsteren Ensemble an und sucht nach Hinweisen auf die Figur, die nebenbei den Mörder spielt.

In Erinnerung an Peter

Danksagung
Für ihre Anmerkungen, Kritik und Unterstützung möchte ich mich bedanken bei James Morrow, Jacki Forbes und Richard Barnes

Kapitel Eins «Und? Was soll die Aufregung?» fragte Spraggue. «Hat bei Ihnen noch nie einer gekündigt?»

«Nicht eine Woche vor der gottverdammten Premiere!» Erregt schüttelte Arthur Darien sein lichtes Haupt. «Es müssen die Bloody Marys gewesen sein. Das hat ihn wirklich geschafft.»

Spraggue nickte nur. Darien hatte um die Besprechung gebeten – sie *verlangt*. Sobald er seine Tiraden satt hatte, würde Spraggue die ganze Geschichte hören.

«Hören Sie, Michael», sagte Darien unvermittelt. «Die Bloody Marys, die ganzen verdammten Streiche ... es gibt da eine Querverbindung zur Dracula-Legende. Zum Beispiel der Knoblauch, den der Dreckskerl in Minas Nähkorb gelegt hat.»

«Das vertreibt die Vampire», meinte Spraggue.

«Genau.» Darien strahlte anerkennend. «Und wenn man einen Vampir umbringt, muß man seinen Kopf abschneiden und den Mund mit Knoblauch ausstopfen.»

«Angenehme Aufgabe.»

«Verhindert, daß er wieder aufersteht.»

«Dazu dürfte der abgetrennte Kopf allein schon reichen.»

«So lautet die Legende.»

«Richtig. Wer hat die Ladung Knoblauch abbekommen, Arthur? Wer spielt die Mina?»

«Caroline Ambrose. Sie erinnern sich an sie? Tony Award. Großartige Schauspielerin. Ich habe eben eine sagenhafte Besetzung, ein absolut hochkarätiges Ensemble ...»

«Arthur», unterbrach Spraggue. Er konnte es Darien nicht übelnehmen, so schnell wie möglich um das Thema Ambrose herumzuschippern. Caroline Ambrose: sie allein reichte schon, daß ein Schauspieler auf sein gutbezahltes Engagement verzichtet. «Wissen Sie, Knoblauch in Nähkörben kommt mir nicht sehr apokalyptisch vor.»

«Michael, das ist doch nur die Spitze des Eisberges. Auf der

Bühne flackern die Scheinwerfer. Irgendwer summt diese quälende, schaurige Melodie, was allein schon völlig ausreicht, einem das Blut in den Adern erstarren zu lassen. Schauspieler sehen unheimliche Gestalten in der Dunkelheit...»

Darien starrte ihn beim Sprechen an. Spraggue ertrug den prüfenden Blick bewegungslos und entspannt. Wenigstens das hatte er auf der *Royal Academy of Dramatic Art* gelernt. Spraggue unterdrückte ein Lächeln. Hatte er Dariens berühmtem stechendem Blick bei ihrem ersten Treffen genausogut standgehalten? Er bezweifelte es. Er war damals – wieviel? – neun, zehn Jahre jünger gewesen. Einundzwanzig erst, Studienabbrecher von Harvard, nur ein kleiner Anfänger aus einem britischen Repertoire-Ensemble, der nach London gekommen war, um bei Arthur Darien vorzusprechen, dem berühmten amerikanischen Regisseur.

«Warum sagen Sie mir nicht den wirklichen Grund, warum Frank gekündigt hat?» sagte Spraggue.

Darien holte tief Luft, blies seine rosigen Baby-Wangen auf. Er suchte nach einer Möglichkeit, der Antwort auszuweichen, gab dann auf und zuckte die Achseln. «Frank Hodges hatte eine Leidenschaft für Wodka. Zu Hause mixte er sich eine ganze Kanne Drinks, füllte eine Thermosflasche ab und deponierte diese dann in seiner Garderobe. In den Pausen hat er sein geheimes Proviantlager aufgesucht. Wirklich richtig übertrieben hat er's eigentlich nie. Ich würde nie mit einem Alkoholiker zusammenarbeiten...» Dariens Stimme drohte sich zu verlieren, wurde dann wieder kräftiger. «Wie ich schon sagte, er hat's im Griff gehabt. Und dann, vor zwei Tagen, flitzt er runter, schenkt sich einen auf die Schnelle ein, kippt das Zeug, und...» Darien legte eine dramatische Pause ein.

Er kann einfach nicht anders, dachte Spraggue. Er ist schon solange mit Schauspielern zusammen. Grinsend stahl er Darien die Pointe. «Und irgendwer hatte Franks Bloody Marys mit der wöchentlichen Blutspende fürs Rote Kreuz vertauscht.»

«Man mußte nicht mit dem Kerl reden! Man mußte ihn sich nicht mal *ansehen*! Er hatte sich übergeben. Hatte immer noch Spritzer an den Mundwinkeln...»

«Ja, ich kann's mir ungefähr vorstellen.»

«Frank hat gekündigt. Er ließ nicht mal mit sich reden. Sagte, im Ensemble gäbe es einen Irren. Ich konnte ihn nicht halten.»

«Arthur», sagte Spraggue, «bieten Sie mir vielleicht eine Rolle in Ihrem Stück an?»

Darien entspannte sich und lächelte zufrieden. «Ich habe schon immer gesagt, Sie wären ein Bastard. Ich erzähle Ihnen ein paar Hintergrundinformationen, Michael. Es ist nicht einfach zu erklären, und es wird eine Weile dauern.»

«Dann geht es also nicht um eine Rolle», erwiderte Spraggue. Zeit für den alten finanziellen Touch.

«Verdammt! Setzen Sie sich! Ja, es geht um eine Rolle, ja, aber da ist noch etwas, etwas mehr.»

«Geld?»

«Nein.»

Spraggue setzte sich. Darien spielte nervös mit einer Pfeife, zündete sie an.

«Der Rauch stört Sie doch nicht, oder?» erkundigte er sich.

«Ich werde das Fenster aufmachen.» Spraggue war froh über die Gelegenheit.

«Da draußen gibt's nichts als Auspuffgase.»

Nachdem das Fenster offen war und die Pfeife brannte, richtete Darien seinen Blick auf einen Punkt über Spraggues Kopf und fuhr fort. «Erinnern Sie sich noch an diese Schwierigkeiten, die wir damals in London hatten?» fragte er. «Dieses Mädchen...»

Diese unglaubliche Frau. Spraggue saß nicht länger in einem vollgestopften, kleinen Büro und inhalierte abgestandenen Pfeifenqualm. Er saß oben in einem roten Doppeldeckerbus, lachte über den Regen, während...

«Damals haben Sie dem Ensemble geholfen.» Dariens Stimme holte ihn zurück. «Alles ist vertuscht worden, aber ich bin dahintergekommen.»

«Das war nichts. Nur ein kleiner Diebstahl, mehr nicht.»

«Die Situation hätte außer Kontrolle geraten können. Die Gemüter waren erhitzt...»

«Haben Sie mich hergebeten, um in Erinnerungen zu schwelgen, Arthur? Nach all den Jahren?»

«Sie machen es mir nicht leichter, Michael. Ich weiß, daß Sie eine Weile als Privatdetektiv gearbeitet haben...»

«Das ist vorbei. War nichts für mich.»

Arthur Darien faltete die fleischigen Hände auf dem Schreibtisch. «Nachdem Frank jetzt fort ist, habe ich eine unbesetzte Rolle: Dr. John Seward. Keine Hauptrolle, aber auch keine richtige Nebenrolle. Eine kleine Rolle, eine Charakterrolle. Seward ist Psychiater. Gescheit. Leitet eine Irrenanstalt. Einer seiner Patienten steht unter Draculas Einfluß.»

«Renfield», sagte Spraggue.

«Sie *erinnern* sich also an das Buch.»

«An den Film. Bela Lugosi war einer meiner großen Helden.»

«Lesen Sie das Buch. Es ist ein wirklich erstaunliches Werk. Dunkel und hypnotisch, furchterregend und real. Stoker hat ursprünglichen Horror freigesetzt, ein Phänomen, von dem ich bezweifle, daß selbst er es richtig verstanden hat. Sie werden diese Macht spüren.» Darien inhalierte, hustete Pfeifenrauch. «Das Stück, das es sein könnte, sein *sollte*, ist noch nicht auf die Bühne gebracht worden. Dieses alte Deane-Balderston-Melodram vermittelt auch nicht annähernd die Atmosphäre des Buches. Es gab soviel, was diese Burschen in den zwanziger Jahren nicht sagen konnten, nicht mal andeuten konnten. Verdammt, damals wurde das Wort ‹Lust› in der feinen Gesellschaft nicht mal in den Mund genommen! Sexszenen waren tabu! Und wenn ich nur an den technischen Fortschritt denke! Nebelmaschinen! Projizierte Kulissen! Deane und Balderston mußten ihre Inszenierung komplett in England ansiedeln. Wir können heute von Transsilvanien nach England und wieder zurück nach Transsilvanien gehen, der dreiteiligen Struktur des Romanes wirklich folgen! Und: *ich habe ein Ensemble*, ein unglaublich gutes Ensemble! Als Dracula: John Langford. Na, ist das inspiriert?»

Spraggue stieß einen leisen Pfiff aus. Langford. Er machte die Ambrose mehr als wett.

«Und dann haben wir eine Liebesgeschichte», sagte Darien verschmitzt. «Seward ist in Draculas erstes englisches Opfer verliebt, in Lucy. Emma Healey spielt die Lucy.»

Wenigstens würde er nicht mit Caroline Ambrose schlafen müssen. «Der Name sagt mir nichts, Arthur. Sollte er?»

«Nein, aber ihr Körper sollte. Eine phantastische Rothaarige. Macht im Fernsehen Reklame für Sonnenkosmetik, diesen Mist eben. Sie haben sie schon gesehen. Dunkelbraun, winziger, weißer Bikini. Ein Meilenstein, was Lüsternheit in der Werbung betrifft. Eure Liebesszenen müßten spektakulär werden.»

«Aber ich vermute, alles streng viktorianisch.»

«Wenn ich so alt wäre wie Sie, würde ich mich um die Rolle *reißen*. Auch wenn ich Emma auf der Bühne nicht bumsen kann! Es gibt immer den einen oder anderen freien Nachmittag! Der Seward ist eine faszinierende Rolle. Introspektiv, aber durchaus nicht passiv. Eher ein Horatio als ein Hamlet. Sehr aktiv während der Klimax des Stückes.»

«Und wie lautet Ihr anderes Angebot...»

«Sie könnten ihn spielen, Michael.» Darien galoppierte einfach über die Unterbrechung weg. «Sie sind *Schauspieler*. Die Jahre, die Sie nicht mehr im Beruf sind, spielen überhaupt keine Rolle. Jetzt sind Sie wieder da. Bei Gott, ich beneide Sie um dieses Gesicht, diese Vielseitigkeit. Ihre Nase ist eine Nase, Ihr Mund ist ein Mund. Nichts Hervorstechendes, bis auf diese Katzenaugen. Sie besitzen diese wunderbare Vielfalt und erinnern mich an den jungen Laurence Olivier.»

Spraggue hob fragend eine Augenbraue. Hier wird mir Honig von der besten Sorte um den Bart geschmiert, dachte er. Der bislang unbekannte Teil des Geschäftes mußte schon ziemlich übel sein.

Dariens Büro im alten *Fens Theater* war eng und muffig, vollgestopft mit alten Theaterrequisiten. Der kleine Regisseur wirkte winzig auf seinem Mahagoni-Thron. Ein Bischofstuhl, vermutlich aus einer längst vergessenen Spielzeit von *Murder in the Cathedral* gerettet. Wenigstens sah er bequem aus. Spraggues Stuhl mußte seine Dienste in einer französischen Salon-Farce geleistet haben. Unechte Pflanzen versperrten beinahe völlig das einzige Fenster: die Wintergarten-Szene aus *The Importance of Being Earnest*. Der Raum besaß mehr Türen als Fenster. Neben dem Eingang vom Flur zwei weitere schwere Holztüren. Ein riesiger, mit Brettern vernagelter, offener Kamin erstreckte sich über eine ganze Wand. Darüber: gekreuzte Schwerter. *Cyrano de Bergerac*. Die Dolche darunter gehörten Macbeth. Oder hätte Macbeth Messer mit diesem eigenartigen, in die Messingknäufe ziselierten Kreuz-Motiv benutzt?

Auf dem Sideboard keine Karaffen. Keine Flaschen auf der Fensterbank. Kein Whiskeygeruch. Dariens Hände waren nervös, aber ruhig. Ein großer Unterschied zu ihrer letzten Begegnung.

«Wir bewältigen hier wichtige Arbeit, Michael», sagte Darien schließlich.

Spraggue nickte pflichtbewußt, war in Gedanken woanders.

«New York will nur effektheischende Gags, Musicals, Glitter und Protz! Hier, weit ab von diesem Irrsinn, können wir richtig arbeiten. Dieses Theater hier sollte abgerissen werden, als ich es gefunden habe. Können Sie sich das vorstellen? So ein herrliches Relikt? Und historisch dazu! Das letzte echte Schauspielhaus, das in Boston erbaut wurde. Stammtheater des phantastischen *Boston Rep*, des besten gottverdammten festen Repertoiretheaters in Amerika. Ihr Regisseur hatte sein gesamtes Familienvermögen in dieses Theater gesteckt. Da wurde nicht geknausert. Und immer nur die beste Ausstattung: Drehbühne, Obermaschinerie, wunderbare Scheinwerferpositionen...»

«Hat sich das alles gelohnt?»

«Machen Sie Witze?» Darien lachte ein volltönendes, brüllendes Lachen, und die Londoner Zeit kehrte zurück. «Theater waren schon immer eine lausige Investition. Als der Tonfilm kam, war das Theater erledigt. Der alte Knabe ist pleite gegangen. Samuel Borgmann Phelps. Schon mal von ihm gehört?»

«Nein.»

«Der letzte seiner Art. Ein echter Mann des Theaters, wie es sie im neunzehnten Jahrhundert noch gab. Er hat einfach *alles* gemacht – Regie geführt, produziert, ja er hat sogar sein eigenes Schauspielhaus gebaut. Ein Mann mit Visionen, ein Mann mit Träumen...»

«Was ist passiert, als ihm das Geld ausging?»

«Ein Mann mit einem großen Gespür für Theater. Nach der letzten Vorstellung, da hat er den großen Hauptvorhang geöffnet, die Scheinwerfer genau auf die Mitte der Bühne gerichtet und sich dort am Laufsteg der Obermaschinerie erhängt. Eine unvergeßliche Schlußvorstellung. Ein paar meiner Schauspieler glauben, daß er immer noch hier herumspukt.»

«Glauben Sie, daß er Frank die blutigen Bloody Marys gemixt hat?»

Darien konzentrierte sich auf eine Ameise, die gerade den Schreibtisch überquerte. «Ich habe dem Ensemble nichts von Frank erzählt. Aus Sorge, Schwierigkeiten heraufzubeschwören. Ich habe ihnen einfach irgendwas erzählt – irgendein persönlicher Grund, aus dem er uns verlassen mußte. Ich konnte es nicht riskieren, so kurz vor der Premiere noch jemanden zu verlieren. Die Schauspieler sind nervös und empfindlich wie nur was.»

Und jetzt kommt's, dachte Spraggue.

«Michael, ich brauche Ihre Hilfe. Sie könnten diesen Scherzbold aufhalten. Sie wären mit dort draußen, im Ensemble, auf der Bühne...»

«Um zu spionieren», fügte Spraggue trocken hinzu.

«Dieses Stück hat die Chance verdient, das Licht der Welt zu erblicken.» Dariens Stimme senkte sich. «Ich will eine Chance. Alles, was ich besitze, steckt in diesem Projekt. Ich *brauche* dieses Stück! Ich kann es nicht einfach so den Bach runtergehen lassen!»

Spraggue bewegte sich auf seinem unbequemen Stuhl hin und her. Deutlich spürte er die eiserne Sitzfläche unter dem winzigen rosafarbenen Polster. «Darf ich vielleicht vorschlagen, daß Sie die Polizei einschalten?»

«Ich will eine Aufführung, keine offizielle Untersuchung! Stellen Sie sich doch nur die Proben vor, während unsere Freunde und Helfer in den Galerien rülpsen! Stellen Sie sich diese Publicity vor! Nein, absolut nein!»

«Arthur.» Spraggue wartete, bis Darien ihn mit seinen großen, blauen Augen direkt ansah, bevor er fortfuhr. «Verdachtigen Sie jemanden? Wenn dem so ist, dann sagen Sie es mir jetzt.»

«Wenn ich das wüßte, wenn ich irgendeine Idee hätte, würde ich mich selbst um den Bastard kümmern.»

«Gibt es jemanden, den Sie definitiv ausschließen können?»

«Ja.» Darien schloß die Augen, massierte sich mit zitternden Fingern die Schläfen. «Zuerst mal die technische Crew. Die Störungen haben schon angefangen, bevor sie aus New York raufgekommen sind. Mein Intendant Dennis Boland. Er war nicht in der Stadt, als einige der Streiche abgezogen wurden. Mein Inspizient – nein. Sie kann es auch nicht gewesen sein.»

«Sie?»

«Karen Snow. Ausgezeichnete Inspizientin. Sehr professionell.»

«Damit bleibt nur das Ensemble, Arthur.»

Darien hob in einer hilflosen Geste die Hände. Das dahinter verborgene Gefühl, vermutete Spraggue, war aufrichtig. Die Geste selbst war pures Theater. «Ich kann einfach nicht glauben, daß einer meiner Schauspieler versuchen würde, dieser Produktion zu schaden. Hier ist das Skript. Morgen früh, neun Uhr...»

«Moment, bitte. Noch keine Festlegung. Wenn Ihnen das wirklich ernst ist, brauche ich erheblich mehr als ein lausiges Skript. Ich brauche eine Liste des gesamten Ensembles, eine Aufstellung der technischen Crew, Lebensläufe, eine Aufstellung der Finanziers...»

Darien brachte ihn mit der gehobenen Hand zum Schweigen. «Ich habe meine Verpflichtungen diesen Leuten gegenüber. Finanzielle Dinge kann ich mit Ihnen nicht besprechen. Hören Sie» – er dachte angestrengt nach –, «was halten Sie davon? Sie können die Finanziers nächste Woche kennenlernen. Ich werde eine Party schmeißen, eine Gala, wie sie der alte Phelps auch gegeben hat, wenn das Theater mit einem neuen Stück herauskam. Die Finanziers werden alle da sein und...»

«Was denn? Ich soll eine Woche lang untätig herumsitzen? Wie die Dinge liegen, haben wir ohnehin zuwenig Zeit. Zu viele Personen sind in die Sache verwickelt, es gibt zu viele Möglichkeiten.»

Darien wedelte mit dem Skript vor Spraggues Nase. «Lesen Sie's einfach», flehte er ihn an. «Kommen Sie morgen wieder zu mir, und geben Sie mir dann Ihre Antwort.»

«Eine halbe Antwort kann ich Ihnen jetzt schon geben. Ja, ich würde den Seward gern spielen. Aber eine Woche...»

«Verdammt, Spraggue, ich weiß, daß Sie schnell lernen. Wenn

ich nicht genau wüßte, daß Sie es schaffen können, hätte ich keine drei Tage damit vergeudet, Sie aufzuspüren. Ich mußte persönlich Ihre Tante anrufen, sie anflehen, dafür zu sorgen, daß Sie kommen und mit mir sprechen. Ich behaupte nicht, daß es leicht sein wird.» Er riß die oberste Schreibtischschublade auf, machte ein einzelnes Blatt ausfindig. «Hier ist der Probenplan. Wir stecken schon in der Endphase. Sie werden zwei Wochen lang keinen freien Tag mehr haben...»

Spraggue hob seinen Blick von dem ordentlich geschriebenen Zeitplan. «Und das ist dann Montag.»

«Genau. Es heißt: auf Wiedersehen Wochenenden.»

«Sonntag morgens auch», sagte Spraggue.

«Und mittwochs», fügte Darien hinzu. «Ich weiß, daß Sie nicht auf das Geld angewiesen sind, Spraggue...»

«Aber die Arbeit wird mir gefallen.»

«Ich hatte gehofft, daß Sie das sagen.»

«Wissen Sie, es ist eben nur, daß die andere Hälfte unserer Abmachung nicht gerade nach Flieder duftet.»

«Sie würden uns allen sehr helfen. Die Schauspieler sind in *Panik*. Verdammt, ich selbst bin in Panik.»

Spraggue erhob sich. «Ich werde das Skript lesen», sagte er.

«Mehr kann ich nicht verlangen.»

Nach dem überheizten Büro wirkte der Korridor kühl und dunkel. Spraggue schloß die Tür und blieb einen Augenblick stehen, ließ die Unterhaltung noch einmal vor seinem geistigen Auge Revue passieren. Arthur Darien... Es waren nicht seine Worte; die waren schon profan genug. Man bekam nie die Chance zu erkennen, wie gewöhnlich die Gedanken waren, wenn Darien sie sprach. Er fixierte einen mit diesem starren Blick seiner blauen Augen, richtete die ganze Wucht seiner Persönlichkeit auf einen – und man beugte sich. Was wäre er für ein Schauspieler geworden! Was war er für ein Schauspieler!

Spraggue hörte das Klicken der Tür und ging schnell weiter. Er wollte nicht, daß der Regisseur ihm in den Rücken stolperte. Aber die Tür blieb geschlossen; Darien trat nicht heraus. Eine der anderen Türen in das Büro hatte sich geöffnet. Aus dem Inneren gedämpfte Stimmen. Spraggue ging den Korridor hinunter und schnappte gerade noch einen Satz auf.

«Ich will nur hoffen, daß du weißt, was du tust», sagte eine ölige Stimme, die eindeutig nicht Arthur Darien gehörte.

Kapitel Zwei Spraggue wartete an der Ecke Mass Ave und Huntington auf den Dudley-Bus. Die drückende Hitze Ende August war nur eine kleine Verbesserung zu Dariens stickigem Büro. Keine Brise, die die Haufen zerbrochener Bierflaschen und leerer Coke-Dosen zum Klirren und Klappern brachte.

Eine neue Chance, für Arthur Darien zu spielen. Eine gute Rolle in einem erfolgreichen Stück. Dariens Inszenierungen liefen immer – wenn er nüchtern war.

Wieso mußte es immer Haken und Bedingungen geben?

Meistens steckten finanzielle Dinge dahinter. Eine Rolle, ja, sicher, aber wäre Spraggue vielleicht bereit, für einen kleinen Teil der Finanzierung zu bürgen? Nein? Ach, was tut es uns leid, aber die Rolle war schon vergeben... Ein *bekannter* Schauspieler, ein *Star* wurde gebraucht. Wenigstens war Darien nicht auf Geld aus.

Der Bus kam mit rülpsenden Fehlzündungen. Spraggue stieg zusammen mit einem geblümt behuteten Matinee-Kontingent aus der Symphonie ein. Er stand ganz hinten im Bus – dort herrschte weniger Gedrängel.

Ein Spion, ein Ensemble-Spion. Zwar im Ensemble, aber kein festes Mitglied. Ein außenstehender Beobachter, der jede noch so harmlose Unterhaltung, jede falsch verstandene Geste direkt Arthur Darien berichtete.

Am Harvard Square, der Endhaltestelle, stieg er aus und ging zu Fuß die restlichen knapp zwei Kilometer nach Hause.

Das Paket lag exakt in der Mitte vor der Tür des dreigeschossigen Hauses in der Fayerweather Street. Eingepackt in zerknittertes, braunes Papier, das irgendwann mal als Einkaufstüte angefangen hatte, und mit einer schlaffen, weißen Kordel verschnürt. Sein

Name in Blockschrift: MICHAEL VINCENT SPRAGGUE III. Keine Adresse, also war es nicht mit der Post gekommen.

Der Name war richtig geschrieben. In die Irre geführt durch das lange A, schrieben viele Leute den Nachnamen mit nur einem G. Natürlich, wenn sie die familiäre Beziehung erkannten, wußten, daß er einer *der* Spraggues war, passierte dieser Fehler nicht. Urgroßvater Davison Spraggue hatte dafür schon gesorgt. Klatschkolumnisten, Schnorrer und Senatoren mit bodenlosen Wahlkampffonds – sie alle wußten, wie man Spraggue buchstabierte.

Der Bürgersteig war leer. Auf der anderen Straßenseite schoben zwei Kinder einen roten Laster eine Baumwurzel hoch. Sie schauten nicht auf; viel zu beschäftigt mit dem Transport von Kieselsteinen.

Spraggue hob das Paket auf und stieg die Treppe in den ersten Stock hinauf.

Das Paket war leicht – Karton, Kordel, Packpapier: alles zusammen nicht mehr als zwei Pfund. Etwa sechsunddreißig Zentimeter breit, dreißig lang und vielleicht acht Zentimeter hoch. Als er es schüttelte, raschelte es leise. Er legte die Schachtel auf den Küchentisch.

Wäre er noch lizensierter Privatdetektiv, würde er vorsichtiger sein, dachte Spraggue nach. Das Papier auf Fingerabdrücke untersuchen? Sinnlos. Zu rauh. Das Ding vielleicht unter Wasser in der Spüle öffnen.

Mit seinem Taschenmesser zerschnitt er die Kordel.

Unter dem braunen Papier entdeckte er Geschenkpapier. Mickey und Minnie Mouse tollten mit Donald Duck herum. Tick, Trick und Track tanzen um einen Kuchen mit rosa Zuckerguß, der mit drei brennenden Kerzen verziert war.

Die Schachtel selbst war ein schlichter weißer Karton. Kein Name irgendeines Kaufhauses. Keine Karte. Die Seiten des Deckels waren mit Klebeband verschlossen.

Mit dem Messer schnitt Spraggue das Band sorgfältig durch.

Seidenpapier. Spraggue drückte vorsichtig auf die dünne weiße Schicht, schlug sie dann zurück.

Wenistens war die Fledermaus tot. Daran bestand gar kein Zweifel. Gespreizte grau-braune Flügel, mit Stecknadeln auf dem Karton festgeheftet. Die dünne Membran des rechten Flügels war fast in zwei Teile zerrissen. Vielleicht, als er die Kiste geschüttelt hatte...

Der pelzige Körper, erstaunlich mausähnlich, war klein und verschrumpelt. Der Kopf, vollkommen vom Rumpf abgetrennt, war knapp drei Zentimeter über dem dunklen Flecken mit Nadeln befestigt, wo er eigentlich hätte sein sollen. Eine weitere Nadel ragte aus dem winzigen, weit aufgerissenen Maul.

Spraggue schluckte zweimal, schob die Schweinerei fort, griff nach dem Telefon. Darien meldete sich nach dem dritten Klingeln.

«Arthur», sagte Spraggue, «wer weiß etwas?»

«Was?»

«Haben Sie dem Ensemble erzählt, daß Sie mir den Seward anbieten wollten? Oder der Crew? Irgendwem?»

«Nein.» Dariens Antwort war bestimmt.

«Als Sie meine Tante angerufen haben, haben Sie das aus Ihrem Büro gemacht?» Was so privat gewesen sein dürfte wie eine Leuchtschrift über dem Charles River. Drei Türen. Ein Paradies für Lauscher.

«Vielleicht. Doch, ja, ich glaube schon. Warum?»

«Danke, Arthur.»

«Legen Sie nicht auf! Wieso wollen Sie das wissen?»

«Nichts, Arthur. Schon gut.»

«Michael?» Darien klang hoffnungsvoll. «Haben Sie es sich schon überlegt? Ich meine, ich will Sie ja wirklich nicht drängen, aber...»

«Ich habe nicht mal angefangen, das verdammte Skript zu lesen.» Die Worte erstarben auf Spraggues Zunge. Er warf einen schrägen Blick auf die enthauptete Fledermaus, die auf dem fröhlichen Geschenkpapier lag.

«Ich nehme die Rolle an», sagte er.

Kapitel Drei «Jeder auf seinen Platz!»

«Na, los! Die Arbeitslichter aus!»

«Nur ganz *minimales* Blau zwischen den Szenen! Noch ein bißchen dunkler. So lassen! Fangt mit 47 B an. Einstellung 10. Okay?»

«Kann ich die normale Beleuchtung ausmachen?» Die Inspizientin legte eine Hand über die Augen, blickte erwartungsvoll zum Orchestergraben. Sie sah ihn nicht wirklich, wußte aus Erfahrung, wo Arthur Darien saß. Der Regisseur nickte, erkannte dann, daß die Scheinwerfer die Frau blendeten.

«Bitte, Karen», brüllte er zurück.

Karen Snow, Inspizientin. Spraggue hakte sie auf seiner geistigen Liste ab. Sah auch nicht annähernd so hart aus, wie sie sich anhörte. Ihre Stimme war für diesen Körper zu kräftig. Sie hatte dunkles Haar. Sie nickte einmal kurz und verschwand in den Kulissen. Die Autorität überspielte ihren zierlichen Körper. Während all des Chaos den ganzen Morgen über, erkannte Spraggue jetzt, hatte er die Inspizientin nicht einmal laufen sehen, hatte ihre Stimme nicht einmal schrill werden hören.

Ein fetter Mann schwebte den Gang des Zuschauerraumes herunter und ließ sich behutsam neben Arthur Darien nieder. Sein Gesicht war so rund und glatt wie sein Körper; sein Haar war für einen so blassen Menschen ziemlich dunkel, und es war schmierig. Er faltete die Hände über seinem Bauch, verdeckte so die Lücke, wo das riesige blaue Hemd nicht bis an die marineblaue Hose reichte.

Darien lächelte, sagte hallo. Er nannte den fetten Mann Dennis. Dennis. Das dürfte dann der Intendant sein, Dennis Boland. Noch einer für die Liste. Außer Konkurrenz, hatte Darien gesagt. War nicht in der Stadt, als...

«Vorhang!» Das Licht erlosch, wurde dann allmählich wieder heller, fiel dunkelblau auf Nebelfetzen. Die schwachen Strahlen leuchteten das noch unfertige Bühnenbild vorteilhaft aus. Die gesamte Kulisse war auf einer Drehbühne errichtet. Auf der einen Hälfte das Westenra-Haus und verschiedene Zimmer in Dr. Sewards Sanatorium. Die andere stand in krassem Gegensatz zu den realistisch gestalteten viktorianischen Innenräumen, bestand ausschließlich aus Stufen, Absätzen und Plattformen – ein konstruktivistischer Ansatz, um sowohl die Felsenküste bei Whitby als auch die uralten Zinnen von Schloß Dracula darzustellen.

Der aktuelle Schauplatz war Transsilvanien, ein Gemach auf dem Stammsitz des Vampirs.

Spraggue fand, daß die beiden Schauspielerinnen auf der Bühne zusammen noch besser aussahen als jede für sich allein. Seite an Seite betonte die blonde Georgina Phillips mit ihrer zierlichen Figur die Model-Größe der brünetten Deirdre Marten. Die Blonde sah wie eine Platinblonde aus; das seidige Haar der Brünetten schimmerte pechschwarz. Gemeinsam waren Draculas Bräute Zeugnis für den vorzüglichen Geschmack des Königs aller Vampire.

Georgina verpatzte eine Zeile, vergaß ihren Text, suchte verzweifelt nach den richtigen Worten.

«Stop!» Arthur Dariens müde Stimme, unterbrach die Probe. Spraggue grinste. Gott, er erinnerte sich an diesen Ton, dieses enttäuschte Du-hast-mich-schon-wieder-im-Stich-gelassen-Seufzen, diese scheußliche Nachsichtigkeit. Vor zehn Jahren, als frischgebackener Schauspieler, hatte Michael Spraggue sie einfach nur als niederschmetternd empfunden. Selbst heute noch war er froh, nicht zur Zielscheibe dieser Stimme zu werden.

«Zehn Minuten Pause», fuhr die Stimme betrübt fort.

Schritte. Darien und der Dramatiker verließen den Zuschauerraum. Die dunkelhaarige Frau entschwebte wortlos in die Kulissen. Die blonde Braut, inzwischen eine deutliche Röte auf dem rundlichen Gesicht, kam schnurstracks auf Spraggue in der ersten Reihe zugesteuert.

«Schon wieder eine Pause, in der das Stück umgeschrieben wird!» verkündete sie stöhnend. «Und es wird *mein* Text sein, der rausfliegt. Jedesmal, wenn ich auf der Bühne den Mund aufmache, *spüre* ich förmlich, wie Darien leidet. Ist dir das auch aufgefallen?»

«Nein», erwiderte Spraggue wahrheitsgemäß. «Vielleicht geht es nur um technische Sachen.»

Sie lächelte ihn gezwungen an. «Ehrlich, ich habe wirklich keine Ahnung, wieso er mich überhaupt genommen hat!»

Im Gang vollführte ein großer, rotblonder Mann eine Pirouette, lehnte sich dann lässig gegen einen Sitz. «Ein Mann mit Dariens

Ruf bei Frauen, besonders bei *jüngeren* Frauen ... und du kannst dir nicht *vorstellen,* wieso er die Rolle mit dir besetzt hat? Ist das nicht süß!» Er hatte einen Tenor, der gefährlich nahe am Lispeln entlangschlidderte.

«Halt den Mund, Greg», fauchte Georgina. «Du bist doch nur eifersüchtig.»

«Ooooooh», säuselte Greg. «Soll das vielleicht heißen, du glaubst, *ich* würde schmutzige, irregeleitete Sehnsüchte nach dem alten Knaben hegen?»

Georgina kicherte. «Reg dich ab, Greg. Darien ist nur auf seine Aufführung scharf.» Sie seufzte tief. «Als wüßte ich das nicht.» Entschuldigend drehte sie sich wieder zu Spraggue. «Du kennst Greg noch nicht, oder? Greg, darf ich vorstellen: Michael Spraggue, unser neuer Seward.»

«Sehr angenehm!» Greg beugte sich anmutig vor und schüttelte Spraggue mit einem leichten, kühlen Griff die Hand. «Wie reizend, eine Woche vor der Premiere mit richtigen *Schauspielern* arbeiten zu können! Nicht, daß die Inspizientin ihre Sache nicht einfach toll gemacht hat, deinen Text zu lesen, aber sie ist eine *Frau* – und ganz sicher keine *Schauspielerin.* Verflucht schwer, zu einer Nullität ein echtes *Verhältnis* aufzubauen. Gregory Hudson lautet der vollständige Name. Ich spiele den Jonathan Harker, getreuer Gemahl von Mina, unserer Hauptdarstellerin.»

«Caroline Ambrose», ergänzte Georgina.

Greg lachte, ein fisteliges Kreischen. «Neben ihr fühle ich mich so *unzulänglich* – so unerfahren. Immerhin, im wirklichen Leben hatte sie *fünf* Ehemänner, während *ich* ...»

«Ziehst du immer noch über meine berühmte Kollegin her?» Spraggue hatte die rothaarige Frau nicht kommen sehen. Nachdem sie jetzt neben ihm stand, wünschte er sich, sie würde zum Kopfende des Ganges zurückkehren und noch mal herunterkommen. Sie verdiente es, beachtet zu werden. Allein oder in einer Miss-Amerika-Parade – sie war eine Wucht. Spraggue entschied sich für eine Karriere als Connaisseur von Sonnenöl-Commercials.

Der Rotschopf lächelte und berührte seine Hand. «Ich bin Emma Healey», stellte sie sich vor. «Arthur hat mir gesagt, wo ich dich finde, Michael. Aber ich glaube, ich hätte dich selbst dann wiedererkannt, wenn er mich nicht vorgewarnt hätte. Aus deinem Film, dem britischen …»

«Oh, ich dachte, den hätte kein Mensch gesehen», erwiderte Spraggue lächelnd.

«Ich schon. Sehr gut.»

«Danke. Ist schon lange her.»

Emmas Stimme war der reinste Wahnsinn, tief und herzlich. Sie drehte sich fort, doch Greg hielt sie fest, hatte besitzergreifend einen Arm um ihre Taille gelegt. Spraggue machte große Augen. Vielleicht hatte er den schlaksigen, hübschen Jungen zu schnell in eine Schublade eingeordnet.

«Was hast du da vorhin über eine berühmte *Kollegin* gesagt, meine liebe Emma?» fragte Greg. «Caroline Ambrose und *dir* ebenbürtig? Immer halblang, meine Liebe. Wer hat denn eine eigene Garderobe? Eine Karosse? Die Suite im Ritz-Carlton? Die täglich aufs Zimmer geschickten Orchideen?»

«Das hat alles nichts mit der Aufführung zu tun», protestierte Emma.

«Aber es hat eine ganze Menge zu tun mit dem geheimnisvollen Nimbus der Caroline Ambrose.»

Georgina ließ sich neben Spraggue fallen. «Glaubst du wirklich, sie schickt sie sich selbst?» meinte sie verschmitzt.

Spraggue zuckte die Achseln. «Ich dachte, sie kämen von dem einen oder anderen Ex-Mann.»

«Geschieden oder der, von dem man sich erzählt, sie hätte ihn umgebracht?»

«Wenn er tot ist, Georgie, bezweifle ich doch stark, daß man ihn auch nur ins Blumengeschäft lassen würde.» Greg beugte sich herüber und tätschelte Georginas Kopf.

Emma lachte. «Ach, Georgina, hast du schon wieder die Fan-Magazine gelesen?»

Georgina errötete. «Also, man sagt wirklich schreckliche Dinge über sie. Und sie *war* doch fünfmal verheiratet. Wie alt ist sie überhaupt?»

«Alt genug, um Dracula zu spielen», meinte Greg.

«Und wie hat sie die Rolle gekriegt?»

Greg zwinkerte Spraggue zu. «Hör dir nur ihr naives Geplapper an!» Er redete mit Georgina wie mit einer begriffsstutzigen Zweijährigen. «*Alte Freunde,* Herzchen. Sie und Darien sind *alte Freunde*. Und *enge* Freunde dazu.»

«Ich kenne die Geschichte der Orchideen», sagte Emma ruhig.

«Erzähl uns alles, Herzchen! Sofort!»

Emma linste vorsichtig nach links und nach rechts. Unter der Aufsicht der Inspizientin flitzten Bühnenarbeiter geschäftig herum. Kein anderer Schauspieler war in Hörweite. Ambrose hatte eigentlich gleich ihren Auftritt, faulenzte aber wahrscheinlich immer noch in der Garderobe. Sie bevorzugte Zurückgezogenheit und Sonderbehandlung vor der Kameradschaftlichkeit ihrer Kollegen.

Mit einem boshaften Funkeln in den Augen trat Emma in die Mitte des Ganges und trug ihre Geschichte à la Shirley Temple vor.

«Es war einmal», lispelte sie, «eine Prinzessin namens Caroline, die mit einem sagenhaften südamerikanischen Millionär verheiratet war. Das war nach ihren beiden ersten Ehen, müßt ihr wissen, und vor ihren letzten beiden. Er war groß und dunkelhäutig und sehr attraktiv, obwohl er viel älter war als unsere Caroline. Ihm gehörten alle Kaffeebohnen und alle Ananas und alle Orchideen Kolumbiens.»

Emma warf sich theatralisch in Positur, eine Hand flach an die Stirn gelegt, und fuhr fort. «Sie lernten sich kennen, als er New York besuchte und Caroline in *Strange Interlude* bewunderte. Er ging hinter die Bühne. Unsere Caroline, gelangweilt von ihrem zweiten Ehemann und all dem vielen Geld, blendete ihn.»

«Ich weiß wirklich nicht, wie sie das macht», meinte Georgina. «Ich war noch kein einziges Mal verheiratet!»

Emma drehte sich um. «Unterbrich mich nicht! Er entführte Prinzessin Caroline in seine Heimat und heiratete sie, wenn auch ein wenig verspätet. Gerüchte drangen aus dem Dschungel. Sie war schwanger. Sie war nicht schwanger. Sie hatte ein Kind verloren, vielleicht absichtlich. Ihr Mann schlug sie. Sie schlug ihn. Ihr kennt alle dieses Zeug. Nach einem Jahr tauchte Caroline jedenfalls wieder in New York auf, allein. Sie reichte wegen größter seelischer Grausamkeit die Scheidung ein.» Emmas Stimme schraubte sich zu einem Crescendo hoch. «Und jetzt bekommt sie jeden Tag ein Andenken an dieses eine glückliche Jahr: Orchideen von der am Äquator gelegenen Plantage des Kolumbianers. Wenn sie gerade auf einer Bühne steht, werden sie ins Theater geschickt; zwischen den Aufführungen bekommt sie sie nach Hause...»

«Genau wie bei DiMaggio und den roten Rosen auf Marilyns Grab», seufzte Georgina.

Greg schnaubte verächtlich. «Wenigstens hatte *er* genug Anstand zu warten, bis sie tot war!»

Georgina beachtete ihn nicht weiter. «Man sollte doch meinen, er hätte damit aufgehört, nachdem sie wieder heiratete...»

«An dem Tag, an dem Caroline Harvey Dingsbums heiratete, hat sie zwei Dutzend weiße Orchideen bekommen», sagte Emma. «Diese kleine Affäre dauerte nur sechs Monate oder so, und die Blumen kamen weiter. Caroline protestierte nicht. Es trägt zu einer gewissen Berühmtheit bei, die Presseberichterstattung et cetera, die Orchideen-Lady zu sein.»

«Vielleicht», sagte Georgina verträumt, «machte er das ja nur, damit sie ein schlechtes Gewissen kriegt, weil sie ihn verlassen hat. Ihr wißt schon, eines Tages kommen keine Orchideen mehr, und dann wird sie sich nach dem Warum fragen, und dann wird sie eine Zeitung in die Hand nehmen und seine Todesanzeige lesen, und...»

Greg kicherte. «Georgie, deine Talente werden hier vergeudet. Wirklich. Wieso schreibst du keine Seifenopern?»

«Nun, es *ist* eine gute Geschichte.» Georgina sah Emma fragend an. «*Falls* sie wahr ist.»

Emma lächelte zu der ernsten Blondine herab. «Soweit ich weiß, Schätzchen, ist sie wahr.»

«Wir müssen Lady Caroline demnächst mal dazu kriegen, mit den Arbeitstieren ‹Wahrheit› zu spielen», meinte Greg.

«‹Wahrheit›?» fragte Georgina.

«Das ist ein Spiel, Herzchen. Ein wirklich reizendes Spiel.»

«Was hast du jetzt schon wieder vor, Greg?» Emmas Augen verengten sich zu schmalen Schlitzen. Diese Augen besaßen ein unglaublich intensives Smaragdgrün. Spraggue konnte sich nicht erinnern, schon einmal Augen mit diesem Farbton gesehen zu haben. Was ihn sofort an Kontaktlinsen denken ließ.

«Ich dachte doch nur, wir könnten ein kleines Spielchen ‹Wahrheit› spielen, um uns etwas die Zeit zu vertreiben», erwiderte Greg, wobei er sehr deutlich gekränkte Unschuld mimte.

«Darien wollte doch nur zehn Minuten Pause machen...», begann Spraggue.

«Pausen zum Umschreiben des Stückes dauern *ewig*», fiel Greg ihm ins Wort.

«Darien könnte sich vielleicht erinnern», sagte Georgina hoffnungsvoll. «Ihm könnte klarwerden, daß wir alle hier draußen warten, und dann schickt er jemanden, der uns sein Okay gibt. Und dann könnten wir auf ein Gläschen verschwinden oder...»

«Darien? Und sich an die Proleten erinnern?» Greg stieß wieder sein merkwürdiges, quieksendes Lachen aus. «*Falls* er zufälligerweise einen Blick auf die Uhr werfen sollte, wird er schnurstracks einen Boten in die Garderoben schicken, wo dieser *große* britische Schauspieler John Langford hof hält mit Caroline, unserer Lady der Blumen...»

«Gus Grayling ist auch unten», sagte Georgina. «Hast du ihn schon kennengelernt, Michael?»

«Nein.»

«Falls Grayling auch unten *ist*», fuhr Greg unbeirrt fort, «ist er bestenfalls geduldet. Der wäre doch nur das dritte Rad am Wagen, wo Caroline doch offenbar den festen Vorsatz hat, Langford zum Ehemann Nummer sechs zu machen. Denn vergeßt nicht, als Van Helsing mag Gus ja vielleicht den meisten Text des Stückes haben, aber Graf Dracula ist die *Hauptrolle*. Und» – Greg wandte sich an Emma – «*falls* wir Lady Caroline tatsächlich in Versuchung führen könnten, ‹Wahrheit› mit uns zu spielen, dann würde sie dir sicher sagen, daß sie der *Star* ist.»

«Ich spiele mit», meinte Georgina. «Wenn du's mir beibringst.»

Greg zwinkerte Emma zu. «Wir brauchen noch mehr Opfer, findest du nicht auch?»

«Laß mal nachdenken. Du und ich und Georgie und Michael.» Sie lächelte Spraggue breit an, und er beschloß, daß es ihm nichts ausmachte, ihr Opfer zu sein. «Wir holen noch Eddie! Der spielt sicher wahnsinnig gern mit.»

«Soweit es dich betrifft, meine liebe Emma, bezweifle ich das aber sehr. Was jedoch unsere reizende Inspizientin angeht, nun...»

«Hast du ihn gesehen, Greg?» Emma schnitt dem blonden Mann das Wort ab.

«Das fuchst dich wirklich, was, Herzchen? So jung und so unempfänglich für deine überwältigenden Reize... Gut für ihn. Manche Männer sollten dir widerstehen können. Stimmt's, Spraggue?»

Spraggue sah Greg neugierig an. Sein Ton sagte ganz eindeutig: Finger weg von Emma. Spraggue zuckte mit den Achseln. Es war nicht leicht, die Augen von dem engen, tief ausgeschnittenen, blauen Trikot zu halten, das Emma bei den Proben trug. Es gab Anlaß zu einigen Spekulationen. Sie hüpfte kaum herum, aber ihre Nippel malten sich deutlich unter dem straff gespannten Stoff ab. Ausgezeichnete Muskulatur oder ein sehr dünner BH. Quer über dem wohlgeformten Hintern prangte der Name eines Modeschöpfers auf ihren Jeans.

«Eddie!» rief Emma in Richtung Bühne. «Komm rüber! Wir machen ein kleines Spielchen, und du machst auch mit!»

Sobald Eddie auf die Bühne gewalzt kam, wußte Spraggue, daß er Renfield, den Irren, spielen mußte. Hauptsächlich wegen dieser Augen. Große, weit auseinanderstehende Augen. Wären sie braun, wären sie in Ordnung gewesen – freundliche, dunkle hündchen-Augen. Aber sie waren kalt, starr und blau, wirkten leicht wässrig. Beunruhigende Augen. Eine Hornbrille ragte aus seiner Brusttasche.

«Geht's um diese Einfühlungsvermögen-Scheiße?» fragte er gutmütig und schwang sich von der Bühne, um zur Gruppe in der ersten Reihe herunterzukommen. «Mein Schauspiellehrer hält nichts von diesem Müll. Er hat gesagt, ich sollte lieber sprechen lernen.»

«Ah ja, die Artikulation!» Emma atmete tief ein und reckte sich – ein inspirierender Anblick.

«Geisteswissenschaften und englische Literatur!» echote Georgina.

«Shakespeare!» trompetete Greg. Er verbeugte sich. «Wann werden wir wieder einen wie ihn erleben?»

«Halt den Mund», sagte Eddie ruhig. «Was ist hier los?»

«‹Wahrheit›!» antwortete Greg flüsternd.

Georgina hob artig eine Hand. «Hat dieses Spiel keine Regeln?»

«Natürlich! Die Augen geradeaus», befahl Emma. «Alle setzen sich im Schneidersitz auf den Boden.»

«Sofern es der Anstand nicht verbietet», meinte Georgina. Sie trug einen Rock.

«Emma hat keinen Anstand», meinte Greg. «Die erste Wahrheit!»

«Und wie spielt man?» wollte Georgina wissen.

«Es geht ungefähr so», begann Greg. «Es geht reihum. Jeder muß eine Wahrheit sagen...»

«Etwas, was du noch nie jemandem erzählt hast!» ergänzte Emma.

«Muß es etwas über einen selbst sein?» fragte Georgina unsicher.

«Es sei denn, du kennst Klatsch und Tratsch über einen der anderen Anwesenden!»

«Wer fängt an?»

«Emma!» sagte Greg energisch. «Sie hat die reißerischste Vergangenheit, erzählt die faszinierendsten Geschichten und braucht immer eine Ewigkeit. Und dann läuft uns die Zeit weg, und es braucht kein anderer mehr was preiszugeben.»

Emma schüttelte den Kopf. «Nein, fangen wir doch lieber mit einem Neuen an», sagte sie kokett. «Frisches Blut. Wie wär's mit dir, Michael?»

«Nein!» sagte Georgina. Sie errötete und schaute sich im Kreis um. «Das ist nicht fair. Ich meine, heute ist immerhin sein erster Tag, und...»

Spraggue lächelte die kleine Blondine dankbar an. Er hatte ein paar Wahrheiten, die er lieber für sich behalten würde.

Greg lachte. «Dann machst *du* den Anfang, Georgie. Du wirst Michaels Platz einnehmen.»

«Komm schon», sagte Emma leise. «Erzähl uns eine kleine Teeny-Wahrheit, und schon lassen wir dich in Ruhe.»

Georgina holte tief Luft und sah niemanden an. «Da es ja sowieso schon jeder zu wissen scheint», gestand sie schließlich, «mache ich's jetzt offiziell. Ich bin in Arthur Darien verknallt. Ich stehe auf ältere Männer.»

Emma hob eine perfekte Augenbraue. «Warum dann nicht Grayling? Der ist älter wie nur was... und er lechzt nach dir!»

«Hast du *deshalb* das Bild von diesem alten Tattergreis in deiner Garderobe?» fragte Greg gleichzeitig. «Vielleicht ein Freund, Georgie?»

«Mein Großvater!» Die Röte breitete sich über Georginas Wangen und den Hals aus. «Und wo wir schon bei Wahrheiten sind, es wäre mir lieber, wenn ihr mich Gina nennen würdet, nicht Georgina. Gina ist mein Künstlername.»

«Genau das ist es ja», antwortete Greg. «Gina *klingt* schon wie ein Künstlername. Manche Frauen sind Ginas, andere sind Georgies. Für mich bist du eine Georgie.»

«Du bist dran, Greg», sagte Emma. Georgina warf ihr ein erleichtertes Lächeln zu.

«Gehen wir den Kreis doch lieber andersherum», sagte Greg.

«Nein, lieber nicht», meinte Spraggue.

«Komm schon!»

«Okay, okay! Wie wär's damit? Kurz und süß.» Greg brachte die anderen mit erhobenen Händen zum Schweigen. «Als ich elf war, habe ich mit meinem Cousin ersten Grades geschlafen.»

«Und war dein Cousin ein Er oder eine Sie?» hakte Emma honigsüß nach.

«Na, na, Herzchen. Keine Erklärungen. Eine schlichte, einfache Wahrheit, das ist alles. Und ich versichere dir, es *ist* die Wahrheit, und ich habe auch noch *niemals* jemandem davon erzählt.» Er nickte Eddie zu, der als nächster im Kreis saß. «Womit wir bei dir wären.»

Eddies große blaue Augen richteten sich auf einen Punkt in der Mitte des Kreises. «Arthur Darien trinkt wieder», sagte er ruhig. «Der Druck und Streß muß ihm an die Nieren gehen.»

Schweigen legte sich über den Kreis. Dann sprachen alle gleichzeitig.

«Woher weißt du das?»

«Affenscheiße!»

«Hast du ihn gesehen?»

«Das ist keine Wahrheit, das ist nur eine Meinung.»

«Der nächste!»

«Wollt ihr nicht mal drüber reden?» fragte Eddie. «Nur noch eine Woche bis zur Premiere? Ein neuer Dr. Seward. All diese merkwürdigen Zwischenfälle...»

«Halt den Mund!» Emmas haßerfüllte Stimme erschreckte alle. «Ich bin jetzt dran, und ich sage euch die Wahrheit. Dies hier ist die erste Aufführung, in der ich eine Hauptrolle habe, von der ich überzeugt bin, daß etwas dabei herauskommt! Ich will, daß es gut wird! *Und ich bin nicht das Ensemble-Gespenst!* Ich finde, das ist eine gute Wahrheit, und ich möchte, daß ihr sie alle wiederholt. Wir gehen einfach reihum und wollen doch mal sehen, ob jeder das gleiche sagen kann.»

«Moment», jammerte Greg. «Emma, das hier ist doch nur ein *Spiel*. Ich wollte nicht, daß es so ernst wird...»

«Ich bin bereit mitzuspielen», sagte Georgina ruhig.

«Steigt irgendwer aus?» fragte Emma.

Vollkommene Stille.

«Jeder an seinen Platz!» kam eine kräftige Frauenstimme von der Bühne. «Auf geht's! Erster Akt, dritte Szene!»

Kapitel Vier Eine erstarrte Sekunde lang rührte sich niemand. Dann herrschte das absolute Chaos. Spraggue fand sich plötzlich allein wieder, saß im Schneidersitz auf dem goldenen Plüschteppich. Erster Akt, dritte Szene! Fieberhaft blätterte er in dem blau gebundenen Manuskript, fand die Szene und entspannte sich. Dr. John Seward tauchte nicht vor dem zweiten Akt auf. Er kam aus England, nicht aus Transsilvanien. Der erste Akt spielt in Transsilvanien, daran hätte er denken müssen.

Er setzte sich in die erste Reihe und schloß die Augen. Bei Schauspielern ging es die halbe Zeit um die Frage, *wann* sie logen, die andere Hälfte darum, *warum*. Nur selten, *ob*. Ein ganzes Leben mit den Worten anderer Menschen machte das Lügen verdammt leicht.

Erster Akt, dritte Szene. Personen der Handlung: Draculas Bräute. Das dürften dann Georgina und die dunkelhaarige Deirdre sein. Jonathan Harker: der große, blonde Greg Hudson, ein Mann mit einer effeminierten Ausstrahlung – solange er nicht Emma Healey anstarrte. Dracula selbst: John Langford. Spraggue machte es sich bequem. Es war schon Jahre her, seit er Langford das letzte Mal auf einer Bühne gesehen hatte. Der Mann war Magie. Das Image des Idols aller weiblichen Theaterbesucher schadete ihm nicht, aber er hatte mehr als das, eine animalische Anziehungskraft, durch die er sein Publikum in Bann zog, ob er nun Held oder Schurke spielte. Was würde sein Dracula sein?

Auf der Bühne schlief Jonathan Harker, der englische Rechtsanwalt, hatte seinen vornehmen Körper auf einer Chaiselongue in der Bibliothek des Vampirs ausgestreckt. Ja, diese Szene; Spraggue erinnerte sich wieder an die Handlung. Harker war vom Grafen gewarnt worden, in keinem anderen als seinem eigenen Schlafzimmer zu schlafen. Niemals. Doch erschöpft durch die Anstrengungen des Fluchtversuchs aus dem Schloß, hatte der Anwalt nicht gehorcht. Jetzt war es Nacht. Auftritt der Bräute Draculas.

Die Frauen traten zu dem schlafenden Mann.

«Er wurde gewarnt», sagte die Brünette. Sie lachte, und das Lachen war abgrundtief böse.

«Und *wir* wurden gewarnt», fügte Georgina zögernd hinzu. Ihre Miene war verschlagen. Sie wollte den Mann. Aber etwas machte ihr angst.

Ihre dunklere Begleiterin leckte sich über die scharfen weißen Zähne. «Wir haben gehorcht. Der Meister wird keinen Grund zur Klage haben.»

«Dann solltest du ihn zuerst küssen», schlug Georgina vor. «Du hast das Recht, die erste zu sein.»

Harker auf der Chaiselongue schlug die Augen auf und starrte wie gebannt die sich nähernden Bräute an.

Die Frauen kamen näher. Deirdre brach das Schweigen. «Er ist jung und stark. Genug Blut für uns beide.»

Noch während sie sprach, beugte sie sich über Harker und küßte ihn auf den Mund. Georgina stieß ein tiefes Knurren aus. Die Verwandlung von Frauen in Bestien war gut gespielt – zwar deutlich, aber auch wieder subtil genug, um im Rahmen des Möglichen zu bleiben. Schockierend, aber kein Gelächter provozierend. Deirdre antwortete ebenfalls mit einem Knurren, hob ihren langen Hals und bleckte die Zähne für den tödlichen Biß.

Ohne eingetreten zu sein, war Dracula plötzlich im Raum. Ein Beleuchtungstrick oder ein Versenktisch? Oder war Spraggues Aufmerksamkeit so sehr von der Szene auf der rechten Bühnenseite gefesselt, daß er die Bewegung auf der linken Seite nicht registriert hatte?

Langford war ganz in Schwarz gekleidet. Kein Kostüm. Der dunkle Rollkragenpullover und die Hose würden auf der Straße zu keinem zweiten Blick animieren. Es war der Mann, der darin steckte. Er trug die unscheinbare Kleidung mit Flair. An ihm war es ein Kostüm. Höchstwahrscheinlich hatte er in Vorbereitung auf diese Rolle seit Wochen nichts anderes als Schwarz getragen, dachte Spraggue. Langford hatte den Ruf, gewissenhaft und kompromißlos zu sein, was die Details betraf. Aber waren seine Augenbrauen schon immer so schwarz und zottelig gewesen? Seine Haut so bleich? Seine Wangenknochen so vorstehend? Wieviel davon war Maske und wieviel schauspielerisches Talent?

Wie auch immer. Er *war* Dracula. Beim Klang seiner Stimme erstarrten die beiden Frauen. Er packte Deirdres Nacken. Mit dieser winzigen Bewegung schleuderte er sie quer durch den Raum.

«Wie könnt ihr es wagen, ihn anzurühren? Wie könnt ihr es wagen, ihn auch nur anzusehen, wo ich es euch doch verboten habe?»

Georgina duckte sich, während der Vampir tobte. Die dunkelhaarige Frau trotzte ihm.

Sie lachte, ein kaltes, hohl klingendes Geräusch. «Was erwartest du von uns? Sollen wir hungern? Die Schönheit menschlicher Männer ignorieren? Wir sind nicht wie du. Du hast nie geliebt.»

«Du hast nie geliebt», echote die Blondine.

Der Vampirkönig wurde sanfter. Er durchquerte den Raum, nahm die Frauen in die Arme. «Auch ich kann lieben. Das wißt ihr aus eurer eigenen Vergangenheit.» Er kniete sich, die blonde Georgina auf dem Knie, Deirdre in der Beuge seines rechten Armes. Er flüsterte: «Ich verspreche euch, wenn ich mit ihm fertig bin, dürft ihr ihn küssen, soviel ihr wollt. Aber nun geht. Heute nacht wartet noch Arbeit auf mich.»

«Dann sollen wir also nichts bekommen?» schmollte Deirdre.

Georgina schrie kurz auf und streckte den Arm aus. Auf dem Boden, in der Nähe der Stelle, an der Dracula aufgetaucht war, lag ein Sack. Die beiden Frauen stürzten sich gierig darauf, verwandelten sich wieder in Tiere, in Bacchantinnen. Deirdre griff mit funkelnden Augen in den Sack, um den Happen herauszuziehen.

Ein Kind, erinnerte sich Spraggue.

Deirdre schrie, ein Schrei, der sehr weiblich, gar nicht animalisch war. Mit einem dumpfen Geräusch schlug der Sack auf den Boden der Bühne. Die dunkelhaarige Frau hob ihre Hand. Blut tropfte von ihren Ellbogen.

«Was zum...» Dariens Brüllen ging in dem Spektakel beinahe unter. Spraggue fand sich auf der Bühne wieder. Er riß den Sack hoch, der Deirdres kraftlosen Fingern entglitten war.

«Das ist nicht die Puppe», flüsterte sie. «Es ist etwas ganz Schreckliches. Seht euch meine Hände an.» Steif vor Entsetzen starrte sie sie an.

«Georgie», sagte Spraggue energisch. «Geh und hilf ihr, sich zu waschen.»

Georgina glotzte. Die Inspizientin führte Deirdre von der Bühne.

Spraggue beäugte den Sack mißtrauisch. Inzwischen stand Darien neben ihm. Die anderen bauten sich im Kreis um sie auf, warteten: Greg, Langford, Eddie, Emma, Georgina. Spraggue wünschte sich, ihre Gesichter besser sehen zu können.

Zunächst dachte er, das Ding in dem Sack wäre ein Schädel. Seine Hand zuckte zurück, als er es berührte. Zu nachgiebig für Knochen. Er zog es heraus. Das Licht fiel darauf. Greg schnappte nach Luft.

Der Kopf sah Hudson sehr ähnlich. Grotesk schmal, nur eine Karikatur, aber unverkennbar er. Der Hals war primitiv von einem nicht existierenden Körper abgetrennt worden. Die rotblonde Perücke, ein wenig schief, war getränkt mit dem Blut der klaffenden

Wunde. Das Gesicht war wunderbar modelliert. Eine über einen Perückenhalter gezogene Halloweenmaske, vermutete Spraggue. Dann das Ganze mit Pappmaché überzogen und zu Gregs Abbild geformt.

Wer auch immer der Scherzbold war, er – oder sie – hatte ganz sicher ein künstlerisches Händchen.

Aus Hudsons Richtung kam ein würgendes Geräusch. Er stürmte von der Bühne. Emma folgte ihm. Alle anderen redeten plötzlich durcheinander.

Spraggue beachtete den Tumult nicht. Er hatte in dem Sack noch etwas anderes gesehen. Ein Stück weißen, steifen Karton mit hastig hingekritzelten Zahlen. Eine vertraute Schrift, die ihn an Mickey-Mouse-Papier und enthauptete Fledermäuse denken ließ.

Im allgemeinen Chaos ließ er die Karte in seiner Tasche verschwinden. Viel stand nicht darauf: 1538. Das war's.

Mit etwas Glück, dachte Spraggue, war er aus der ganzen Sache schlau geworden, wenn das Stück seine eintausendfünfhundertachtunddreißigste Vorstellung hatte.

Kapitel Fünf Am folgenden Abend aß Spraggue allein Sushi in dem einen Block vom Theater entfernten japanischen Restaurant. Das Essen war gut. Nicht so toll, wie seine Donnerstagabend-Dinner normalerweise waren. Donnerstag abends war er immer zum Dinner in dem Anwesen in Brookline – ein Dinner kreiert von Dora, der Köchin, die Spraggue für Bostons beste Restaurants verdorben hatte.

Aber nicht an diesem Abend. Er hatte Tante Mary mit einer Menge Entschuldigungen angerufen und sich schließlich breitschlagen lassen, später doch noch auf einen Schlummertrunk vorbeizukommen. Für Tante Mary gab es keine Uhrzeit, die zu spät war.

Er genoß den behutsam gewürzten rohen Fisch bedächtig, legte die Stäbchen dann aus der Hand, trank den grünen Tee aus und bestellte sich eine weitere kleine Flasche Sake.

Die Probe hatte geklappt wie am Schnürchen. Keine blutverschmierten Köpfe, keine enthaupteten Fledermäuse. Einfach nur neun Stunden Text, Stichworte und Szenen, dazwischen Kostümanproben und Standfotos für die Werbung.

Halb neun. Noch eine Viertelstunde, und es war dunkel genug, um loszulegen. Die Proben hatten um sechs aufgehört. Die Bühnencrew war um sieben gegangen. Ein paar Schauspieler saßen noch auf eine Drink in der Bar nebenan. Spraggue hatte sie von seinem sorgfältig gewählten Tisch beobachtet. Jetzt waren alle fort.

Er fühlte nach den Dietrichen in seiner linken Gesäßtasche und lächelte. Um ein Haar hätte er sie einem befreundeten Polizei-Sergeant gegeben, nachdem er beschlossen hatte, daß der Beruf des Privatdetektivs nichts für ihn war. Er hatte sich eingeredet, sie fortgeworfen zu haben, bis er sie in der untersten Schreibtischschublade wiedergefunden hatte.

Spraggue bezahlte seine Rechnung, verbeugte sich vor der winzigen Kellnerin und ging. Nach zwei Minuten stand er wieder vor dem Theater.

Der Nebeneingang war ein heißer Tip. Er führte auf eine einsame Gasse. Die Hauptgefahr waren Straßenräuber, nicht eine übereifrige Polizeistreife.

Nach Jahren mit rechtmäßigen Schlüsseln war seine Technik ein wenig eingerostet. Geduld. Langsame, vorsichtige Arbeit würde diese winzigen Spuren um das Schlüsselloch vermeiden, todsichere Hinweise auf einen Einbruch. Eine Minute dehnte sich wie eine Ewigkeit dahin, dann knarrte die Tür, und Spraggue war drin.

Der Nebeneingang führte ihn auf einen langen Korridor neben der Schneiderei. Lagerräume auf seiner Linken verströmten einen muffigen Geruch. Er stand bewegungslos da, wartete, bis sich seine Augen auf die Dunkelheit eingestellt hatten. Dann schlich er leise auf Gummisohlen den Korridor zur Bühne hinunter.

Der Flur verlief etwa zwanzig Meter geradeaus, gabelte sich dann. Nach rechts führte ein kurzer Durchgang zum Malersaal und eine Treppe hinunter zu den Garderoben. Die Bühne lag direkt vor ihm, hinter einer zweiflügeligen Tür. Spraggue hielt sich links. Dariens Büro befand sich oben.

Er hörte eine gedämpfte Stimme und blieb wie angewurzelt stehen. Jemand war auf der Bühne. Jemand mit einem Schlüssel, jemand, der ein Recht hatte, hier zu sein? Die Inspizientin? Oder der Scherzbold?

Nach sechs Schritten stand er wieder vor der zweiflügeligen Tür. Langsam drehte er den Türknauf, öffnete einen Spaltbreit den rechten Türflügel.

Das Arbeitslicht brannte, der Vorhang war unten. Deirdre, die große brünette Braut Draculas war allein, übte eine Szene. Sie drehte sich um, sank auf einen harten Stuhl, als wäre es ein bequemes viktorianisches, S-förmiges Sofa und fuhr mit ihrem Dialog fort:

«Ach, John, du verstehst doch, nicht wahr? Es tut mir so schrecklich leid, daß ich dir Sorgen gemacht habe.»

Sie schwieg, hörte eine imaginäre schmeichlerische Antwort und erwiderte: «Das freut mich, Liebling. Das freut mich sehr. Mach dir um mich keine Sorgen mehr. Es ist alles in Ordnung. Es sind nur diese Träume, John. Diese schrecklichen, schrecklichen Träume...»

Es war eine nette, schlichte Vorstellung. Kindlich und weiblich in einem. Vertrauensvoll, aber auch zögernd. Eine interessante Interpretation. Aber nicht die einer Vampir-Königin.

Spraggue räusperte sich.

«Wer ist da?»

«Keine Angst», sagte er. «Michael Spraggue. Ich wußte nicht, daß noch jemand hier ist.»

Verdammt, sagte er sich stumm. Ich hätte aber sollen.

Ihr bleiches Gesicht entspannte sich. «Ich auch nicht. Wie bist du reingekommen?»

Spraggue lächelte. «Wie bist *du* reingekommen?»

«Ich bin einfach geblieben. Ich liebe leere Theater bei Nacht. Besonders dieses Theater hier. Es hat diese wunderbaren Schwingungen. Wußtest du, daß sich hier ein Mann umgebracht hat?»

«Habe davon gehört, ja.»

«Er hat sich erhängt.» Ihre Stimme spielte mit den Lauten. «Genau hier, mitten auf der Bühne. Was für eine romantische Art zu sterben...»

«Ich bezweifle, daß er das auch so gesehen hat.»

Sie lachte leise mit ihrem Mund, doch ihr Blick war weit entfernt. «Würdest du eine Szene mit mir spielen?»

«Ich habe keine Szenen mit Draculas Bräuten.»

«Die Szene, die ich gerade gespielt haben», sagte sie. «Das ist eine von deinen.»

«Von mir und Lucy, richtig?»

«Ja. Ich liebe diese Szene. Unmittelbar nach den ersten Angriffen auf Lucy. Sie weiß, daß sie es dir erzählen sollte, aber dieser Vampir hat so etwas Faszinierendes, etwas so Erotisches, daß sie sich nur über ihre ‹schrecklichen Träume› beklagt.»

«Ich fürchte, ich kann die Szene noch nicht», sagte er. Wie konnte er die Frau loswerden? Würde sie die ganze Nacht mit ihrer verträumten Stimme und diesem verträumten Blick weiterquasseln?

«Glaubst du an Träume?» fragte Deirdre. «An Omen?»

«Manchmal», erwiderte Spraggue vorsichtig.

Ihre Augen weiteten sich, starrten ins Leere. «Ich schon. Ich bin nur die zweite Besetzung für Emma, Michael, aber ich glaube, daß ich die Lucy spielen werde. Deshalb muß ich auch so lange hier bleiben. Um zu proben. Ich muß sehr gut sein, sehr professionell, wenn der Unfall passiert.»

«Welcher Unfall?» Spraggue hatte beinahe Angst, ihr zu soufflieren. Die Frau platzte mit ihren geheimsten Gedanken in einem einzigen sprudelnden Schwall heraus. Sie sah ihn kaum an. Sie schien mit jemand Unsichtbarem zu sprechen. Nicht zu einem Publikum, sondern zu einer bestimmten Person. Vielleicht die Schwingungen des verstorbenen Mr. Phelps ...

«Unfall», raunte sie. «Nicht das richtige Wort. So schwer, das richtige Wort zu finden. *Zwischenfall*. Einer unserer Schauspieler ist bereits wegen eines *Zwischenfalles* gegangen ...»

«Frank Hodges», sagte Spraggue. Entweder war Darien weniger diskret gewesen, als er behauptet hatte, oder ...

«Und ich glaube kaum, daß Greg diesen *Zwischenfall* heute besonders lustig fand. *Ich* hatte schreckliche Angst.»

Jetzt wirkte sie eher entzückt als entsetzt, dachte Spraggue. «Gab es noch andere ‹Zwischenfälle›, Deirdre?» fragte er.

Sie lächelte. «Nichts wirklich Beunruhigendes. Ich meine, es war kein Voodoo oder so. Keine Haare, keine abgeschnittenen Fingernägel...»

«Ich komme nicht mehr mit.»

«Die Puppe in meinem Hotelzimmer. Ich glaube, Gina hat auch eine bekommen.»

Wenigstens einer nannte die Blondine «Gina».

«Sie lag auf meinem Bett», fuhr sie fort. «Vor ungefähr drei Wochen. Vielleicht am zweiten oder dritten Tag der Proben. Setz dich, und ich erzähle dir alles. Den anderen habe ich noch nichts davon gesagt.»

«Warum nicht?»

«Es war weder lustig genug für einen Streich noch gruselig genug für eine Drohung. Es war einfach nur *komisch*... Und irgendwie hat sich auch nie der richtige Augenblick ergeben, weißt du. Für eine Geschichte wie diese muß man in der richtigen Stimmung sein...»

«Wie nachts in einem leeren Theater?»

«Genau!» Sie machte es sich auf dem Stuhl bequem. Wieviel Wahrheit werde ich hören, fragte sich Spraggue. Wieviel wird nur Ausschmückung sein?

«Ich war nach der Probe noch essen gegangen, daher war ich nicht vor neun auf meinem Zimmer. Es hätte mir überhaupt keine Angst gemacht, wenn ich vor Einbruch der Dunkelheit nach Hause gekommen wäre.»

«Ja?» sagte Spraggue. Deirdre schien ihn völlig vergessen zu haben. War sie wirklich Schauspielerin, oder hatte Darien sie für diese Rolle aus dem hiesigen Hexenzirkel rekrutiert?

«Das Licht war aus. Ich knipste den Schalter an, aber nichts passierte. Kennst du das *Emory Hotel*?»

«Nein.»

«Es ist billig. Ich bin nur ungern dort ausgezogen. Im *Emory* sind kaputte Lichtschalter *de rigueur*. Also versuchte ich es mit der Lampe in der Ecke. Die funktionierte auch nicht. Zumindest waren die beiden unteren Glühbirnen kaputt. Die obere Glühbirne war irgendwie anders. Jemand hatte sich daran zu schaffen gemacht, mit einer Blende und Farbe – Mitternachtsblau. Das Licht fiel genau auf die Puppe in meinem Bett.»

Sie schwieg einen Augenblick. «Da *war* eine gewisse Ähnlichkeit. Die Puppe hatte langes, dunkles Haar, helle Hautfarbe. Aber zwischen ihrem Kopf und dem Körper war auch eine fünf Zentimeter breite Lücke.»

Enthauptung. Da hat unser Schelm aber wirklich eine nette kleine Fixierung, dachte Spraggue. Die Fledermaus, Gregs Maske und jetzt enthauptete Puppen. «Daraufhin hast du das Hotel gewechselt?» fragte er.

«Ja.»

«Was an der Puppe hat dir angst gemacht?»

«Ihr Mund war mit Knoblauch ausgestopft. Auf dem Hals befanden sich zwei kleine Male, weiß mit roten Punkten in der Mitte, genau wie im Manuskript. Ein feiner Blutfaden lief aus dem Mundwinkel. Theaterblut, genau wie heute... Ach ja, und die Puppe lag in einer ziemlich unanständigen Haltung da, den Rock hochgeschoben, die Beine gespreizt, und mit großer Sorgfalt waren anatomische Einzelheiten aufgemalt... Mit einem Zahnstocher oder so war ein kleiner Zettel auf die Brust der Puppe gespießt. Ein Pflock direkt durchs Herz.»

«Was hat auf dem Zettel gestanden?»

«Nur Zahlen, glaube ich. Drei oder vier verschiedene Zahlen. Nicht mal Dreien und Siebenen und mystische Zahlen. Einfach nur ganz normale Zahlen.»

«Vielleicht eine Telefonnummer? Hast du den Zettel noch?»

«Nein.» In diesem Punkt war sie sehr entschieden. «Zuwenig Zahlen.» Sie schaute auf. Die Geschichte war zu Ende. «Wie spät ist es?»

«Viertel nach neun. Bist du zu spät?»

«Ja, ich vermute. Ich trage nie eine Uhr. Die Zeit ist etwas so Aufdringliches, weißt du. Aber ich liege gern vor zwölf im Bett und mache noch eine Stunde Yoga vor dem Einschlafen. Mein Kater macht Theater, wenn ich ihn nicht rechtzeitig füttere. Ich gehe jetzt besser. Und ich finde, du solltest auch nicht allein hierbleiben.»

«Wenn du es kannst...», begann Spraggue.

«Aber ich habe keine Angst vor Gespenstern, Michael Spraggue. Du?»

«Nein.» Spraggue senkte seinen Blick nicht. «Gespenster interessieren mich nicht besonders.»

«Nicht mal die Gespenster von Selbstmördern?»

«Du meinst den alten Phelps?»

«Ah, du hast schon von ihm gehört.» Deirdre nickte anerkennend. «Selbstmörder sind komisch. Sie können einfach so Vampire *werden*. Müssen nicht erst gebissen werden.»

«Spontane Vampir-Erzeugung», meinte Spraggue ernst.

Sie lachte. «Es ist nicht, daß du keine Angst vor Gespenstern hast. Du glaubst einfach nicht an sie. Das ist etwas völlig anderes. Ich an deiner Stelle würde nicht nachts allein hier bleiben.»

«Ich habe nicht vor, lange zu bleiben», erwiderte Spraggue. «Ich will nur einmal meinen Text für morgen durchgehen, und dann bin ich wieder weg. Wahrscheinlich hole ich dich ein, bevor du in den Bus steigst.»

Zu seiner Erleichterung nahm sie eine Jacke vom Stuhl. «Also, bis dann», sagte sie. Ihre hochhackigen Schuhe machten keinen Laut auf den Stufen oder dem Teppich. Sie verschwand im Foyer. Spraggue hörte, wie die Tür zufiel. Stille.

Er bewegte sich schnell. Der Schalter, mit dem die Arbeitsbeleuchtung ausgeschaltet wurde, befand sich neben der zweiflügeligen Tür. Gott sei Dank. Wenigstens mußte er nicht über eine pechschwarze Bühne gehen und hoffen, daß Deirdre nicht bei runtergelassener Versenköffnung geprobt hatte. Er ging die Treppe zu Dariens Büro hinauf.

Das Schloß war alt und verrostet. Spraggue brauchte mit dem Dietrich zehn Minuten, bevor es aufging.

Er zog das Rollo vor das Fenster mit Blick auf die Huntington Avenue, widerstand dem Impuls, es zu öffnen und den abgestandenen, süßlich kranken Geruch hinauszulassen, bevor er die trübe Birne unter der Decke anknipste. Der Schreibtisch, das Sideboard, ein freistehender Aktenschrank mit zwei Schubladen. Lange dürfte die Suche nicht dauern. Fakten. Er brauchte Fakten: Lebensläufe, Programmhefte, finanzielle Unterlagen. Wenn er wartete, bis Darien «die Angemessenheit der Herausgabe solcher Dokumente» feststellte, würde die verfluchte Aufführung längst vorüber sein.

Die untere Schublade des Aktenschrankes war seine Goldgrube. Ordentlich in alphabetischer Reihenfolge abgelegte Lebensläufe, der Entwurf eines Programmheftes auf übergroßen Kartonbögen. Die Aktenmappe mit der Aufschrift FINANZEN war leer.

Er durchsuchte noch einmal die anderen Schubladen. Vielleicht hatte Darien den Kram mit in sein Hotel genommen, um alles noch einmal durchzugehen. Vielleicht bewahrte auch der fette Intendant diese Unterlagen auf.

Bis er mit dem ganzen Papierkram im rund um die Uhr geöffneten Copy-Shop am Harvard Square gewesen war, die Originale zurückgelegt und mit Tante Mary einen Schlummertrunk genommen hatte... würde es wieder Zeit für die Proben sein!

Die Hand auf dem Lichtschalter, verharrte er einen Augenblick. Eine dicke, in rotes Leder gebundene Kladde lag schief auf dem Schreibtisch. Er kehrte noch einmal zurück.

Die fehlende Akte lag nicht darunter, Finanzunterlagen stopfte man nicht in einen kleinen, unverschlossenen weißen Umschlag.

Spraggue richtete die Kladde gerade aus, nahm sie dann noch einmal in die Hand. Die Schrift kam ihm bekannt vor. Hier wartete noch Arbeit. Dieser Brief war mit der Post gekommen. Drei ganze Zeilen Buchstaben und Zahlen in Blockschrift. Nicht einfach nur ein Name, nicht einfach nur ein paar Zahlen...

Spraggue ließ den Brief aus dem Umschlag gleiten, breitete ihn auf dem Schreibtisch aus. Und das hier war auch einfach zu verstehen:

MR. DARIEN, lautete der Brief. REICHT EIN SELBSTMORD FÜR DIESES THEATER??? DA CAPO!!!

Spraggue rümpfte die Nase. Der Geruch des Raumes schien plötzlich intensiver geworden zu sein. Er bückte sich. Neben dem Papierkorb war es beinahe unerträglich.

Mit Fingerspitzen, eine Armeslänge entfernt, schob er ein paar zusammengeknüllte Blätter zur Seite.

Der Vogel war groß, schwarz und tot. Keinerlei Hinweise auf Gewaltanwendung. Aber trotzdem ein fürchterlicher Gestank.

Wenigstens, dachte Spraggue, ist es kein Albatros.

Kapitel Sechs Eine schmale, dunkle Silhouette zierte das Deckblatt des Programmheftes, die Dreiviertel-Rückansicht eines in schwarzen Samt gehüllten Mannes. Das lange Cape ging in ein Muster am Rand der Seite über. Rechts von der Gestalt in fetten, schwarzen Großbuchstaben der Titel des Stückes: *Dracula*. Darunter, in eleganter Schreibschrift: «In der Regie von Arthur Darien».

«Das gefällt mir», sagte Spraggues Tante Mary. «Sehr Aubrey Beardsley.»

Spraggue blätterte um. Als nächstes folgte die Besetzungsliste in der Reihenfolge ihres Auftretens:

JONATHAN HARKER	Gregory Hudson
GRAF DRACULA	John Langford
DRACULAS BRÄUTE	Deirdre Marten
	Gina Phillips
RENFIELD	Edward Lafferty
DR. JOHN SEWARD	Frank Hodges
MINA MURRAY	Caroline Ambrose
LUCY WESTENRA	Emma Healey
DR. ABRAHAM VAN HELSING	Gustave Grayling

Spraggue schloß die Augen, während seine Tante die Liste studierte, vergaß für einen Moment die riesige zweigeschossige Bibliothek mit der Galerie im alten Spraggue-Haus. Selbst der Cézanne über dem mit Marmor verkleideten offenen Kamin bot seinen müden Augen keine Erleichterung. Wieviel Uhr war es? Eins? Zwei? Es war nie zu spät für Tante Mary.

Er lächelte ihren buntscheckigen Hinterkopf an. Sie hatte sich einen sanften Übergang erhofft, ein anmutiges Verblassen von Rot nach Silber. Aber dieser Vorgang schien auf halbem Weg zum Stillstand gekommen zu sein und hatte unordentlich wirkende Strähnen beider Farben zurückgelassen. Merkwürdig genug, es stand ihr einfach perfekt.

«Und?» sagte sie schließlich. Ihre klare Stimme täuschte über ihre siebenundsechzig Jahre hinweg.

Spraggue trank einen großen Schluck von dem sirupartigen, bernsteinfarbenen Wein, einer 59er Beerenauslese, den Tante Mary aus dem Keller hochgeholt hatte, um seinen neuen Job zu feiern. Er lächelte anerkennend. Mary tippte energisch mit einem rot lackierten Fingernagel auf die Besetzungsliste.

«Das», sagte Spraggue schnell, «minus eins, plus eins, ist die Liste der Verdächtigen.»

«Wer ist draußen?»

«Frank Hodges. Ich habe jetzt seine Rolle. Bis letzte Woche hätte er die Streiche gespielt haben können, aber mit dem von heute hatte er nichts zu tun. Er ist ganz sicher in New York. Ich habe mit ihm telefoniert. Er hat mir viel Glück gewünscht.»

«Hast du ihm gesagt, daß du Ermittlungen anstellst über die...»

«Nein. So was spricht sich immer irgendwie herum. Ich habe angerufen, um ihn bescheiden um Ratschläge zu bitten, die er mir vielleicht bezüglich der Rolle des Dr. John Seward geben könnte. War ganz schön schwierig, das Gespräch wieder zu beenden.»

Tante Mary strich Hodges Namen aus. «Und wessen Name kommt dazu?»

«Kritzel ihn nicht auf die Besetzungsliste. Sie gehört zur Crew. Die Inspizientin. Eine Frau namens Karen Snow.»

«Netter Name.»

«Scheint auch eine ganze nette Person zu sein», meinte Spraggue kurz.

«Was ist mit den anderen Angehörigen der Crew?»

«Darien sagt, die kämen nicht in Frage. Da ist noch ein Fettsack namens Dennis. Er ist der Intendant. Über den wüßte ich gern mehr. Aber Darien versichert, daß auch er aus dem Rennen ist.»

«Und wie zuverlässig ist Mr. Darien?» erkundigte sich Tante Mary vorsichtig.

Spraggue gähnte. «Wie zuverlässig ist überhaupt jemand in dieser Branche?»

«Was ich meinte ist, trinkt er?»

Spraggues Augenbraue zuckte wieder hoch. «Du weißt davon?»

«Weiß das nicht jeder? Erinnerst du dich nicht mehr an diesen Autounfall? Die Bostoner Zeitungen haben praktisch nichts darüber gebracht, aber die New Yorker Presse hat sich über Darien hergemacht.»

«Ein Unfall...», sagte Spraggue nachdenklich, zerrte Erinnerungsfetzen ans Licht.

«Eine Frau starb. Ihren Namen habe ich vergessen. Schauspielerin, glaube ich. Unbekannt.»

«Und gegen Darien wurde Anklage erhoben?»

«Nein», sagte Tante Mary entschieden. «Der Staatsanwalt wollte auf fahrlässige Tötung im Straßenverkehr plädieren. Behauptete, Darien wäre betrunken gewesen. Was er damals recht häufig war. Aber irgendwer hat anscheinend etwas verpfuscht. Ich hab's vergessen. Entweder wurde kein Alkoholtest durchgeführt, oder die Untersuchungsergebnisse gingen verloren, oder sie wurden manipuliert. Ein Polizeibeamter verlor über das ganze Theater seinen Job. Darien kam mit ein paar blauen Flecken und einer schlechten Presse davon.»

«Soweit ich weiß, ist Darien heute knochentrocken.» Spraggue zog einen zusammengefalteten Zettel aus der Tasche. «Aber auch wenn er heute nicht mehr trinkt, könnte ihn das hier ermutigen, wieder anzufangen.»

Er reichte seiner Tante eine Fotokopie der Nachricht, die er auf Dariens Schreibtisch gefunden hatte. «Das kam zusammen mit einem toten Vogel.»

Nachdenklich spielte sie mit dem Zettel. «Auf wessen Selbstmord wird hier Bezug genommen?»

«Auf den von Samuel Borgmann Phelps.»

«Aha.»

«Du kanntest ihn?»

«Habe schon von ihm gehört. In meiner Jugend war es die heiße Sache, zu einer Aufführung in Phelps' *Boston Rep* zu gehen. Er veranstaltete die tollsten Parties, bis zum Ende. Glaubte, er könnte Boston in den Broadway verwandeln. Kein Mensch wußte, wie schlecht es ihm wirklich ging. Hinter der Familie standen Generationen von Reichtum und Wohlstand. Das dachte zumindest jeder.»

«Was ist aus ihnen geworden?»

«Aus der Familie Phelps? Keine Ahnung. Er hatte Kinder, da bin ich sicher. Es war eine riesige Beerdigung mit unheimlich vielen Leuten. Möchtest du, daß ich es herausfinde?»

«Ich kann...»

«Ich helfe dir gern, Michael. Und es macht mir Spaß herumzuschnüffeln. Eines der wenigen Talente, die ausgesprochen gut zu älteren Leuten passen.»

«Tja, ich könnte schon jemanden gebrauchen, der ein paar Lebensläufe überprüft. Sieh doch mal, ob diese Leute hier wirklich all das gemacht haben, was sie behaupten.»

«Wunderbar.» Tante Mary strahlte. «Und wie steht es mit Geld, Michael? Wer hat ein starkes finanzielles Interesse an Dariens Erfolg oder Mißerfolg? Er ist kein Sam Phelps. Er kann nicht alles allein machen. Ich könnte mich beim *Massachusetts Council of Arts* umhören. Mit einer Mitgliedschaft, Kreditwürdigkeit, einem Ruf als Exzentriker und einer konfusen Art erreicht man viel, wenn man impertinente Fragen stellt.»

«Toll.» Spraggue lächelte seine alles andere als konfuse Tante an. «Ich werde die Besetzung im Auge behalten. Falls ich die Augen offenhalten kann.»

«Morgen früh Probe?»

«Zwei-eins, Zwei-zwei und Zwei-drei. Sämtliche Szenen, in denen ich mir den Mund fusselig reden muß.»

«Dann fahr nicht zurück nach Cambridge», sagte Mary ernst. «Das Turmzimmer ist jederzeit für dich bereit. Dora gibt sich gern dem Gedanken hin, daß du es eines Tages satt hast, selbst zu kochen, und wieder zu uns ziehst.»

«Falls ich das je tun sollte, dann ganz sicher nur wegen Doras Erdbeertörtchen.»

«Im Ernst, Michael, es ist dein Haus...»

«Und du wohnst hier für mich. Es ist einfach zu gottverdammt groß, Mary. Ich fühle mich hier nicht wohl. Wir haben das alles doch schon so oft durchgekaut...»

Tante Mary klingelte mit der Glocke auf dem Schreibtisch. Pierce führte Spraggue hinaus, wünschte ihm noch eine gute Heimfahrt. Der Butler weigerte sich, auf Spraggues Zwinkern zu reagieren. Manchmal siegte die Würde seiner Stellung über die Erinnerungen an die Versteckspiele, die er vor vielen Jahren mit Michael gespielt hatte.

Spraggue fuhr mit gemächlichem Tempo nach Hause. Der Wein hatte ihn entspannt, und er fühlte sich ein wenig aufgekratzt. Um die Zeit totzuschlagen, sprach er seinen Text, genoß den tiefen Klang seiner Stimme im begrenzten Raum des Wagens. Zweiter Akt, erste Szene fertig. Jetzt Zwei-zwei. Dann Zwei-drei. Zahlen.

Auf der Hammond Street fuhr er rechts ran und schaltete die Innenbeleuchtung ein. Dann wühlte er methodisch durch seine Taschen. Der Zettel, Gregs Zettel aus dem blutverschmierten Sack. Wie lauteten die Zahlen?

Schließlich fand er ihn, sorgfältig in seine Brieftasche gelegt. Ja. Vier Zahlen – eine römische und drei arabische. Die erste, römisch: das dürfte die Nummer des Aktes sein. Dann die Szene. Dann die Textzeile. Erster Akt, fünfte Szene, Zeile achtunddreißig.

Spraggues Finger blätterten in dem blau gebundenen *Dracula*-Skript. Erster Akt. Erster Akt, zweite Szene. Dritte Szene. Er schlug die Seite um, verharrte, blätterte zurück.

Er irrte sich. *Dracula* hatte keine fünfte Szene im ersten Akt.

Den restlichen Weg nach Hause fuhr er schweigend.

Kapitel Sieben Zum vierten Mal in zwei Minuten warf Darien einen finsteren Blick auf seine Uhr.

«Ich habe schon zweimal in seiner Wohnung angerufen, Mr. Darien», sagte Karen Snow. «Niemand meldet sich.» Sie zögerte, fügte dann hinzu: «Hören Sie, er wohnt doch nur fünf Blocks von hier. Ich könnte kurz rüberlaufen und...»

«Ich bin sicher, daß hier noch eine Menge Arbeit auf Sie wartet!»

unterbrach Darien sehr laut. «Morgen ist technische Probe. Erzählen Sie mir ja nicht, Sie hätten Zeit! Wenn Eddie Lafferty nicht in zehn Minuten auf der Bühne steht, werden wir mit seiner zweiten Besetzung proben. Und sorgen Sie dafür, daß Lafferty einen Denkzettel bekommt!»

«Arthur...» Die Stimme der Inspizientin war sanft, aber der Widerspruch war unverkennbar.

«Es ist sein Job, hier zu sein! Was ist mit Ihnen, Karen?»

Das Gesicht der Inspizientin wurde noch unbeweglicher. Nur ihre Lippen bewegten sich, als sie scharf erwiderte: «Ich mache mir Sorgen. Eddie ist noch nie auch nur eine Minute zu spät gekommen. Bei all den seltsamen Vorkommnissen hier...» Sie verstummte.

«Karen ist für Eddie so was wie eine Schwester gewesen», sagte Georgina leise. Sie und Spraggue saßen fünf Reihen hinter und ein Stück rechts von Arthur Darien, wo sie darauf warteten, daß die Probe weiterging. «Er ist das Baby des Ensembles. Karen hat ihn in alles eingeweiht.»

«Das behauptet *er* wenigstens», unterbrach Greg Hudson. «*Meiner* Meinung nach ist diese ältere Schwester reif für ein bißchen Inzest!»

«Halt den Mund, Greg!» Georginas Gesicht glühte. «Willst du, daß sie dich hört?»

«Ist mir doch egal», erwiderte Hudson ruhig und ging. Zuschlagen und verschwinden, das war Hudsons Stil, dachte Spraggue.

Georgina atmete lautlos aus, beobachtete weiter Karen. Der Streit um Eddie ging weiter; die Inspizientin konnte nichts von dem Wortwechsel mitbekommen haben. «Manchmal glaube ich, daß Greg verrückt ist!» sagte Georgina, rückte näher zu Spraggue. «Er scheint immer nur jeden verletzen zu wollen...»

«Glaubst du, daß er der Scherzbold ist?»

«Nein», sagte sie schnell. « Ich bin sicher, daß er es nicht ist.»

«Warum?»

«Er ist einfach nicht der Typ. Er läßt immer all seine ekelhaften Gefühle raus. Meinst du nicht auch, daß ein Mensch, der solche Dinge tut, nach außen... also, daß er nach außen ganz still und höflich sein müßte?»

«Und innerlich finster und verbogen?»

Georgina nickte ernst. «Ja. Krank und verrückt... Um solche grausamen Streiche zu spielen...»

«Dir hat er auch einen Streich gespielt.» Spraggue achtete darauf, daß seine Stimme beiläufig, trotzdem aber entschieden klang. Wenn es keine Frage gab, würde es auch kein Leugnen geben.

«Ja», flüsterte sie. Die Erinnerung an die enthauptete Puppe trübte ihren Blick.

«Deirdre hat mir von der Puppe erzählt,», sagte Spraggue.

«Hat sie?» Georgina starrte auf ihre Fingernägel.

«Warum hast du nichts davon gesagt?»

Sie hielt den Kopf gesenkt, antwortete müde. «Ich wollte eben nicht gern drüber reden...»

«Du hättest es Darien sagen können.»

«Was hätte er denn tun können? Es war vorbei. Ich wollte vergessen, daß es überhaupt passiert ist.»

«Georgie, war ein Zettel an der Puppe befestigt?»

Schließlich schaute sie doch noch auf. «Ja.»

«Hast du ihn noch?»

«Vielleicht.»

«Tu mir einen Gefallen.»

Sie lächelte. «Okay.»

«In der Mittagspause. Geh und hol mir den Zettel. Erzähl niemandem davon. Sag nicht, wohin du gehst.»

«Aber, Michael...»

«Spraggue!» Dariens Stimme dröhnte über die Sitzreihen.

«Ja.»

«Kommen Sie her.»

Spraggue drückte kurz Georginas kalte Hand. «Und nicht vergessen», sagte er. Georgina wich seinem Blick aus, aber ihre Hand erwiderte den Druck. Er ging schnell zu Darien.

Karen Snow funkelte den Regisseur immer noch wütend an. Er wirkte nervös, hatte seine Stimme jedoch unter Kontrolle. «Ich habe mich gefragt, Spraggue», begann er lammfromm. «*Wir* haben uns gefragt, ob es Ihnen wohl etwas ausmacht, kurz rüber zu Laffertys Wohnung zu gehen und mal nach dem Rechten zu sehen. Ihn aus den Federn zu holen.» Darien versuchte zu lachen. Es ging daneben. Er hob die Stimme. Die restliche Unterhaltung war auch für Georginas neugierige Ohren bestimmt. «Ich hielt es für das beste, Sie zu schicken. Ihre Szenen im zweiten Akt sind alle mit Eddie, daher kann ich ohne ihn ja wohl auch nicht mit Ihnen proben. Karen hat sich freiwillig gemeldet, morgen abend mit Ihnen alles noch mal durchzugehen, wenn das in Ordnung ist... Die Zeit, die wir jetzt versäumen, kann wieder reingeholt werden. Solange Sie fort sind, gehe ich die Szenen mit den Frauen durch...»

Vielleicht würde er ewig so weiterreden, dachte Spraggue. Er brachte die beunruhigte Stimme mit einem einzigen Wort zum Schweigen. «Sicher», sagte er gelassen. «Geben Sie mir nur noch die Adresse.»

«Hunderteinundvierzig, Hemenway», sagte Karen. «Apartment Nummer 5.»

Sie war nicht von Dariens Seite gewichen, um die Anschrift nachzuschlagen. Eine zu schnelle Antwort für eine «ältere Schwester»?

«Wenn Sie vorn rauskommen, halten Sie sich links und dann an der Kreuzung rechts», sagte sie.

«Ich weiß, wo das ist.» Spraggue drehte sich um und ging.

Weiß sie über mich Bescheid? fragte er sich auf dem Weg die paar Blocks zu Eddies Wohnung. Hatte sie Darien vorgeschlagen, mich zu schicken? Ihre dunklen Augen zeugten von Intelligenz, waren aber nicht leicht zu lesen. Sie hatte so eine Art, sie zu benutzen, um Menschen auszuschließen; ihre Augen waren wie Schilde, hart und undurchsichtig. Vielleicht konnte er sie im Verlauf der zusätzlich angesetzten Probe knacken. Sie wäre eine gute Verbündete. Falls sie nicht selbst der Scherzbold war.

Wie hoch seine Gage auch immer sein mochte, ganz sicher verplemperte Eddie Lafferty sie nicht für Miete. Die Einhunderteinundvierzig Hemenway war ein häßliches gelbes Ziegelgebäude, schmal und fünf Stockwerke hoch, auf beiden Seiten flankiert von wohlriechenden Gassen. Das Gebäude rechts war eine ausgebrannte Ruine. Die Fenster im Erdgeschoß waren mit Sperrholz vernagelt.

Die Nachbarschaft war nicht direkt ruhig. Aus einem offenen Fenster plärrte Rock 'n' Roll über die Straße. Stimmen brüllten aus dem Waschsalon an der Ecke. Ganz normale, alltägliche Geräusche. Keine heulenden Polizei-Sirenen. Was immer Eddie zugestoßen war, wenigstens lief es nicht darauf hinaus. Oder, dachte Spraggue, vielleicht war es ja auch nur noch nicht entdeckt worden.

Drei zerbröckelnde Betonstufen hinauf. Ein hingeschmierter und vergilbter Zettel riet Besuchern zu klingeln und auf den Summer zu warten. Spraggue versuchte sein Glück so. Unter seiner Berührung schwang die Tür auf. Tolle Sicherheitsvorkehrungen.

Apartment fünf. Er stieg zwei Absätze eines schmalen Treppenhauses hoch.

Spraggue versuchte kurz, ob Eddies Tür unverschlossen war. In Anbetracht des problemlosen Zuganges in das Haus war jede Wohnung wahrscheinlich mit fünf oder sechs Schlössern gesichert – Ketten, Riegel, alles, um den Leuten die Angst zu nehmen.

Er klopfte an, erwartete keine Reaktion. Er hatte die Dietriche bereits in der Hand, als er es hörte: ein leises Stöhnen gefolgt von einem scharfen Schlag.

«Eddie?» rief Spraggue.

Wieder das stöhnende, ächzende Geräusch.

Spraggue machte kurzen Prozeß mit dem alten Türschloß. Weder Sicherheitsketten noch Riegel. Er trat schnell ein, schloß hinter sich die Tür.

Im Zimmer war es dunkel und stickig; vor den Fenstern schwere Vorhänge. Spraggue machte einen Schritt, trat gegen etwas Hartes, aber nicht besonders Schweres. Es flog über den Boden. Seine Hand tastete über die Wand links neben der Tür, fand den Lichtschalter, knipste ihn an.

Erst später bemerkte er die aufgeschlitzten Kissen, die umgeworfenen Möbel, die herausgerissenen Schubladen. Später hatte er Zeit, die Schmierereien auf den Wänden zu lesen. Aber zunächst sah er nur Eddie.

Ein in einen Schlafanzug gekleideter Eddie Lafferty balancierte unsicher auf Zehenspitzen auf einem Stuhl etwa in der Mitte des Raumes. In seinem Mund steckte ein Knebel. Seine blauen Augen starrten ihn verzweifelt an. Die Hände waren auf den Rücken gefesselt. Um seinen Hals lag eine Schlinge. Das Seil führte hinauf zu einem Rohr, das über die gesamte Breite des Zimmers verlief. Das andere Ende des Seiles war stramm am Griff eines Schrankes festgebunden.

Lafferty starrte ihn ausdruckslos an, verdrehte dann die Augen und sackte durch. Noch im Laufen öffnete Spraggue sein Taschenmesser. Mit einer Hand schnitt er das Seil durch, während er mit der anderen Eddies Sturz bremste.

Langsam ließ er den schlaffen Körper auf den Boden gleiten, zog den Knebel aus seinem Mund. Dann rollte er Lafferty auf die Seite und befreite seine Hände. Der Knoten war kein Problem. Er prüfte Eddies Puls: schnell und flach. Spraggue schritt über den überall herumliegenden Krempel und fand die winzige Küche, füllte zwei Gläser mit kaltem Wasser. Eines davon schüttete er Eddie ins Gesicht, trank das zweite halb aus und bot es dann dem immer noch spuckenden Schauspieler an.

«Alles okay, Eddie», sagte er beruhigend, als er den wirren Ausdruck in die riesigen Augen zurückkehren sah. «Es ist vorbei.»

«Mein Gott.» Die Stimme des Jungen war kaum mehr als ein heiseres Krächzen.

Spraggue packte ein Kissen, das seinen Stuhl verloren hatte, und schob es unter Eddies Kopf. «Besser so?»

Eddie versuchte es mit einem zaghaften Lächeln. Seine Lippen bebten.

«Kannst du mir sagen, was hier passiert ist?»

«Wasser!»

Spraggue hielt ihm das Glas an den Mund. Eine Menge tropfte auf den Boden.

«Wie spät ist es?» wollte Eddie wissen.

«Elf Uhr fünfunddreißig.»

«Mein Gott», sagte Eddie.

«Wie lange hast du da gestanden?»

«Keine Ahnung. Ich habe noch geschlafen, als er gekommen ist.»

«Wer ist gekommen?» fragte Spraggue.

«Weiß nicht. Ich habe geschlafen, und irgendwer hat mich aus dem Bett gerissen. Es war dunkel.»

«Ein Mann oder eine Frau?»

«Konnte ich nicht erkennen. Ich konnte nicht...» Eddie schluckte schwer, hob die Hände an seinen Adamsapfel. «Mein Hals tut weh», sagte er undeutlich.

«Ich weiß», sagte Spraggue. «Flüstere, aber versuch, mir zu antworten.»

«Es hatte ein schwarzes Gesicht, einen schwarzen Umhang, schwarze Handschuhe. Es war ganz schwarz, wie ein Schatten...»

«Er hat eine Maske getragen?»

Eddies Augen leuchteten. «Vielleicht. Eine Skimaske. Ganz schwarz.»

«Hast du die Augen gesehen, Eddie? Welche Farbe hatten sie?»

«Ich weiß es nicht. Dunkel, glaube ich. Es war alles so undeutlich... Ich hatte meine Brille nicht auf.»

«Wie groß?»

«Durchschnittlich. Ich weiß nicht. Zuerst lag ich im Bett. Dann mußte ich auf den Stuhl klettern...»

«Die Stimme. Männlich oder weiblich?»

«Sie hat nur geflüstert, Spraggue. Und der Körper war durch den Umhang nicht zu erkennen. Aber stark. Wer immer es war. Er war stark.»

«Hat er dich k. o. geschlagen?»

Ein Lächeln spielte um Eddies Mundwinkel. «Er *oder* sie. Nein. Ich habe gemacht, was er gesagt hat. Er hatte eine Kanone. Ich bin nicht sehr mutig. Er hat meine Hände gefesselt. Er hat mich gezwungen, den Kopf durch die Schlinge zu stecken. Ich mußte mich auf die Zehenspitzen stellen.» Eddies Stimme bebte, verstummte beinahe. «Ich glaubte schon, ich müßte sterben...»

«Ganz ruhig. Es ist jetzt vorbei», sagte Spraggue.

«Dann hat er alles durch die Gegend geschmissen.»

«Hat das keiner gehört?»

«Was? Hier?» Eddie klang verbittert. «In einem Viertel wie dem hier hören die Leute viel. Sie überleben, indem sie es ignorieren.»

«Was hat er dann gemacht?»

«Er hat die Wände vollgeschmiert. Dann hat er einfach dagestanden und mich angesehen. Ich dachte schon, er würde mir jeden Augenblick den Stuhl unter den Füßen wegtreten. Er hat gelacht, kaum mehr als ein Raunen, aber ganz eindeutig ein Lachen. Er hat gesagt: ‹Ich habe eine Nachricht für dich.› Es waren ein Haufen Zahlen. Es ergab überhaupt keinen Sinn. Er hat mir gesagt, ich sollte sie mir genau einprägen. Ich mußte sie wiederholen. Ich habe sie vergessen.»

«Laß mich wissen, wenn es dir wieder einfällt.»

«Dann ist er gegangen.»

«Schließt die Tür automatisch, Eddie?»

«Ja.»

«Wie ist er reingekommen?»

«Keine Ahnung. Ich hab's nicht gesehen.»

«Du legst die Sicherheitskette nicht vor, wenn du hier bist?»

«Nein.»

Es war nicht schwer gewesen, die Tür aufzubrechen. Er würde nach Spuren suchen müssen, ob sich jemand vor kurzem daran zu schaffen gemacht hatte.

Eddie umklammerte seine Hand. «Ich habe einfach nur dagestanden, Spraggue. Ich hatte so eine Scheiß-Angst zu fallen. Immer wieder habe ich versucht, die Hände freizubekommen. Ich dachte, das wäre meine einzige Chance. Fast hätte ich's geschafft.»

Spraggue warf einen kurzen Blick auf Eddies Handgelenke. Striemen, Abschürfungen. Er sagte die Wahrheit.

«Dieser Stuhl.» Eddie deutete mit dem Kopf auf den schwarzen Holzstuhl, der umgestürzt war. «Ich konnte ihn mit meinem Fuß erreichen. Falls ich jemanden im Treppenhaus hörte, wollte ich ihn umtreten, hoffte, daß jemand es hört. Aber kein Mensch ist gekommen. Als ich hörte, wie du angeklopft hast, habe ich zugetreten. Und habe dabei fast das Gleichgewicht verloren.»

Das war also der Schlag gewesen, den er vorhin gehört hatte.

«Hast du Eiswürfel im Kühlschrank?»

«Ja», antwortete Eddie. «Ich glaube, ich versuche, mich bei dir zu bedanken.»

«Gern geschehen. Ich glaube, du hättest die Hände noch rechtzeitig freibekommen.»

«Ich bin froh, daß es nicht soweit kommen mußte.»

Spraggue leerte eine Eiswürfelschale in ein altes Küchentuch, rollte es zusammen und gab es Eddie. «Leg das um deinen Hals», sagte er.

Das Telefon klingelte.

«Es klingelt schon den ganzen Morgen...»

Spraggue nahm den Hörer ab.

«Spraggue ?» Es war Karen Snow.

«Setzen sie Darien in ein Taxi, und schicken Sie ihn her», sagte Spraggue.

«Eddie?»

«Er ist in Ordnung.» Spraggue hörte das erleichterte Aufatmen, empfand darüber eine irrationale Verärgerung.

«Kann ich ihn sprechen?» fragte sie.

«Nein. Später.»

«Darien probt gerade. Es wird ihm nicht besonders gefallen.»

«Sorgen Sie dafür, daß er in zehn Minuten hier ist. Andernfalls gibt es möglicherweise nichts mehr zu proben. Okay?»

«Okay», sagte sie. Die Leitung war tot.

Eddie hatte sich inzwischen aufgesetzt, drückte das Handtuch an seinen Hals. Er hatte auch wieder etwas Farbe bekommen. Er sah Spraggue an und brachte ein schiefes Grinsen zustande.

«Versuch nicht zu sprechen», sagte Spraggue knapp. «Geh die ganze Geschichte im Geist noch mal durch, führ dir alles noch mal vor Augen. Mach's so, als wär's eine Schauspiel-Übung. Immer ein Sinn nach dem anderen. Vielleicht fallen dir dann diese Zahlen wieder ein.»

Eddie nickte.

Spraggue durchsuchte das Zimmer. Es war ein heilloses Durcheinander, ein nutzloses Chaos. Wonach sollte er suchen? Nach einem Knopf von einem langen, dunklen Umhang? Nach einem Fingerabdruck einer behandschuhten Hand? Irgendwie fiel sein Blick immer wieder auf die Schmierereien an den Wänden. Diese vertraute Schrift, diese ungleichmäßige, krakelige Blockschrift. Auf eine sorgfältige Art ungleichmäßig, ganz bewußt schlampig – derjenige, der die Maske von Greg Hudson angefertigt hatte, konnte es erheblich besser. Spraggue schnupperte an den klebrigen Buchstaben, kratzte mit einem Fingernagel etwas von der Schmiere ab. Lippenstift. Blutroter Lippenstift.

Eine Frau? Nein. Schauspieler waren mit Lippenstift vertraut, Männer wie Frauen. Und kein Hinweis auf die Größe des Scherzboldes. Die Schrift verlief über den ganzen Raum, in unterschiedlichen Höhen, berührte an manchen Stellen fast die Bodendielen, reichte an anderen beinahe bis unter die Decke. Er mußte einen Stuhl benutzt haben – und eine ganze Reihe Lippenstifte.

Die Nachricht jedoch war stets dieselbe. SETZT DIE AUFFÜHRUNG AB. SETZT DIE AUFFÜHRUNG AB. SETZT DIE AUFFÜHRUNG AB stand da. Immer und immer wieder.

Kapitel Acht Arthur Darien entschied sich dagegen, die Polizei einzuschalten. Ermutigt durch Dariens Besorgnis und sein Angebot, für alle Schäden aufzukommen, war Eddie einverstanden. Spraggue rief sie trotzdem an, wählte eine Nummer, die er auch nach drei Jahren noch nicht vergessen hatte.

Die Telefonzelle an der Ecke der Huntington Avenue befand sich in dem typischen Zustand: die Tür eingetreten, das Telefonbuch herausgerissen. Aber sie hatte zwei Vorteile: Sie erlaubte einen Blick auf den Vordereingang des Theaters und war gleichzeitig weit genug entfernt, daß niemand, der das Theater betrat oder verließ, Spraggues Unterhaltung mitbekommen konnte.

Lieutenant Detective Fred Hurley hob beim ersten Klingeln ab. «Hurley. Erkennungsdienst», knurrte er.

«Reizend wie immer», meinte Spraggue.

«Häh?»

«Haben Sie heute morgen zufälligerweise einen Umschlag auf Ihrem Schreibtisch gefunden?»

«Ja, aber ich dachte schon, ich würde mir das nur einbilden, weil ich nämlich den Burschen, der mir diesen Umschlag geschickt hat, schon seit Jahren nicht mehr gesehen habe. Sind Sie das, Spraggue?»

«Was denn? Sie erkennen meine Stimme nicht mehr?»

«Nach all den Jahren? Himmel!»

«Können Sie mir helfen?»

«Sind Sie wieder im Geschäft, Spraggue?»

«Nein. Nur eine kleine Sache, die ich für einen Freund erledige.»

«Eine kleine Sache. In diesem Umschlag müssen so an die zehn Namen gestanden haben.»

«Elf. Ich will nur eine knappe Zusammenfassung von jedem, der eine Vorstrafe hat. Ich habe Geburtsorte und die letzten bekannten Adressen aufgelistet. Das müßte es etwas erleichtern.»

«Wie nett. Hören Sie, ich habe viel zu tun, aber ich werd's versuchen.»

«Berechnen Sie einfach mir statt der Stadt Ihre Überstunden. Mehr verlange ich nicht.»

Ein neuer Ton schlich sich in Hurleys Stimme. «Verraten Sie mir auch, für wen Sie arbeiten?»

«Das schadet nichts. Ich arbeite wieder als Schauspieler, für Arthur Darien, drüben im *Fens Theater*.»

«Bei der Symphony, richtig? Old District 4. Interessant.»

«Wieso?» fragte Spraggue. Hurleys Verstand funktionierte wie eine Kamera. Wenn er einmal eine Information fotografiert hatte, blieb das Bild haften. Das war die Ausrede des Departments, warum sie den ehemaligen Spezialisten für Mordfälle hinter einen Schreibtisch in den Erkennungsdienst versetzt hatten.

«Eine Hand wäscht die andere, richtig?» sagte Hurley.

«Richtig.»

«Dann halten Sie Ihre Augen offen. Die Gegend ist hochinteressant für das zuständige Revier.»

«Sie müssen mir schon sagen, wonach ich die Augen aufhalten soll, Hurley. Ich bin nur ein Amateur.»

«Sicher. Alles, was irgendwie ungewöhnlich ist. Aber ganz besonders nach Drogen. Irgendwer dealt in der Gegend in größerem

Umfang mit Koks. Das ganze Viertel geht den Bach runter. Einbruch, Brandstiftung …»

«Wenn ich über das eine oder andere Kilo stolpern sollte, leg ich's Ihnen vor die Tür.»

«Ich bin für alles dankbar, was mich aus diesem miesen Schreibtischjob rausholt. Für die beiden anderen Sachen werde ich ein bißchen Zeit brauchen. Für den Unfallbericht aus New York und diese Sache aus Chicago …»

«Wahrscheinlich nur Futter für die Klatschkolumne, aber ich wäre Ihnen sehr dankbar, wenn Sie mir eine Kopie des Totenscheins besorgen könnten.»

«Geoffrey Ambrose, richtig?»

«Richtig.»

«Wie ich schon sagte, ich werd's versuchen. Rufen Sie in ein paar Tagen wieder an.»

«Ich werde morgen wieder anrufen, Fred.»

«Toll. Ich plaudere wahnsinnig gern. Aber erwarten Sie nichts vor übermorgen. Ich kann den Kollegen ja schlecht sagen, daß ich ihren Kram zurückstelle, nur um Ihnen einen Gefallen zu tun?»

«Wir sprechen uns morgen, Fred.» Spraggue legte auf.

Vor dem Theater hielt eine Limousine, hupte zweimal. John Langford, gehüllt in einen formlosen schwarzen Umhang, mit einer großen Sonnenbrille auf der Nase, kam hoheitsvollen Schrittes die Eingangsstufen herunter. Der livrierte Chauffeur stieg aus dem Wagen und öffnete die hintere linke Tür.

Aber die Limousine setzte sich nicht in Bewegung. Die nächsten fünf Minuten hielt sie den Verkehr auf der Huntington Avenue auf. Dann tauchte die rothaarige Emma auf den Eingangsstufen auf, lief schnell zur Straße hinunter und verschwand im Wagen. Die Limousine fuhr los, erwischte gerade noch bei Gelb die Ampel an der Kreuzung und war verschwunden.

Spraggue trat aus der Telefonzelle und schlenderte zum Theater zurück, wo er Georgina Phillips über den Weg lief.

Sie war in ihrer Garderobe, hatte die Augen geschlossen und die Beine auf ein Bord hochgelegt, das als Schminktisch diente. Spraggue machte jede Wette, daß Georgina nur deshalb einen eigenen

Raum bekommen hatte, weil niemand anderer es sich gefallen ließ, sich in einem besseren Kleiderschrank umziehen zu müssen. Der Verschlag erinnerte ihn an die Telefonzelle, die er eben erst verlassen hatte. Wenn er in der Mitte stand, konnte er mühelos alle vier Wände berühren.

Georgina hatte versucht, die Telefonzelle etwas wohnlicher zu gestalten. An der einen Wand hing ein Plakat des Sierra Clubs; gerahmt, um das Fenster vorzutäuschen, das dem Zimmer fehlte. Eine Papierlaterne machte den Versuch, den grellen Schein der nackten Glühbirne unter der Decke zu mildern. Fotos verdeckten einen Teil des abblätternden Putzes. Eines zeigte vermutlich Georgina als Kind. Die Haare zerzaust und den schlanken Körper im Schlaf gekrümmt. Es sah ihr sehr ähnlich.

Sie mußte seine Anwesenheit gespürt haben. Sie schlug die Augen auf und lächelte. «Was denkst du?»

«Ach, etwas in der Richtung von: ‹Kein Wissen gibt's, der Seele Bildung im Gesicht zu lesen...›»[1*]

«Hör auf!» Wütend setzte Georgina sich auf. «Das ist aus *Macbeth*! Du müßtest es doch besser wissen! Ausgerechnet das schottische Stück in einem Theater zu zitieren!»

«Hab's vergessen», sagte Spraggue. «Ich habe eigentlich nie wirklich geglaubt, daß...»

«Manche von uns schon.»

«Tut mir leid. Passiert nicht wieder.»

Sie kniff die Augen zusammen. «Wahrscheinlich hast du geglaubt, daß ich ziemlich dumm aussehe, und jetzt habe ich dafür auch noch den Beweis geliefert.»

«Nein, hübsch. Ich dachte gerade, du siehst hübsch aus.»

«Ist doch das gleiche, oder? Männer setzen in diesen Breiten doch ‹hübsch› und ‹blond› immer mit ‹dumm› gleich, oder ist dir das noch nicht aufgefallen?»

«Es ist mir aufgefallen», erwiderte Spraggue, «aber das ist wieder etwas, an das ich nicht glaube. Ich habe mich gefragt, ob du mir vielleicht helfen könntest.»

* Siehe Macbeth-Varianten für Fortgeschrittene auf Seite 214.

Georgina schüttelte den Kopf, grinste. «Willst du noch mal anfangen? Tut mir leid. Ich glaube, du hast mich erschreckt. Ich bin wach geworden, und da hast du gestanden, hast bedrohlich hinter mir gestanden...»

«Vergiß es.»

«Wollen wir uns nicht woanders unterhalten? Ist ein bißchen eng hier.»

«Gehen wir spazieren», schlug Spraggue vor.

«Damit uns keiner belauscht?» flüsterte Georgina.

Spraggue nickte ernst. Georginas graue Augen funkelten. Sie schwieg, bis sie die Eingangsstufen des Theaters hinabgingen. Dann schaute sie sich sorgfältig um, bevor sie flüsterte: «Ich habe das Zeug, das du haben wolltest.»

Nur mit Mühe behielt Spraggue ein ernstes Gesicht. Sie spielte eine Rolle aus einem alten Hitchcock-Film. «Ja?» sagte er.

«Vier-zwei-fünf-eins.»

«Wie war es geschrieben?»

Konzentriert biß sie auf ihre Unterlippe. «Die Vier war wie römische Ziffern geschrieben, ein großes I und ein großes V. Alles andere waren normale Zahlen. Ohne Zwischenräume.»

Genau wie die andere Nachricht.

«Hat das irgendwas zu bedeuten?» fragte Georgina gespannt. «Weißt du, was es bedeutet?»

«Sagt es dir was?»

«Ich habe schon überlegt, ob ich damit Lotto spielen sollte. Warte! Was ist mit einer Telefonnummer? Gibt es irgendeine Vorwahl, die IV 2 sein könnte? Moment!» Sie sprang in die Telefonzelle an der Straßenecke. «I ist 4! V ist 8! Gibt es eine 482er Vorwahl in Boston?»

«Nein. Außerdem fehlen dir zwei Zahlen.» Georgina sah ihn betrübt an. «Aber es war keine schlechte Idee», meinte Spraggue.

«Vier-zwei-einundfünfzig.» Sie lag wieder daneben. «I-V-fünfundzwanzig-eins. Das ist eine heiße Spur, stimmt's? Eine Nachricht...»

«Könnte sein.»

«Aber was soll eine Nachricht, die kein Mensch verstehen kann?»

«Genau», sagte Spraggue. «Deshalb denke ich auch, daß es etwas ziemlich Offensichtliches sein muß. Zuerst dachte ich, es wäre unser Stück – Akt, Szene und Zeile. Schauspieler würden das ganz sicher verstehen.

«Akt, Szene und Zeile! Das ist gut, Michael. Das klappt. Sogar die römischen Ziffern hauen hin.»

«Nur», erwiderte Spraggue bedrückt, «daß es eben nicht klappt. Sieh dir die Zahlen an. Es fängt mit vier an. Wie viele Akte hat *Dracula*?»

«Drei.»

«Genau.»

«Dann ist es wahrscheinlich ein Fünf-Akter», meinte Georgina. «Um den es bei dieser Nachricht geht.»

«Was die Auswahl erheblich verringert.» Er hielt den Sarkasmus aus seiner Stimme.

«Ich werde drüber nachdenken, Michael. Ich muß jetzt zurück.»

«Danke.»

«Und ich werde auch keinem Menschen was erzählen! Bye.» Sie drehte sich um und warf ihm ein strahlendes Lächeln zu. «Ich hoffe nur, daß es nicht aus *Macbeth* ist.»

Spraggue sah auf die Uhr, drehte sich um und überquerte die Straße. Zwei Blocks weiter betrat er ein kleines Antiquariat.

«Theaterstücke?» wiederholte der ältere Ladenbesitzer. «Linke Hand, ganz hinten. Sind heute nicht mehr besonders gefragt. Irgendwas Bestimmtes?»

«Shakespeare.»

«Habe ich eine Menge. Zweites Regal von unten. Sobald die Kids ihn in der Schule gelesen haben, verkaufen sie mir die Bücher.»

Spraggue entdeckte eine zerfledderte Ausgabe von *Gesammelte Dramen*, blätterte, bis er *Macbeth* gefunden hatte.

«Vier-fünfundzwanzig-eins», brummte er leise. Vierter Akt, Szene fünfundzwanzig... Nein. Nicht mal Shakespeare hatte fünfundzwanzig Szenen in einem Akt. Zweite Szene, Zeile einundfünfzig.

Er fand die Stelle schnell, ließ einen Finger die vergilbte Seite hinuntergleiten.

«Müssen denn alle aufgehängt werden, die schwören und es nicht halten?»[2]

Zeile 51, Macduffs Sohn zu Lady Macduff. Ihre Antwort: «Ja wohl.»[2]

Aufgehängt. Wie Eddie in seinem verwüsteten Zimmer. Wie Samuel Borgman Phelps in seinem wunderschönen, bankrotten Schauspielhaus...

Spraggue blätterte schnell weiter. Wie war diese andere Zahl noch gleich gewesen? Die in Gregs Sack. 1538. Der erste Akt diesmal. Fünfte Szene. Ja, der erste Akt war lang, hatte sieben Szenen. Zeile 38:

«Selbst der Rab' ist heiser,
Der Duncans schicksalsvollen Eingang krächzt
Unter mein Dach.»[3]

Ein Rabe... ein Rabe. Ein großer schwarzer Vogel, wie der in Dariens Büro...

Spraggue bezahlte drei Dollar für den mit Eselsohren übersäten Band und kehrte schnell zum Theater zurück.

Kapitel Neun Zuerst war Spraggue nicht sicher, ob er mit Karen Snow klarkommen würde.

Er war fünf Minuten zu spät zu ihrer samstagabendlichen Privatsitzung und mit den Gedanken woanders. Auch wenn der Scherzbold die Proben des Tages nicht mehr gestört hatte, war Spraggue doch drauf und dran, der Schrift auf Eddies Wand zuzustimmen: Die Aufführung mußte abgesetzt werden. Zumindest bis er die Karriere jedes Schauspielers bezüglich *Macbeth* untersucht hatte. Karen wartete ungeduldig auf ihn. Sie trug dieselbe dunkle Hose und das T-Shirt, das sie den ganzen Tag angehabt hatte. Er fragte sich, ob sie je Pause machte, ob sie zu Mittag oder Abend gegessen hatte.

«Tut mir leid», sagte er, als er mit zwei großen Schritten die sechs Stufen aus dem Zuschauerraum zur Bühne nahm.

«Ich habe nichts Besseres vor», antwortete sie trocken, legte ihr Klemmbrett aus der Hand und stand auf.

«Ich weiß, wieviel Sie zu tun haben müssen...», fügte Spraggue entschuldigend hinzu.

«Und deshalb sind Sie auch zu spät gekommen», beendete sie seinen Satz.

Spraggue zuckte mit den Achseln. Er dachte nicht daran, sich nur wegen ein paar lausiger Minuten zweimal zu entschuldigen. Die dunklen Augen der Inspizientin funkelten, aber ob das nun versteckter Humor war oder Wut, konnte er nicht sagen. Das gelassene Gesicht der Frau verriet nur wenig.

Sie scheuchte ihn durch die Szenen wie ein Football-Trainer, der es darauf abgesehen hatte, einen Neuling zu beeindrucken. Sie war keine Schauspielerin, aber sie gab ihm überlegt mit einer herzlichen, tiefen Stimme seine Stichworte. Sie verstand ihr Handwerk; sie hatte Positionen und Standortwechsel bis auf die Sekunde genau getimt, besonders jene, die mit technischen Effekten zusammenfielen.

Nach anderthalb Stunden gab sie ihm fünf Minuten Pause, fügte ein unwirsches «Nicht schlecht» und ein geheimnisvolles Lächeln hinzu, bei dem Spraggue fand, daß er es gern öfter sehen würde.

Er warf einen traurigen Blick auf die Requisitenstühle mit ihren geraden Rückenlehnen und streckte sich auf den harten Brettern der Bühne aus, bedauerte das Textpauken, das ihn den größten Teil der vergangenen Nacht gekostet hatte. Karen arbeitete weiter. Spraggue lauschte auf ihre Schritte in den Kulissen, zählte das Knacken und Schlagen, während sie Gegenstände herumschob. Sie brummte leise vor sich hin und hakte Positionen auf ihrem allgegenwärtigen Klemmbrett ab.

Spraggue starrte zur Decke der Bühne, die etwa drei Stockwerke hoch war. Er hatte das Gefühl, in einem offenen Kamin zu liegen und einen Schornstein hinaufzustarren. Ein riesiger Schornstein: achtzehn, zwanzig Meter breit, zehn Meter hoch. Und ganz oben konnte er kaum das Metallgitter des Rostes erkennen. Der Raum unterhalb des Rostes war vollgepackt; Stangen voller Instrumente und Kabel wechselten sich ab mit Teilen der Kulisse. Acht Hängestücke teilten den Raum, und jedes Hängestück bestand oben aus einem langen, über die gesamte Breite der Bühne führenden Eisenrohr. An jedes dieser Rohre gebunden, leise in der Luft raschelnd und herabhängend, ein Teil des Bühnenbildes. Spraggue erkannte einen steinernen Turm von Schloß Dracula, einen schimmernden Kronleuchter aus Dr. Sewards Wohnzimmer.

«Vorsicht!» keuchte Spraggue und hatte sich aufgesetzt, noch während er sprach. Der Kristallkronleuchter war plötzlich anderthalb Meter heruntergesackt, bevor er mit einem Ruck wieder zur Ruhe kam, der die Kristallfäden klimpern ließ.

«Sorry.» Karens Stimme drang gedämpft durch mehrere Meter Vorhang, der die Kulissen von der Bühne trennte. «Ich überprüfe gerade nur die Gegengewichte.»

«Sollten Sie mich nicht normalerweise vorher warnen, bevor Sie die Lampe auf mich herunterkrachen lassen? ‹Achtung› oder so?»

Karens Lachen perlte durch den Vorhang. «Wir im Theater sagen ‹Kopf›. Kurzform von ‹Kopf hoch›. Sie erinnern sich?»

«Ja», erwiderte Spraggue. «Eine gute Haltung ist schrecklich wichtig, bevor man einen Schlag ins Gesicht kriegt.»

«Ich würde mir darüber keine Sorgen machen. Wenn eines dieser Seile reißen sollte, hätten Sie nicht mal eine Chance zu schreien.»

«Sehr beruhigend.»

«Keine Angst.» Karen tauchte aus den Kulissen auf und streckte sich neben Spraggue auf dem Boden aus. «Das Seil ist auf eine Belastung von zwei Tonnen getestet. Nicht billig, das Zeug. Außerdem besitzt dieses Theater mit die besten Prospektzüge, die ich je gesehen habe.»

«Und wieso ist der Kronleuchter dann ein Stück abgesackt?»

«Nicht richtig ausbalanciert. Ich habe die Seilklemme gelöst. Wenn das Gewicht auf der Lafette...»

«Lafette?»

«Das Ding hinter der Bühne, das aussieht wie Stapel von Goldbarren im Tresorraum einer Bank. Das Gewicht auf der Lafette soll das Gewicht ausgleichen, das an den Trägerstangen hängt. Wenn das der Fall ist, bewegt sich nichts. Der Kronleuchter war nicht richtig ausbalanciert, das ist alles.»

Spraggue legte sich auf den Holzboden zurück. «Ich glaube», sagte er, «daß es erheblich mehr Spaß machen würde, sich eine Vorstellung von hier aus anzusehen. Man könnte all die Scheinwerfer aufleuchten und schwächer werden sehen. Die Kulissen würden auf einen zukommen und dann wieder fortfliegen.»

Karen lehnte sich auf einen Ellbogen zurück. «Der ganze technische Kram hat mich schon immer mehr interessiert. Als Kind hat mich meine Mutter in der Hoffnung immer zum Ballett mitgenommen, daß ich sie wegen Tanzstunden anbetteln würde. Aber ich hatte nur Augen für die Scheinwerfer. Wieder zu Hause, hatte ich immer ein steifes Genick.»

Spraggue fragte sich, wie jemand so lange arbeiten und trotzdem noch so aufmerksam wirken konnte. Halb erwartete er schon, tiefe, dunkle Ringe unter ihren Augen zu entdecken, doch die Haut dort war genauso bleich und klar wie überall. Kein Make-up.

Er ließ das nicht unangenehme Schweigen noch etwas tiefer werden, bevor er es mit einer betont beiläufigen Frage brach. «Wissen Sie viel über dieses Theater?»

«Alte Theater sind meine große Leidenschaft.»

«Erzählen Sie mir etwas über das hier.»

Sie streckte den Arm aus. «Dort ist Sam Phelps gestorben. Hat sich am vierten Rohr erhängt. Übrigens ausbalanciert, wie es sich gehört. Auf der Bühne stand ein Gerüst. Er kletterte hoch, befestigte die Schlinge und trat das Gerüst um. Es war Samstagabend. Er hing dort bis Montagmorgen.»

«Glauben Sie, daß sein Geist noch hier herumspukt?»

«Es heißt, er soll an jedem Premierenabend erscheinen», sagte sie. «Im Ernst: nein. Jedes Theater hat seine Legende. Leute aus dem Showbusiness sind abergläubisch. ‹Hals- und Beinbruch› statt ‹Viel Glück›. Niemals in den Garderoben pfeifen...»

«Und nie *Macbeth* zitieren.»

«Genau.»

Spraggue zögerte. «Ist *Macbeth* je hier aufgeführt worden? Wissen Sie das zufälligerweise?»

«Einmal. Es war kein Erfolg.»

«Ist es nie. Ich habe noch mehr *Macbeth*-Horrorgeschichten gehört – Autounfälle in der Nacht vor der Premiere, Windpockenepedemien, Flops an den Theaterkassen.»

«*Macbeth* war Samuel Phelps letzte Produktion in diesem Theater. Eine Katastrophe, sowohl bei der Kritik als auch finanziell. Er hat sich nach der letzten Aufführung umgebracht.»

«Woher wissen Sie das alles?»

Sie lächelte. «Ich mache meine Hausaufgaben. Ich habe bei Goodspeed ein altes Buch über Bostoner Theater gefunden. Wenn es Sie interessiert, leihe ich es Ihnen gerne mal aus.»

«Ja, interessiert mich.»

«Es ist unten.» Mit einer schnellen, ökonomischen Bewegung stand sie auf.

Spraggue erhob sich ebenfalls. «Ich begleite Sie.»

«Wenn wir das Buch geholt haben, werden Sie Ihre Szenen noch einmal durchgehen», warnte Karen. «Und dann machen wir Feierabend. Okay?»

«Fein. Wie wär's anschließend mit einem Eis bei Brigham?»

«Nein, danke», erwiderte sie steif.

«Dann vielleicht ein Drink? Draußen in der wirklichen Welt ist Samstagabend.»

«Für mich nur ein weiterer Abend, an dem ich arbeiten muß.»

«Sorry.»

Hinter der Bühne kletterten sie über ein Kabelgewirr und gingen dann weiter durch die zweiflügelige Tür auf den finsteren Korridor. Elisabethanischen Fackeln nachgebildete Wandleuchter warfen schummerige Schatten über den grauen Steinboden.

«Bewahren Sie das Buch in einer der Garderoben auf?» erkundigte sich Spraggue. In Eddies? fragte er sich.

«Im Gemeinschaftsraum. Ich dachte mir, es würde vielleicht den einen oder anderen der Schauspieler interessieren.»

Die erste Tür links führte unten in den Gemeinschaftsraum. *Green room*, das englische Wort dafür, war eher traditionellen Ursprungs als beschreibend. Der *green room*, der Aufenthaltsraum der Schauspieler, war in einem schmuddeligen Schlachtschiffgrau gestrichen. Die einzigen Glanzlichter waren durchgesessene, mit goldenem Chintz bezogene Sessel und ein Sofa.

Das Buch fanden sie in einem der Schränke über der Spüle. Spraggue griff danach.

«Eddie sagt, Sie hätten ihm das Leben gerettet», sagte Karen unvermittelt.

«Schauspieler neigen zu Übertreibungen.»

«Nicht Eddie. Es ist komisch. Ich dachte, ich wäre immun gegen Schauspieler, aber Eddie mag ich. Danke, daß Sie ihm geholfen haben.»

Wieder dieses dünne, geheimnisvolle Lächeln. Spraggue hoffte, daß sich ihre Immunität nicht auf alle Schauspieler erstreckte. Und hoffte ebenfalls, daß sie Eddie Lafferty nicht zu sehr mochte.

Sie unterbrach seinen Gedankengang. «Wissen Sie, wer das getan hat?»

«Was?»

«Spraggue, ich weiß über Sie Bescheid. Ich weiß, daß Sie nicht nur hier sind, um zu spielen ...»

«Ist es so offensichtlich?» fragte er.

Ihre Wangen verfärbten sich, und sie schaute schnell fort. «Für mich, ja. Ich bin diejenige, die die eigentlich vorgesehene zweite Besetzung loswerden mußte, damit Darien Sie ins Ensemble holen konnte. Ich bin Inspizientin. Es ist mein Job, alles zu wissen, was in diesem Ensemble passiert.»

«Meine Glückwünsche. Sie machen Ihren Job sehr gut.»

«Informationen wären mir lieber als Komplimente. Warum ausgerechnet Sie? Warum glaubt Darien, daß Sie diesen Witzbold finden können?»

Spraggue seufzte. «Vor langer, langer Zeit war ich mal Privatdetektiv. Ob Sie's glauben oder nicht.»

«Und diesen Beruf haben Sie an den Nagel gehängt, um auf der Bühne zu stehen.»

«Ich habe als Schauspieler angefangen. *RADA. Rep.* Ein bißchen Off-Broadway ...»

«Und Filme. Sie waren gut.»

«Danke.»

«Und?»

«Und ich fand heraus, daß ich meine Schauspieler-Kollegen nicht so besonders mochte. Ich entwickelte eine ausgesprochene Abneigung gegen Agenten. Die ganze Branche widerte mich an. Im Grunde bin ich ein neugieriger Mensch. Ich bin schon immer in Sachen hineingeraten, die mich überhaupt nichts angingen. Also habe ich eines Tages meine Familie und Freunde schockiert und einen Antrag auf eine Lizenz als Privatdetektiv gestellt.»

«Es hat Ihnen nicht gefallen?»

«Es wurde mir für meinen Geschmack ein bißchen zu real. Verletzte Menschen blieben verletzt.»

Sie nickte. «Keine Vorhänge.»

«Genau.»

«Haben Sie in Eddies Wohnung irgendwas gefunden?»

«Nein.»

Ihre dunklen Augen fixierten ihn. «Vorsichtig. Das ist gut, nehme ich an. Trotzdem, falls Sie Hilfe benötigen, vergessen Sie nicht, daß ich immer irgendwo in der Nähe bin.»

Spraggue bezweifelte, daß ihm das Schwierigkeiten machen würde. «Weiß irgendeiner der anderen, warum ich wirklich hier bin?» fragte er.

«Von den Schauspielern?» Karen verzog das Gesicht. «Das bezweifle ich. Wenn Langford es wüßte, würde er sofort dafür sorgen, daß er zu Ihrem Hilfssheriff ernannt wird. Oder er würde die Sache gleich selbst in die Hand nehmen. Er ist bei uns derjenige, der sich immer in alles einmischen muß. Die anderen verbringen jede wache Minute ausschließlich mit sich selbst.»

«Trotzdem», sagte Spraggue, «scheinen sie jede Menge Zeit zu haben, sich mit den anderen zu beschäftigen. John und Emma, Greg und Emma, John und Caroline Ambrose...»

«Das ist nicht Zuneigung, sondern nur ein Reflex ihres Egos.»

Spraggue grinste und erinnerte sich wieder an das Buch in seiner Hand. Er warf einen kurzen Blick in den Index, blätterte schnell durch die vergilbten Seiten, bis er den kurzen Abschnitt über das *Fens Theater* fand. Die Inspizientin las – angenehm nah – über seine Schulter mit.

Ein Viertel der ersten Seite wurde von einem verblaßten Foto eingenommen. Kleine, dunkle Augen starrten aus einem bleichen, faltigen Gesicht. Mit der Hakennase und dem schmalen Gesicht, dessen untere Hälfte von einem grau werdenden Bart verdeckt wurde, war Samuel Borgmann Phelps ein eindrucksvoller Mann gewesen.

Spraggue starrte das Bild an, während sich eine schwache Erinnerung in seinem Kopf regte. «Er sieht aus wie...», begann er.

In diesem Augenblick hörten sie von oben Lärm.

«Was ist das?» Karens Stimme wurde zu einem Flüstern.

«Putzfrauen?»

«Nein.»

«Bleiben Sie hier.» Spraggue setzte sich in Bewegung.

«Nein. Ich kenne dieses Theater besser als Sie.»

«Bitte. Es ist kein Chauvinismus, sondern nur eine Sicherheitsmaßnahme. Decken Sie mir den Rücken.»

Sie nickte. «Ich gebe Ihnen fünf Minuten.»

«Okay. Dann bringen Sie etwas mit, mit dem Sie jemanden schlagen können.»

«Okay.»

«Aber nicht *mich*.»

«Haben Sie eine Kanone?» flüsterte sie.

«Rühre die Dinger nie an.»

«Hier, nehmen Sie eine Taschenlampe. Sie könnten sie brauchen.»

Spraggue drehte sich zur Tür und verschwand.

Am Fußende der Treppe blieb er stehen und streifte seine zu neuen Halbschuhe ab. Die Holztreppe knarrte auch ohne Schuhe schon genug. Er hielt sich an einer Seite, setzte vorsichtig einen Fuß nach dem anderen. Der Lärm oben hielt an. Ein regelmäßiges, metallisches Schlagen über der Schreinerei. Spraggue erinnerte sich an den Grundriß des Theaters. Die Bühne lag genau über der Schreinerei. Schwere, metallische Schläge. Genau so ein Geräusch, wie Karen es gemacht hatte, als sie die ziegelähnlichen Gegengewichte von den Prospektzügen genommen und zugefügt hatte.

Spraggue beeilte sich. Wenn jemand mit den Gewichten herumspielte, mußte er ihn auf frischer Tat ertappen. Er mußte wissen, welches der schweren Eisenrohre über der Bühne gefährlich unbalanciert war. Mußte es herausfinden, bevor wieder einer der Schauspieler auf der Bühne arbeitete.

Die Tür auf die Bühne war jetzt direkt vor ihm. Spraggues Hand berührte den Lichtschalter, tauchte den Korridor in tiefe Dunkelheit. Lautlos drehte er den Türknauf und drückte den rechten Türflügel auf.

Im ersten Moment konnte er nichts sehen, so absolut war die Dunkelheit. Das Schlagen ging weiter. Das kurze Öffnen der Tür war unbemerkt geblieben.

Spraggue stand in den Kulissen auf der linken Seite der Bühne, etwa fünfzehn Meter von dem System der Gegengewichte auf der rechten Bühnenseite entfernt. Fünfzehn Meter schwarze Stille, vollgestopft mit Kabeln, Stufen, Plattformen und verschiedenen Lärmschutzwänden. Er drückte sich gegen die hintere Bühnenwand, setzte sich – vorsichtig, lautlos – zur rechten Seite in Bewegung, ertastete sich vor jedem Schritt mit ausgestrecktem Fuß den Weg. Er atmete kaum.

Er war noch gut sechs Meter entfernt, als es passierte. Sein Fuß berührte etwas, ein Hindernis. Es fühlte sich an wie ein Haufen Scheinwerfer unterschiedlicher Größe und Form. Er konnte nicht darüber hinwegsteigen, fand nicht die paar Zentimeter freien Boden, auf denen er stehen konnte. Wenn er dagegenstieß, würden die Scheinwerfer wegrollen, gegeneinander scheppern. Und der Scherzbold würde fliehen.

Spraggue spannte sich an. Nur noch sechs Meter, und der Lärm von den Gegengewichten war immer noch rhythmisch und gleichmäßig. Er ging auf die Knie, tastete auf dem Boden nach einem geeigneten Werkzeug. Sein ausgestreckter rechter Arm berührte eine Schraubzwinge. Das mußte reichen.

Er holte zweimal aus, dann warf er die Zwinge in die Mitte der Bühne. Sobald sie aufschlug, hart und laut, richtete Spraggue den Strahl der Taschenlampe in die Kulissen am rechten Bühnenrand. Er stand vor dem Scherzbold.

Die erste bewegungslose Sekunde glaubte Spraggue, er hätte

Halluzinationen. Vor ihm stand eine Erscheinung wie aus einem Alptraum. Ein Vampir: Umhang, Handschuhe, Kapuze, alles in Schwarz. Kein Gesicht, keine Gesichtszüge, nur Dunkelheit. Die Gestalt wich vor dem Licht zurück, als wäre der Strahl der Taschenlampe irgendein heiliges Symbol. Die Gestalt bewegte sich. Erst dann bemerkte Spraggue die erschreckten Augen.

Die Gestalt schoß auf die äußerste rechte Ecke des Hauptvorhanges zu. Spraggue nahm die Verfolgung auf, kletterte über Plattformen und Stufen...

Später erinnerte er sich sehr deutlich an die Geräusche. Das Klikken, das durch die Seilzwinge hervorgerufen worden sein mußte, die sich plötzlich löste, das scharfe Pfeifen der Seile, das gewaltige Klappern, als das schwere Eisenrohr, plötzlich ohne Gegengewicht, auf den Rost knallte, das Kabel zerfetzte und herunterfiel. Ein kalter Luftzug rauschte an seinem Gesicht vorbei; der Boden unter ihm vibrierte. Er griff nach oben, ein Stück nach vorn und spürte die in einem schrägen Winkel vor ihm liegende schwere Eisenstange, keinen halben Meter von seinem Kopf entfernt.

Die plötzliche Stille war intensiv. Der graue, seit fast einem halben Jahrhundert unberührte Staub schwebte von oben herab und legte sich wie ein alles erstickender, schmutziger Schnee über die Bühne.

Kapitel Zehn Etwas Feuchtes tropfte über Spraggues Stirn. Als er zitternd eine Hand hob, um die Ursache zu untersuchen, flammte die Bühnenbeleuchtung auf. Dann ein Schrei von Karen.

«Bewegen Sie sich nicht», sagte sie schnell. «Ich rufe einen Krankenwagen. Es wird nicht lange dauern...»

Spraggue rappelte sich auf. «Ich brauche keinen», sagte er.

Mit stählernem Griff umklammerte sie sein Handgelenk. «Sie bleiben liegen!» zischte sie durch zusammengebissene Zähne. «Dann eben die Polizei. Was immer Sie wollen. Aber Sie bleiben einfach still liegen. Wenn Sie sich sehen könnten...»

Spraggue starrte auf seine Hand. Dort, wo er die Stirn berührt hatte, waren die Finger klebrig und – im grellen Licht – ganz eindeutig rot. Er hob die Hand an die Nase und schnupperte.

«Bitte, bleiben Sie liegen.» Karens Stimme klang so energisch wie die einer Krankenschwester zu einem hysterischen Patienten.

«Ich bin nicht verletzt, Karen.»

«Sie sehen aus wie... Ihr Kopf!»

«Das Rohr hat mich nicht erwischt. Irgendwas ist ausgelaufen...»

Karen nahm den Blick von Spraggues blutverschmiertem Gesicht und schaute auf die Bühne. Sie verschränkte die Arme, als wolle sie ein plötzliches Frösteln abwehren.

Das Treppenhaus auf der rechten Bühnenseite – Teil des Bühnenbildes des Westenra-Hauses – hatte Spraggue das Leben gerettet. Die kunstvoll verzierte Balustrade war zerschmettert, aber die eigentliche Plattform hatte gehalten. Ein Ende des Eisenrohres ruhte dort in drei Metern Höhe. Auf der linken Bühnenseite war die Stange, nur aufgehalten von dem wenigen Mobiliar für die Proben, auf den Boden gekracht. Eine dunkle Pfütze breitete sich in der Mitte der Bühne aus.

«Blut.» Karen zitterte, als sie sich neben die Pfütze hockte. «Woher kriegt man nur soviel Blut?»

Spraggue hob einen verbeulten Blecheimer. «Ich hatte Angst, das Ensemble-Gespenst würde sich an den Gewichten zu schaffen machen. Jetzt sieht's ganz so aus, als hätte es etwas weniger Tödliches im Sinn gehabt.»

«Sie könnten tot sein!»

«Aber nur aus Versehen. Hätte ich ihn nicht gestört...»

«Haben Sie ihn *gesehen*?» fragte Karen konzentriert.

«Nicht so gut, daß ich ihm einen Namen geben könnte.»

Die Inspizientin machte ein enttäuschtes Gesicht.

«Dunkle Augen, *glaube* ich. Bei all diesen Stufen und Plattformen konnte ich nichts über die Größe sagen.»

«Geschlecht?»

Spraggue seufzte. «Ein schwarzer, formloser Umhang – die gleiche Kluft, die Eddie gestern vor ein Rätsel gestellt hat. Ich habe ihn für einen Dummkopf gehalten, weil er nicht mehr erkannt hatte. Ich werde mich wohl entschuldigen müssen.»

«Aber selbst mit einem Umhang», sagte Karen beharrlich, «kann man doch etwas über die Figur sagen. Können Sie Gus Grayling nicht ausschließen? Der ist fett.»

«Wer immer es war, er hat sich flink *bewegt,* wie ein schlanker Mensch. Ich habe keine Schritte gehört, als er lief.»

«Was ist mit Emma? Können Sie sie ausschließen?»

«Es würde mich schon sehr ärgern, wenn ich diesen Körper nicht überall wiedererkennen könnte.»

«Schließen Sie die Augen. Sehen Sie alles noch mal, genau so, wie es war», befahl Karen.

«Ich bin *fast* sicher, daß es nicht Emma gewesen sein kann», sagte Spraggue.

«Dunkle Augen», brummte Karen. «Dunkle Augen. Darien hat blaue Augen. Damit ist er draußen. Eddie kann ohne seine Brille nichts sehen...»

«Moment, Karen. Ich sagte, ich *glaube,* er hatte dunkle Augen. Sicher bin ich nicht.»

«Was haben wir noch?» fragte sie wütend. «Sie sind ein geübter Beobachter, sowohl als Schauspieler als auch als Detektiv! Ich plädiere lediglich dafür, Ihrem ersten Eindruck zu vertrauen.»

«Danke. Aber soweit es darum geht, potentielle Verdächtige auszuschließen, sind Sie die einzige, die absolut aus dem Schneider ist.»

«Ich!» Die rechte Hand der Inspizientin zuckte fast automatisch hoch, und Spraggue bereitete sich darauf vor, der Ohrfeige auszuweichen. Doch sie kam nicht. Statt dessen lachte Karen. «Ich», wiederholte sie ungläubig.

«Mit Ihnen alles in Ordnung?» fragte Spraggue.

«Wird schon. Ich werde Leute kommen lassen müssen, die hier alles wieder aufräumen. Jemand muß auch den Träger erneuern... Darien wird einen Tobsuchtsanfall nach dem anderen kriegen...»

«Soll er», sagte Spraggue. «Helfen Sie mir, alles zu rekonstruieren. Danach können Sie Arthur anrufen.»

«Ich werde mich umschauen», antwortete sie, «während *Sie* sich waschen. Sie sehen aus wie Jack the Ripper. Handtücher und Seife sind in der Garderobe. Und benutzen Sie *kaltes* Wasser. Heißes Wasser fixiert die Flecken nur.»

«Bin in zwei Minuten zurück. Hören Sie, denken Sie über alles nach, aber *rühren Sie nichts* an.»

Karen machte sich an die Arbeit, die Hände hinter dem Rücken verschränkt, um jeder Versuchung zu widerstehen. Als Spraggue zurückkehrte, naß, aber nicht mehr blutverschmiert, hatte sie die Seilenden gefunden – eines um den Eimer gebunden, das andere an einer Latte neben dem herabgestürzten Eisenträger.

«Der Eimer muß runtergefallen sein», sagte sie. «Haben Sie das gehört?»

«Nein. Aber wenn er zusammen mit dem Träger runtergekommen ist, dann ist das in dem Lärm untergegangen.»

«Okay, Spraggue. Wir haben hier also einen Eimer mit Blut, der von einer Trägerstange hängt. Seile führen zu zwei anderen Latten. Was hat unser Vampir vorgehabt?»

«Ein Blutbad, würde ich sagen», meinte Spraggue. «Was wird morgen geprobt?»

«Der zweite Akt.»

«Können Sie die Latte, an der das Seil befestigt war, herablassen? Wir müssen alles exakt rekonstruieren, um herauszufinden, welches Opfer er sich ausgesucht hat.»

«Sicher.» Karen verschwand in den Kulissen.

«Aber lassen Sie das Ding *langsam* runter.»

Die schwere Stange senkte sich, trug nichts außer dem Kristallkronleuchter – und ein Stück Seil, das an das Rohr gebunden worden war.

«Okay», sagte Karen, kam wieder auf die Bühne. «Zeigen Sie, was Sie können. Ist das jetzt nicht die Stelle, wo Sie nur einen kurzen Blick auf den Knoten werfen und verkünden, daß es das Werk eines linkshändigen Liliputaners aus South Carolina ist?»

Spraggue untersuchte das Seil: das an der Stange befestigte Stück und das andere am Eimer. Billige Wäscheleine, wie man sie in jedem Laden kaufen konnte, doppelt gelegt und mit einfachen Kreuzknoten befestigt. «Tut mir leid, daß ich Sie enttäuschen muß», sagte er.

«Also, der Eimer ist an die Stange gebunden worden...», soufflierte sie.

«An zwei Stangen», korrigierte Spraggue.

«Aha.»

«Was?»

«Ich verstehe», sagte Karen grimmig. «Was für eine miese...»

«Wie?»

«Ganz einfach. Die Stange, die abgestürzt ist, diente als fixer Befestigungspunkt. Der Scherzbold hat den Eimer befestigt.»

«Ja.»

«Aber er hat ihn gleichzeitig an einem anderen Rohr befestigt, das Seil um die Mitte des Eimers gelegt. Und das Rohr, an dem er es befestigt hat, ist Nummer 6.»

«Und?»

«Und Nummer 6 wird *bewegt*. Im zweiten Akt, zweite Szene. Ich hebe es etwa einen halben Meter an.»

«Warum?»

«Um den Kronleuchter vor dem nächsten Szenenwechsel aus dem Weg zu bekommen. Eine Sache weniger, die später getan werden muß.»

Spraggue nickte. «Wenn Stange Nummer 6 hochgeht, wird der Eimer gekippt. Wer steht drunter?»

«Zweiter Akt», murmelte Karen. «Lassen Sie mich im Regiebuch nachsehen.»

Sie war keine Minute fort. Spraggue hörte jeden ihrer Schritte.

«Zweiter Akt.» Sie tauchte wieder auf, stellte sich neben die herabgestürzte Stange auf die Bühne und postierte sich auf eine Höhe mit dem zerfetzten Seil. «Das dürfte Emma gewesen sein.»

«Emma», wiederholte er, sah, wie ihr leuchtend rotes Haar durch das Blut dunkler wurde.

«Warum Emma?»

«Warum überhaupt einer von ihnen?» sagte Spraggue. «Warum Georgie oder Deirdre? Warum Greg Hudson? Warum Eddie?»

«Was? Alle? Was ist Georgie denn passiert?»

«Das ist im Moment nicht wichtig, Karen. Ich würde es Ihnen sagen, wäre es anders.»

«Beide Bräute», sinnierte Karen. «Jonathan Harker, Renfield...»

«Was?» unterbrach Spraggue.

«Ach, nichts. Ich benenne sie nur gerade um, diejenigen, die angegriffen wurden. Sage ihre Rollennamen, statt ihrer wirklichen Namen...»

«Wiederholen Sie das noch mal. Genauso!»

«Draculas Bräute, Jonathan Harker, Renfield, Lucy Westenra... Was haben Sie denn, Michael?»

Spraggue war zu sehr in Gedanken, um zu bemerken, daß Karen Snow seinen Vornamen benutzt hatte. «Die *Reihenfolge*, Karen. Dracula muß doch erst mal über die Bräute hergefallen sein, richtig? Andernfalls wären sie ja keine Vampire. Dann holt er sich Harker. Er ist das erste Opfer im Buch, als er den Grafen in Transsilvanien besucht. Dann verlagert sich der Schauplatz nach England und zu Renfield. Und wer ist das nächste Opfer?»

«Lucy», antwortete Karen eifrig.

«Emma», sagte Spraggue gleichzeitig.

«Sie glauben, unser Witzbold orientiert sich mit seinen Streichen am Text?» fragte Karen.

«Ich hoffe nicht.»

«Warum?»

«Weil Lucy die erste ist, die stirbt.»

«Aber wenn wir *wissen*, wer der nächste ist, wenn wir die Botschaft verstehen, dann können wir doch verhindern...»

«Botschaft», wiederholte Spraggue. «Die Botschaft. Sie sind gut, Karen. Schauen Sie sich um. Wenn ich recht habe, müßte hier eigentlich irgendwo ein Zettel liegen...»

«Warten Sie.» Karen verharrte mitten in der Suche. «Was ist mit Frank, Michael? Sie haben Frank vergessen.»

«Scheiße.» Spraggue ließ sich auf einem Podest nieder. «Sie haben recht. Frank wurde auch angegriffen, und er spielte den Dr. Seward...»

«Und Seward wird von Dracula nicht angefallen», beendete Karen den Gedanken.

«Verdammt.»

«Könnte die Ausnahme sein, die die Regel bestätigt», meinte Karen hoffnungsvoll.

Spraggue lächelte. «Sie sind wirklich zu freundlich.»

Sie schenkte ihm eines ihrer Beinahe-Lächeln. «Ich meine es wirklich. Ich finde nicht, daß Sie die Theorie schon verwerfen sollten. Sie könnte uns bei der Vorbereitung auf den nächsten Angriff nützlich sein.»

Spraggue rief sich den Text des Stückes ins Gedächtnis. «Auf Caroline», sagte er.

«Es sei denn, er versucht es noch mal bei Emma.»

«Finden wir den Zettel.»

Er lag hinter dem Gestell mit den Gegengewichten, leicht zerknittert. Spraggue hob ihn vorsichtig mit der Ecke eines Taschentuches auf. Die Oberfläche war vermutlich sowieso zu rauh, um Fingerabdrücke feststellen zu können. Er erkannte die Schrift sofort: wieder Zahlen. III4122.

«Karen», sagte er. «Unten in meiner Garderobe. Ein Buch auf dem Schminktisch. Altes, braunes Leder. *Macbeth*. Schlagen sie den dritten Akt, vierte Szene, Zeile einhundertzweiundzwanzig nach.»

Einen Augenblick starrte sie ihn verständnislos an, dann verschwand sie.

Spraggue suchte weiter die Bühne ab. Aber wonach? Irgendeine Spur, etwas, das der Scherzbold in seiner überstürzten Flucht vielleicht verloren hatte. Etwas, das die fehlende Personenbeschreibung ausglich, das fehlende Verständnis. Karens Schritte kamen die Treppe hochgepoltert. Die Schritte stockten, überquerten dann die Bühne.

«Ja», sagte sie, ohne aufzuschauen.

«Blut fordert Blut», las sie.

Spraggue nahm das Buch und las:

«Es fordert Blut, sagt man:
  Blut fordert Blut.
Man sah, daß Fels sich regt,
  und Bäume sprachen.»[4]

Einen Moment lang standen sie unbeweglich da. Karen zitterte.

«Ich glaube, wir sollten jetzt Darien verständigen», sagte Spraggue schließlich.

Kapitel Elf «Jetzt nicht, Spraggue!» flüsterte Darien wütend am nächsten Morgen. «Habe ich nicht schon Sorgen genug? Handwerker überall auf meiner Bühne...»

«Darum kann Karen sich kümmern. Ich muß mit Ihnen reden.»

«Hören Sie, ich habe praktisch die ganze Nacht mit Ihnen geredet...»

«*Jetzt*, Arthur», sagte Spraggue entschieden.

Mit hochrotem Kopf entschuldigte sich der Regisseur von dem geschäftigten Treiben auf der Bühne. Er wich dem Gerüst auf der rechten Bühnenseite aus und verschwand mit Spraggue in den Kulissen.

«Machen Sie's kurz», sagte Darien, milderte seine Worte mit einem schiefen Grinsen.

«Arthur», sagte Spraggue direkt. «Wieso sind Sie nicht offen und ehrlich zu mir?»

«Ich weiß nicht, was Sie meinen.» Darien starrte ihn mit seinen blauen Augen unterkühlt an.

«Erkennen Sie das hier?» Spraggue hielt die Kopie der Nachricht hoch, die er bei der Durchsuchung von Dariens Büro gefunden hatte.

«Woher haben Sie...», setzte Darien an, unterbrach sich dann abrupt.

«Richtig.» Spraggue lächelte. «Sie haben Ihren Text verpatzt. Sie hätten sagen sollen: ‹Was ist das?› Dann hätte ich Ihnen vielleicht geglaubt, wenn Sie sagten, Sie würden kaum je einen Blick auf Ihren Schreibtisch werfen. Aber dafür ist es jetzt zu spät.»

«Wie kommen Sie dazu, mein Büro zu durchsuchen? In meinen persönlichen Dingen herumzuschnüffeln?»

«Wenn Sie nicht kooperieren...»

«Ich muß Ihnen überhaupt nichts sagen, Spraggue. Haben Sie mich verstanden? Gar nichts muß ich Ihnen sagen!»

«Stimmt, Arthur. Und ich muß nicht für Sie arbeiten. Suchen Sie sich einen anderen, der zuhört, wie Sie ein Märchen spinnen...»

«Ich habe Ihnen die Wahrheit gesagt!»

«Ausgewählte Teile der Wahrheit! Das ist nicht das gleiche.»

«Wenn Ihnen der Bastard letzte Nacht nicht entwischt wäre...»

«Ja, Sie haben recht, Arthur.» Spraggue senkte die Stimme. «Mit den Informationen, die Sie mir gegeben haben, konnte ich nur auf ein bißchen Glück hoffen. Letzte Nacht war so ein Zufall, allerdings einer, der sehr leicht alles andere als glücklich für mich hätte enden können. Beim nächsten Mal sieht es vielleicht anders aus...»

«Ich bezweifle, daß es ein *nächstes* Mal geben wird, Spraggue. Für Sie. Ich brauche niemanden, der mich verhört, mein Büro durchsucht, mich wie einen Kriminellen behandelt! *Ich* habe Sie engagiert!»

«Und Sie können mich jederzeit feuern, Arthur. Jederzeit», sagte Spraggue. Er wartete auf das, was als nächstes kam. Nach all den Zweifeln, ob er den Job annehmen sollte, war Spraggue jetzt überrascht festzustellen, wie sehr er ihn behalten wollte.

«Boss?» Der fette Mann trat lautlos aus dem Schatten. Spraggue fragte sich, wie lange er wohl schon dort gestanden haben mochte, verborgen durch das grelle Scheinwerferlicht und die dunklen, alles verhüllenden Vorhänge.

«Was wollen Sie, Dennis?» sagte Darien heftig.

«Nichts Wichtiges. Geschäfte. Sorry. Mir war nicht klar, daß ich eine wichtige Besprechung störe...»

«Schon in Ordnung, Dennis», sagte Darien, wobei seine Stimme widerwillig Vergebung gewährte.

«Ich bin Mr. Spraggue noch nicht vorgestellt worden», fuhr der fette Mann fort. Spraggue starrte ihn verdutzt an. Er hatte erwartet, daß der Intendant die Zurückweisung einsteckte, sich entschuldigte und wieder lautlos verschwand. Er hat nicht gewußt, daß er eine wichtige Besprechung stört – Dennis Boland wußte genau, in was er da hineinplatzte, es sei denn, er war taub.

Darien machte sie flüchtig miteinander bekannt.

«Ich spreche Sie später noch mal auf mein kleines Problem an, Boss», sagte der fette Mann. «Will nur hoffen, daß die Proben jetzt nicht mehr gestört werden. Sind auch so schon alle ganz schön aus dem Häuschen.»

«Ich weiß, Dennis», sagte Darien.

«Gut. Dann mache ich mich jetzt wieder an meine Arbeit. Schauen Sie kurz zu mir rein, wenn Sie mal ein paar Minuten Luft haben. Ist nicht weiter wichtig.»

Der fette Mann schüttelte allen die Hand, zog sich zurück und verschwand wieder in der Dunkelheit. Spraggue lauschte, wie sich die überraschend leichten Schritte entfernten. Zu schnell? War Dennis vielleicht stehengeblieben, um auch noch das Ende der Unterhaltung mitzubekommen?

Darien strich mit einer Hand durch sein feines, dünner werdendes Haar und seufzte. «Ich muß Ihnen ja wohl nicht erst sagen, wie sehr mich das alles mitnimmt, oder?» sagte er.

Spraggue atmete aus. Er wurde also nicht gefeuert. Die Störung durch den fetten Mann hatte Darien den Wind aus den Segeln genommen. Eine Störung genau zur richtigen Zeit.

«Ich muß aber immer noch wissen, warum Sie mir diese Nachricht nicht gezeigt haben, Arthur.»

Darien zuckte mit den Achseln. «Es kam mir zum damaligen Zeitpunkt so dumm vor», sagte er lahm. «Anonyme Briefe!» Angewidert rümpfte er die Nase.

«Wenn ich herausfinden soll, wer dieser Scherzbold ist, muß ich *alles* wissen, was vor sich geht», sagte Spraggue bestimmt.

«Hätte es irgendeinen Unterschied gemacht, wenn Sie diesen Zettel von Anfang an gekannt hätten?»

«Vielleicht. Ich hätte den Scherzbold dann anders eingeordnet. Am Anfang dachte ich noch, ich hätte es mit einem irgendwie bizarren Sinn für makabren Humor zu tun. Jetzt glaube ich, daß er – oder sie – es sehr ernst meint. Dieser Brief hätte mich möglicherweise schon früher darauf gebracht. ‹Reicht ein Selbstmord für dieses Theater›. Nicht gerade eine Rührseligkeit, wie ich sie bei einem normalen Scherzbold erwartet hätte.»

«Aber es ist so gottverdammt lächerlich!» explodierte Darien.

«Bildet sich wer immer es ist vielleicht ein, daß ich in panischer Angst zusammenzucke und aus dem Fenster springe?»

«Die Sache ist doch», sagte Spraggue, «wer immer es ist scheint jemandem aus dem Ensemble Nachrichten zu schicken. Nachrichten, von denen ich sicher bin, daß sie zumindest eine Person genau versteht...»

«Ich kann nicht ganz folgen.»

«Jeder Streich wird von einer Nachricht begleitet. Bislang sind alle, mit Ausnahme der Nachricht an Sie, verschlüsselt gewesen...»

«Verstehen Sie sie?»

«Ich glaube, ja.»

«Meiner war nicht verschlüsselt», sagte Darien. «Er muß gewußt haben, daß ich es nicht verstehen würde.»

«Vielleicht.»

«Was ist mit den anderen? Spraggue? Was bedeuten sie?»

«Es sind ausnahmslos Warnungen. Und ich denke, wir müssen sie ernst nehmen.»

«Gegen jemand speziellen?»

«Gegen praktisch jeden, jeweils zu seiner Zeit.»

Darien hob fragend eine Augenbraue.

«Im Augenblick», fuhr Spraggue fort, «mache ich mir um Emma und Caroline am meisten Sorgen. Emma hätte das Opfer des Streiches von letzter Nacht werden sollen. Möglicherweise gibt sich unser Witzbold nicht mit einem Versuch zufrieden.»

«Warum Caroline?»

«Sie kommt nach Emma.»

«Könnten Sie sich vielleicht mal etwas klarer ausdrücken, Spraggue?»

«Lieber nicht. Es ist nur eine Theorie. Allerdings möchte ich die Polizei einschalten und diese beiden Frauen unter ihren Schutz stellen lassen – wenigstens bis zur Premiere...»

«Keine Polizei.»

«Arthur...»

«Kategorisch nein. Hören Sie, ich stimme mit Ihnen überein. Wir haben es hier mit jemandem zu tun, den man ernst nehmen muß, mit jemandem, der geistig sehr gestört ist. Aber was hat er bislang erreicht? Dieser Angriff von letzter Nacht war nicht darauf angelegt, Sie zu verletzen, das haben Sie selbst gesagt. Und ein Eimer voll Blut hätte Emma zwar schrecklich mitgenommen, aber getötet hätte es sie nicht! Und mein Brief – was kann der schon groß schaden? Ich tendiere nicht zum Selbstmord. Selbst wenn dem so wäre, bezweifle ich doch stark, daß ich wegen einem anonymen Brief gleich durchgedreht wäre.

Ich glaube, Sie kommen dem Täter langsam näher, Michael. Sie wissen, wo Sie suchen müssen, wer das nächste Opfer sein könnte. Sie werden auch ohne Polizei damit fertig, ohne Publicity. Davon bin ich fest überzeugt.»

«Mr. Darien.» Es war Karen Snow. «Wir sind jetzt soweit. Wollen Sie mit der Szene weitermachen? Nur noch fünfunddreißig Minuten bis zur Mittagspause.»

«Ein ganzer Morgen vergeudet!» Dariens Fingernägel gruben sich in seine Handflächen. «Versuchen wir, wenigstens etwas zu retten. Spraggue. Der Scherzbold hat letzte Nacht genug gewonnen. Er hat die Probe dieses Morgens ruiniert. Geben wir ihm nicht noch mehr Befriedigung. Keine Publicity. Gehen wir einfach wieder an unsere Arbeit.»

«Es ist Ihre Show, Arthur.»

«Rufen Sie die Schauspieler für den zweiten Akt, dritte Szene, Karen. Schnell!»

Spraggue setzte sich in den Zuschauerraum, dritte Reihe Mitte, um dort auf seinen Einsatz zu warten. Er nickte Gregory Hudson zu, der sich vier Reihen weiter hinten zwischen Deirdre und Georgina auf einem Sitz flegelte. Ein himmelschreiender Widerspruch: dieser große, effeminierte Mann und immer von Frauen umgeben. Waren seine gezierte Art, die hohe Stimme nur äußerliche Streiche der Natur?

Die beiden Bräute Draculas kicherten und tuschelten mit Harker, und ihr Lachen erreichte einen Höhepunkt, als Caroline Ambrose, in einem schlichten, aber teuren schwarzen Kleid in den Zuschauerraum kam und sich lässig neben Arthur Darien auf einen Platz in der ersten Reihe fallen ließ.

Die Szene begann. Die gesamte Technik einschließlich Scheinwerfer, Musik und Geräuscheffekten kam zum Einsatz. Die Nebelmaschinen summten leise. Blauer Nebel senkte sich über die felsige Küste von Whitby in England. Musik spielte – elegische, lang nachklingende Streichinstrumente, denen sich eine einsame Klarinette anschloß. Ein Wolf heulte einen unheimlichen Diskant. Ein angenehmes Schaudern kroch über Spraggues Rücken.

Emma Healey tauchte auf der höchsten Plattform in der Mitte der Bühne auf, die Augen weit aufgerissen und leer, unnatürlich blaß im indigofarbenen Licht.

«Auftritt Lady Macbeth, wahnsinnig», flüsterte eine Stimme von hinten. Spraggue drehte sich um. Hudson. Deirdre grinste und preßte eine Hand auf ihren Mund. Spraggue fragte sich: Zitierte Hudson häufiger *Macbeth*?

Emmas Haar loderte um ihre ovales Gesicht. Sie trug das gleiche, tief ausgeschnittene Trikot und dazu einen langen Rock, um ihr *das Gefühl* des weiten Nachthemdes *zu vermitteln*, das sie bei der Aufführung tragen würde. Sie streckte ihre Arme einem unsichtbaren Wesen entgegen und sprach. Spraggue holte tief Luft.

Ihre Stimme war dunkel und kehlig, laut genug, auch noch im hintersten Winkel des Hauses gehört zu werden, aber doch auch irgendwie intim. «Du hast mich gerufen, Meister», sagte sie, machte eine kleine Pause vor dem letzten Wort. Ihre Vortragsweise war äußerst sexy – ein Sonnenöl-Werbespot, der nur so troff vor Klasse. Spraggue hörte Greg Hudsons Kommentar, mit dem er den Vampir um sein Glück beneidete. Stumm pflichtete Spraggue ihm bei.

In einem Windstoß hörte die junge Lucy Westenra Draculas Antwort, tief und melodiös.

«Komm näher!» verlangte die Stimme, lockte und befahl zugleich. Spraggue suchte den Schauspieler. Seine Stimme kam von überall, wurde von den Wänden reflektiert.

Lucy-Emmas Stimme war voller Verlangen und doch gleichzeitig ängstlich. «Näher zum Abgrund? Ich traue mich nicht.»

«Keine Angst, mein Kind, meine Lucy. Ich werde dich beschützen. Du *wirst* kommen.»

Langsam stieg die Frau die sich windenden, felsigen Stufen hinab.

«Nein!» Dariens Schrei zerstörte die Atmosphäre. «Sieh nach *oben*, Emma. Nach oben! Konzentriere dich auf das Bild des Vampirs, das du siehst.»

«Ich habe aber Angst, daß ich falle. Ich kenne die Stufen noch nicht gut genug.»

«Sag ihr, daß Deirdre es liebend gern versuchen wird, Arthur», meldete sich Greg Hudson ungefragt zu Wort. «Dann kriegt sie die Augen schon vom Boden.»

«Pssst.»

Die Stimme hinter den Kulissen fuhr hypnotisch fort. «Komm, meine Lucy, meine Braut. Blut von meinem Blut wirst du sein. Fleisch von meinem Fleisch. Jahre habe ich gewartet, seit dein Bild mich das erste Mal verzaubert hat...»

«Aber, Arthur», flüsterte Caroline Ambrose deutlich hörbar, «sieh sie dir doch nur an! Sie sollte *jungfräulich* wirken, meinst du nicht auch? Und nicht *gierig lechzend.*»

»Pssst.» Diesmal kam das Zischen nicht von Darien, sondern von Hudson. Caroline funkelte ihn wütend über die Schulter an.

Auf der Bühne: eine Materialisation. Wie von Zauberhand hob sich der schwere Deckel eines Sarkophages. Nebelschwaden quollen heraus. Eine schwarze Gestalt erhob sich, den Rücken zum Publikum, den Umhang ausgebreitet.

Spraggue suchte nach den vertrauten Bühnenmechanismen, richtete seinen Blick auf die Stelle direkt unterhalb des Sarges. Sorgfältig abgeschirmt vom Blick der Zuschauer, befand sich der hydraulische Lift und die Öffnung im Boden. Die Illusion war perfekt.

Arthur Dariens Stimme unterbrach Spraggues Gedankengang. «Du bereitest dich jetzt besser für deinen Auftritt vor, Caroline», sagte er.

«Was? Und den sexy Teil verpassen?» intonierte Greg zu seinen kichernden, manierierten Anhängerinnen.

Spraggue sah, wie Caroline ihm einen grimmigen Blick zuwarf, dann die Stufen hinaufstieg und in den Kulissen verschwand.

Der Graf, John Langford, jetzt majestätisch im Profil, streckte Emma die Arme entgegen. Wehrlos von ihm angezogen und doch auch irgendwie abgestoßen, ging sie fast unwillig die Stufen hinunter, wach und dennoch verzaubert. Die Szene war eher ein Ballett als Theater. Die Tänzer umkreisten sich, beäugten sich hungrig. Ihre Hände berührten sich. Als sie sich dem Ende der Treppe näherte, riß der Graf sie vom Boden. Seine Hand streichelte ihr Haar, spielte zärtlich an ihrem Hals. Sie sank in seinen Armen zurück, akzentuierte dabei die Linie vom langen Hals bis zu schwellendem Busen. Der Vampir biß zu. Sie seufzte, stieß einen kleinen Schrei aus. Behutsam legte der Graf ihren in Ohnmacht sinkenden Körper über den Sarkophag; sorgfältig löste er den hohen Kragen ihres imaginären Hemdes. Schwungvoll warf er den schwarzen Samt zurück und beugte sich über sie...

«Verdammt, sie ist gut!» hauchte Georgina von hinten.

Jemand grunzte zustimmend.

Spraggue merkte, daß er von der Handlung auf der Bühne auf eine Art gefesselt war, aus der er eigentlich herausgewachsen zu sein geglaubt hatte. Sie standen in Flammen, die zwei. Ihre Augen, wie sie sich packten – einige der besten Augenblicke im Theater kamen in völliger Stille.

Der Graf strich Emmas rotglühendes Haar zurück. Seine Hand wanderte über ihre Wange, verharrte einen Augenblick auf ihrem Hals, streichelte ihre Brust...

Ein angsterfüllter Schrei hinter der Bühne zerriß schlagartig die Atmosphäre. Caroline Ambrose hatte ihren Auftritt.

«Halt!» brüllte Darien. «Laß ihnen mehr Zeit, Caroline! Wenn John sie auf die Bank legt, zählst du bis fünf, besser noch bis acht, bevor du kommst. Oder noch besser, vergiß den Schrei. Das lenkt zu sehr ab. Komm schweigend auf die Bühne. Laß uns Zeit, uns daran zu gewöhnen, dich auch dort oben zu sehen. Beleuchtung! Richtet einen kleinen Spot auf sie, sobald sie rauskommt. Nicht zu hell. Und dann schau dich um, Caroline. Genau! Denk an den Nebel. Versuch, den Nebel mit deinen Blicken zu *durchdringen.* Du *glaubst,* sie zu sehen, aber sicher bist du nicht. Richtig. Deshalb muß der Schrei auch *zögernder* kommen. Saubere Arbeit, John und Emma. Noch mal ab der Bank.»

«Meinst du, der Graf braucht einen Ersatzmann?» Spraggue war überrascht, plötzlich Greg Hudson neben sich zu bemerken. Draculas Bräute waren fort. «Die müssen sich für die nächste Szene fertigmachen», erklärte Hudson, «falls der Herr und Meister beschließt, ohne Pause weiterzumachen. Wir müssen seine Launen immer voraussehen.» Hudson lehnte sich zurück, den Blick fest auf die Bühne gerichtet. «Sie arbeiten gut zusammen, was?»

Spraggue nickte.

«Fast, als hätte sie ausgiebig geübt. Emma ist ein sehr emsiges kleines Mädchen.»

Spraggue sagte nichts.

«Allerdings sehe ich nicht, wie Langford das geschafft haben könnte», fuhr Hudson grüblerisch, fast zu sich selbst, fort. «Wo Lady Caroline ihn mit Zärtlichkeiten förmlich überschüttet.»

Und wieder unterbrach Darien die Szene. Caroline war zu schnell hereingekommen.

«Ich frage mich, wer als erster explodiert», sagte Greg.

«Was meinst du damit?»

«Eine der Damen steht kurz davor, mit Ziegeln zu schmeißen. Ich tippe auf Emma. Sie ist total aufgedreht, weißt du. Vor Angst.»

«Wegen der Rolle?»

«Machst du Witze? Sieh sie dir doch an. Sie wird Caroline Ambrose die Show stehlen, ohne auch nur einen BH-Träger verrutschen lassen zu müssen.»

«Und wovor hat sie dann Angst?» Spraggue achtete darauf, daß er leise sprach. Er wollte Darien nicht stören, der so konzentriert, so unbeirrbar auf die Bühne starrte.

«Vor nichts, nehme ich an», meinte Greg. «Ein paar Anrufe.»

«Anonym?»

«Ja. Die alte Stöhner-Nummer. Ruft mitten in der Nacht an. Meistens gehe ich ran. So strengt sich der Kerl umsonst an.»

«Ist es ein Mann?»

«Mann, Frau. Ich weiß es nicht. Jedenfalls geht es Emma an die Nieren. Sie hat Schlafstörungen.»

Willst du damit vielleicht sagen, daß Emma ausschließlich mit dir kopuliert? fragte sich Spraggue. Willst du mich warnen? Spraggue musterte Gregs konzentriertes Gesicht. Sein Blick verließ Emma keine Sekunde ... oder John Langford.

«He, sieh sie dir an!» sagte Greg. «Caroline. Sie wird die Szene wieder verpatzen.»

Caroline betrat auf pompöse Art die Bühne, offensichtlich außer sich. Sie atmete schwer, die Wangen gerötet vor Anstrengung. Sie war Lucy so sehr ergeben, daß sie die ganze Strecke vom Haus zu den Klippen gelaufen war. Sie posierte tragisch im Nebel.

«Lucy!» brüllte sie, mit lauter, schriller Stimme. Es machte die Stimmung kaputt. Spraggue hielt seinen Blick auf Lucy und den Grafen gerichtet. Ihre Leidenschaft war inspiriert.

Darien brodelte wie ein Vulkan, der jeden Augenblick ausbrechen konnte.

Greg Hudson stieß Spraggue einen Ellbogen in die Rippen und nickte vielsagend in Dariens Richtung.

«Geschieht ihm recht, wenn er die Rolle mit dem Miststück besetzt hat», flüsterte er.

«Scheiße!» Darien riß sich mit größter Anstrengung zusammen, fing noch mal mit seinem ruhigsten und vernünftigsten Ton an. «Caroline, meine Liebe, was ich hier versuche...» Spraggue erinnerte sich aus seiner Zeit in England noch sehr gut an diese Stimme. Darien war stinksauer.

Der drohende Sermon wurde durch Lärm auf der linken Seite der Bühne verschoben. Es klang wie eine Schlägerei. Vorwurfsvolle Stimmen wurden laut. Die Inspizientin verlangte Ruhe. Etwas krachte auf den Boden. Dicht gefolgt von Karen Snow kam ein kleiner Terrier-Welpe wütend kläffend auf die Bühne geflitzt.

«Caroline!» tobte Darien. «Was macht diese Kreatur in meinem Theater?»

«Arthur, es ist wirklich nicht meine Schuld. Ich habe ihn in die Garderobe gesperrt. Also, ich *konnte* ihn doch wohl schlecht den ganzen Tag allein im Hotel lassen, oder? Jemand muß ihn rausgelassen haben.»

Der Hund kläffte.

«Schaff ihn von meiner Bühne!» brüllte Darien.

«Ich versuch's ja», antwortete Karen mit zusammengebissenen Zähnen.

Caroline fing eine neue Szene an. «Hast du mich vermißt, Wolfie?» gurrte sie zu dem verängstigten Tier hinab. Ihre Augen suchten die Bühne ab. «Eddie, bist du das, Liebling?»

«Mein Gott», stöhnte Hudson. «Kann sie die Anfänger nicht in Ruhe lassen?»

Eddie Lafferty tauchte verlegen aus den Kulissen auf.

«Du hilfst mir doch, Eddie, nicht wahr?» Caroline ignorierte betont Karens Versuche, den kleinen Hund zu fangen. «Du kannst ihn fangen. Ich weiß es. Versetzen Sie ihn jetzt nur nicht in Panik», ermahnte sie die vor Wut kochende Inspizientin. «Lassen Sie ihn einfach in Ruhe, bis ich runterkomme und...»

«Du bleibst, wo du bist, Caroline! Ich will diese Szene jetzt durchziehen! Karen, schaffen Sie den Köter raus!» Darien blieb sitzen, aber seine Stimme verriet eindeutig, daß er nicht mehr lange dort bleiben würde.

Der kleine Hund wurde nun von der Inspizientin, Eddie Lafferty und einem Bühnenarbeiter verfolgt, dessen Namen Spraggue nicht kannte. Caroline rief ihnen von oben wie ein göttliches Wesen gute Ratschläge zu. «Er wird euch nicht beißen. Er ist wirklich sehr brav. Ruft ihn. Er heißt Wolf. Und tut ihm nicht weh. Macht ihm nicht solche Angst!»

Es war Karen, die schließlich das erfolgreiche Manöver organisierte. Die drei Verfolger trieben das panische Tier in eine Ecke. Eddie riß ihn blitzschnell hoch und hob ihn für alle sichtbar wie eine Trophäe. Außer Darien applaudierten alle.

«Danke, Eddie, Lieber.» Caroline ignorierte den Beitrag von Karen und dem Bühnenarbeiter zur Rettung des Hündchens. Sie kam ein paar Stufen herunter.

«Stop!» Eddies Stimme, normalerweise immer respektvoll, gab den Befehl. «Bleiben Sie stehen. Nicht bewegen!» Er drückte dem mit offenem Mund gaffenden Bühnenarbeiter den Hund in den Arm und stürmte die unebenen Stufen hoch, vorbei an dem Podest, auf dem John und Emma Hand in Hand saßen. Er kniete vor der ersten Setzstufe.

«Was zum Teufel ist denn jetzt schon wieder?» brüllte Darien und sprang auf.

Caroline legte vielsagend eine Hand auf ihr Herz und schnappte nach Luft. Anmutig brach sie auf der fünften Stufe der langen, gewundenen Treppe zusammen.

Eddie richtete sich langsam auf, hielt irgend etwas in der Hand. Emma und John starrten ihn wortlos an.

«Will mir irgendwer vielleicht mal verraten, was hier los ist?» erkundigte sich Darien.

«Das ist ein Stolperdraht», sagte Eddie laut.

Caroline brach in wunderbar orchestrierte Tränen aus. Mit einem bedauernden Blick auf Emma nahm John Langford zwei Stufen auf einmal, um sie zu trösten.

«Ein Stolperdraht?» wiederholte Darien.

«Ein dünner, zwischen zwei in die Setzstufe geschlagenen Nägeln gespannter Draht.»

«Aber...», setzte Emma an.

«Ja?»

«Aber ich bin doch auch die Treppe runtergekommen, Arthur. Du hast mich doch gesehen. Da war kein Draht.»

«Ich habe dich auf den Arm gehoben, bevor du die letzte Stufe erreicht hast», korrigierte John Langford.

«Genau, wie du's immer tust, Schätzchen.» Carolines Stimme hatte sich in Eis verwandelt. «Emma war überhaupt nicht in Gefahr. Das wußte sie. Sie wußte es, als sie das verdammte Ding dort angebracht hat...»

Langford legte eine warnende Hand auf Carolines Schulter. «Hör auf, Caroline. Du weißt ja nicht, was du sagst. Du bist durcheinander.»

«Laß sie doch reden, John. Ich bin wirklich fasziniert», zischte Emma herausfordernd.

«Wie kannst du es wagen, du...»

Spraggue stand auf. «Arthur», sagte er, «räumen Sie die Bühne. Lassen Sie sämtliche Scheinwerfer einschalten, und machen Sie Mittagspause. Karen, in meiner Garderobe liegt ein Lederetui. Könnten Sie jemanden schicken, der es holt? Und könnten Sie bitte bleiben?»

Darien stand mit offenem Mund da. Dann zuckte er die Achseln. «Eine Stunde Mittagspause», sagte er. «Seid alle um halb zwei wieder hier. Und jetzt runter von der Bühne.»

Caroline schniefte laut. «Bring mich bitte in meine Garderobe, John. Ich habe keinen Appetit...»

Langford begleitete die weinende Caroline die Treppe hinunter, warf Emma hilflose Blicke zu. Das war Carolines beste Vorstellung an diesem Tag. Sie warf Emma einen vorwurfsvollen Blick zu, drückte Eddie einen dankbaren Kuß auf die Wange, packte ihr Hündchen und gestattete Langford, sie halb von der Bühne zu tragen. Spraggue unterdrückte seinen Applaus.

Das Theater begann sich zu leeren, auch wenn einige der Schauspieler noch zögerten, neugierig Spraggue beobachteten, wie er ein Vergrößerungsglas aus dem Etui nahm, das ein Bühnenarbeiter geholt hatte. Darien war der letzte, der ging.

«Also», sagte Karen Snow, die Lippen zu einem Strich zusammengepreßt, «Sie haben mich gefragt, ob meiner Meinung nach die anderen Schauspieler wüßten, warum Sie hier sind. *So* blöd sind die nicht. Spätestens jetzt weiß jeder Bescheid.»

«Gut.»

«Warum?»

«Der Scherzbold hat uns bislang gewarnt. Ich wollte die Gefälligkeit erwidern.»

«Dann ist er also jetzt gewarnt», sagte sie. «Und was jetzt?»

«Entweder wird er vorsichtiger, hört auf oder wird erwischt», sagte Spraggue.

«Ich hoffe, er hört auf», meinte Karen.

«Ich nicht. Ich freue mich langsam schon darauf, unseren Scherzbold persönlich kennenzulernen. Ich hoffe, der Dreckskerl macht weiter.»

«Sorgen Sie nur dafür, daß Sie ihn bald erwischen.»

Kapitel Zwölf Auf der Setzstufe fanden sich Fingerabdrücke – zu viele. Eddies natürlich und wahrscheinlich die Abdrücke des Bühnenarbeiters, der die Plattformen aufgestellt hatte, und des Schreiners, der sie gebaut hatte. Spraggue fotografierte sie alle, kam sich dabei ein wenig albern vor. Jetzt würde er dem gesamten Ensemble die Fingerabdrücke nehmen müssen. Und er war ziemlich sicher, daß der Scherzbold Handschuhe benutzt hatte. Er untersuchte die Nägel, die sauber und gerade ins Holz geschlagen worden waren. Hatte die winzige Georgina die Kraft zu dem dazu erforderlichen Schlag? Den Draht selbst konnte Karen leicht identifizieren: Er stammte direkt von einer Rolle aus dem Arbeitsraum des Elektrikers. Aufbewahrt auf einem Regalbrett in einem unverschlossenen Raum. Für jeden erreichbar.

Spraggue schüttelte seinen Kopf. «Sie sollten auch zu Mittag essen gehen, solange noch Zeit dazu ist», meinte er zu Karen.

«Was ist mit Ihnen?»

«Kein Hunger.»

«Hat unser Scherzbold keine neue Nachricht hinterlassen?»

«Kann keine finden.»

«Ich werde Ihnen ein Sandwich mitbringen», sagte sie.

Spraggue stattete Caroline Ambrose einen Beileidsbesuch ab. Die Tür ihrer Garderobe war nur angelehnt. Sie war allein.

Caroline stand vor ihrem großen Standspiegel. Sie putzte sich, probierte eine berühmte Pose nach der anderen. Ihr Lächeln verblaßte, und die Fingerspitzen massierten behutsam Schläfen und Stirn, versuchten verzweifelt, die Falten des Alters wegzuglätten.

Das Gesicht im Spiegel war geradezu klassisch. Caroline Ambrose hatte riesige dunkelblaue Augen unter geschwungenen Brauen, eine Porzellanhaut, feine Gesichtszüge, eine Wolke dunkler Haare und ein süßes Lächeln. Übersüß, korrigierte sich Spraggue, nicht einfach nur süß. Ein steifes Lächeln, bei dem Lachfältchen vermieden werden sollten. Taxierende Augen, die ständig auf der Suche waren: nach Beifall, nach Schwäche, nach Profit.

Caroline tuschte ihre langen Wimpern, erneuerte den scharlachroten Lippenstift, tupfte mehr Farbe auf die Wangen. Sie schaffte es, daß Spraggue sich nach dem kompromißlosen Gesicht von Karen Snow sehnte – nicht schön, aber echt. Er zog die Intelligenz in Karens Augen der falschen Fügsamkeit in Carolines ganz klar vor.

Spraggue klopfte an. Caroline war immer noch in ihr Spiegelbild vertieft.

Sie drehte sich um, zeigte ihm ein Dreiviertelprofil und ein Madonnenlächeln. Eines ihrer besten. Sie wurde häufig so fotografiert.

«Darf ich hereinkommen, Miss Ambrose?» fragte Spraggue mit der, wie er hoffte, für eine Nebenrolle dem Star gegenüber angemessenen Portion Respekt.

Ihr Lächeln vergrößerte sich grüblerisch. Sie klopfte auf eine Stelle auf der Bank neben sich und strahlte ihn an, als er sich setzte.

«Nennen Sie mich Caroline, Michael. Bitte.»

«Caroline.» Er sprach ihren Namen beifällig aus. «Ich hoffe, ich habe Sie nicht erschreckt.»

«O nein.»

«Gut. Nach allem, was Sie durchgemacht haben...»

«Einfach furchtbar, nicht wahr?» Sie zitterte, mußte dann selbst über ihre unnatürliche Reaktion lächeln. «Die Dinge, mit denen sich Schauspieler eben abfinden müssen.»

«Ganz besonders Sie.»

Caroline errötete vor Freude. «Dann ist es wenigstens Ihnen aufgefallen. Im Theater gibt es soviel Neid.»

«Sie scheinen es aber sehr gelassen zu nehmen. Wenn Sie nur ein paar Schritte weiter die Stufen hinuntergegangen wären...»

Sie legte eine Hand auf seinen Arm. «Bitte, sagen Sie es nicht einmal. Ich bin nicht gelassen, ganz und gar nicht.» Sie erlaubte ihrer Lippe ein winziges Beben. «Wirklich, man hätte mich hier nicht allein lassen dürfen.»

Also hatte John Langford sie verlassen. Wegen Emma? «Tut mir leid», sagte Spraggue.

«Ich bin dumm, ich weiß.» Caroline lächelte tapfer. «Aber mit solchen Dingen kann ich mich nicht aufhalten. Es könnte meine schauspielerischen Leistungen beeinträchtigen.»

Es beeinträchtigt ihre schauspielerischen Leistungen im Augenblick ganz sicher nicht, dachte Spraggue.

«Wissen Sie, so etwas ist mir auch früher schon passiert.»

«Stolperdrähte?»

«Nein, nein. Aber es wurde bereits zweimal in meine Garderobe eingebrochen. Ich hatte auch schon Rückschläge in meiner Karriere. Eifersüchtige Menschen, die schamlos ausgenutzt haben, daß...»

«Wissen Sie, wer diesen Draht gespannt hat?»

«Michael, nein, wie sollte ich? Ich *fühle* es. Ich bin für solche Dinge sehr empfindsam. Ich spüre einfach, wer meine Feinde sind. Ich habe immer Feinde.»

«Haben Sie schon mit Darien über Ihren Verdacht gesprochen?»

«Mit Arthur? Er hört mir doch nie zu. Er glaubt an das Gute im Menschen im allgemeinen, besonders, soweit es das weibliche Geschlecht betrifft. Das ist eines der wirklich wunderbaren Dinge an ihm.»

«Sie kennen ihn schon lange.»

«O ja, wir haben schon so manches zusammen erlebt. Aber andererseits», sie lächelte verschmitzt, «soweit ich weiß, kennen auch Sie Arthur recht gut von früher.»

Toll. Genau, was ihm noch gefehlt hatte: eine Diskussion seiner eigenen Vergangenheit. Lektion Nummer zwei: laß den Mann über sich selbst reden. Selbst ohne Skript klang Caroline programmiert. Er sagte nichts. Sollte sie doch denken, er wäre schwerhörig.

Nach einem Moment plapperte sie weiter. «Arthur und ich sind genaugenommen schon eine Ewigkeit befreundet. Ich bin ihm ja so dankbar. Es ist die alte Geschichte: Nach meinem ersten New Yorker Engagement hat er mich unter seine Fittiche genommen, und wir sind eigentlich immer irgendwie in Verbindung geblieben. Ich habe ihm wirklich sehr viel zu verdanken. Er und Spider und ich, wir waren eine Zeitlang die drei Musketiere. Man konnte nie einen von uns ohne die beiden anderen finden.»

«Spider?»

«Dennis, Dennis Boland. Ich sollte ihn nicht Spider nennen. Genaugenommen haßt er es sogar. Ein alter Spitzname aus Kindertagen. Manchmal wird man sie nur sehr schwer wieder los.»

Spraggue brummte zustimmend.

«Haben Sie ihn noch nicht kennengelernt? Ein sehr lieber und netter Mann. Er ist Intendant dieses Theaters. Arthur völlig ergeben... und mir im übrigen auch.»

Spraggue war klar, daß er jetzt dran war, daß er jetzt etwas sagen sollte wie «Das dürfte nicht weiter schwierig sein», daß er seinen Part in dem koketten kleinen Sketch übernehmen sollte, den Caroline Ambrose abspulte.

Wenn auch ein wenig spät, nahm er sein Stichwort auf. Caroline strahlte. Er hatte den Test bestanden. Von nun an würde er Michael Spraggue sein, dieser reizende junge Schauspieler. Er biß sich auf die Unterlippe.

«Es ist schon eine ziemlich traurige Geschichte», ratschte sie weiter. «Spider – Dennis – hatte eine sehr grausame Jugend, kommt aus sehr armen Verhältnissen. Er und Arthur waren schon als kleine Jungs in New York befreundet. Irgendwann verloren sie sich dann aus den Augen. Es ist so leicht, jemanden aus den Augen zu verlieren. Arthur hatte schon immer dieses Genie, wissen Sie. Stipendien, renommierte Ostküsten-Colleges. Und dann, als er schon ein renommierter New Yorker Regisseur war, ging er auf eine Party. Und da war Spider, sein bester Freund aus alten Tagen. Ich glaube, seitdem haben sie sich nicht mehr getrennt.» Sie seufzte. Jedes Wort klang, als wäre es schon viele Male geprobt, jede Geste, jede anmutige Kopfbewegung viele Male einstudiert worden. Das Seufzen vervollständigte die Geschichte. Wieder sein Stichwort. Spraggue suchte nach der erwarteten Antwort.

«Und so freundeten Sie sich ebenfalls mit Spider an.»

Sie sah ihn mit großen dunkelblauen Augen an. «Aber natürlich. Er ist ein Schatz. Ich war damals noch mit Domingo verheiratet, meinem dritten Ehemann. Domingo de Renza.»

Sie unterbrach sich einen Moment. Spraggue nickte aufmunternd. De Renza, hmh? Emma hatte nicht übertrieben, was den Reichtum von Carolines Ex betraf.

«Domingo mochte Spider gut leiden.» Caroline lachte, ein sorgfältig kalibriertes Tremolo. «Er hat uns auf der Plantage besucht, hat praktisch bei uns gelebt.» Mit einer anmutigen Armbewegung deutete sie auf einen üppigen Strauß violett und gelb getupfter und gestreifter Blüten. «Domingo schickt mir immer noch Blumen, wissen Sie. Jeden Tag. Und Spider arrangiert sie für mich. Er bewundert Orchideen, und er weiß, wie sehr es mich freut, wenn sie wirklich gut arrangiert werden.»

«Wie nett von ihm», sagte Spraggue, hatte das Gefühl, zunehmend tiefer in eine Salon-Komödie verstrickt zu werden, während er vergeblich versuchte, zu der Frage zurückzukehren, wer ihrer Meinung nach den Stolperdraht angebracht hatte. Nicht, daß ihre Meinung besonders fundiert gewesen wäre. Sie lebte in einer Phantasiewelt.

«Ich liebe es, jeden Morgen in die Garderobe zu kommen und hier etwas so Zartes und Exotisches vorzufinden. Diesen Teil meiner Persönlichkeit hat Domingo sehr gut verstanden.» Sie entfernte einen violetten Zweig von dem Gesteck und hielt ihn an ihre Wange. «Ich trage sie nur selten, aber allein zu wissen, daß sie jederzeit greifbar sind, hebt meine Laune beträchtlich. Das ist auch der Grund, warum ich glaube, daß sie sie neulich gestohlen hat.»

«Sie?»

«*Emma*, Schätzchen. *Darüber* reden wir hier doch, oder nicht? Wer den Stolperdraht gespannt hat. Vielleicht sollte ich ein paar meiner Orchideen zu Arthurs Party tragen.»

«Wann hat Emma Ihre Blumen gestohlen?»

«Lassen Sie mich nachdenken. Es ist noch nicht lange her. Letzten Montag, glaube ich. Natürlich hat sie es abgestritten. Aber ich wußte es einfach. Ich weiß es immer. Sie will alles, was ich habe. Sie hat bereits diese reizende Rolle, und jetzt...» Caroline bremste sich. Sie hatte die Stirn gerunzelt. Sie überprüfte ihr Ebenbild im Spiegel, um sich zu vergewissern, daß keine Falten zurückgeblieben waren. «Arthur muß Ihnen doch von seiner Party erzählt haben. Morgen abend. Genau hier, in diesem Theater...»

«Was ist mit der Generalprobe?»

«Werfen Sie doch mal einen Blick auf Ihren Probenplan, Schätzchen. Die Technik wird irgendeine langweilige Probe auf der Bühne durchziehen, aber der ganze vordere Bereich des Hauses wird für die Party zur Verfügung stehen. Schwarze Krawatte, genau wie bei den Galaabenden, die der alte... wie heißt er noch schnell, dieser Mann, der sich hier umgebracht hat...»

«Phelps.»

«Genau, das ist er. Arthur ist ganz begeistert von der Idee. Also, genau wie der alte Phelps sie immer geschmissen hat. Alle Schauspieler, Leute von der Presse, jede Menge Fotografen...»

Darien hatte es erwähnt. Die Gelegenheit, die Finanziers der Aufführung kennenzulernen.

«Ich nehme an, Sie kennen bereits die meisten Leute, die an der Produktion der Aufführung wesentlich beteiligt sind. Als Star ...»

Nichts hätte er sagen können, was sie glücklicher machte. Ihre Augen leuchteten.

«Allerdings kenne ich einige der einflußreicheren Geldgeber ...»

«Kommt irgendeiner von denen aus New York? Oder zieht Arthur die Sache als lokale Produktion auf?»

«Nun, Schätzchen» – sie klimperte mit den Wimpern –, «das könnte ich wirklich nicht sagen. Jamie Blakeley *könnte* man sicher als Ortsansässigen betrachten. Er besitzt Zweitwohnungen in so vielen Städten. Er hat praktisch darauf bestanden, daß ich bei dem Stück mitspiele. Er ist übrigens auch derjenige, der mir meinen kleinen Hund geschenkt hat.»

Spraggue prägte sich den Namen ein. Blakeley. Tante Mary kannte ihn bestimmt, und er würde erfahren, wer die übrigen Finanziers waren. Caroline plapperte weiter, gab ihm keine Chance auf ein Entkommen.

Eine riesige Party hier im Theater. Schauspieler, Regisseur, die Presse. Toll. Was für eine einmalige Gelegenheit für den Scherzbold.

Hinter sich hörte Spraggue leise Schritte. Mitten im Satz unterbrach sich Caroline und überschlug sich dann förmlich: «Oh, Dennis, Schätzchen, ich habe Michael hier gerade alles über dich erzählt und auch darüber, was du alles für das Ensemble tust, und wie aufs Stichwort kommst du auch schon rein. Michael Spraggue, darf ich Ihnen Dennis Boland vorstellen.»

Der fette Mann lächelte, aber das Lächeln war alles andere als freundlich. «Wir sind uns schon begegnet», sagte er. Spraggue fühlte sich nachdrücklich an den verschmähten Spitznamen aus Kindertagen erinnert, an Spider. Der Intendant sah aus wie eine große, aufgedunsene Spinne, die in einer Zimmerecke hing.

«Wie nett», sagte Caroline ausdruckslos. «Mr. Spraggue hat mir sehr scharfsinnige Fragen über den Geist des Ensembles gestellt. Ich glaube fast, er hat seinen wahren Beruf bislang vor uns verborgen.»

Keiner der Männer erwiderte etwas.

«Und du hast meine Blumen heute morgen wieder so wunderbar arrangiert, Dennis. Wirklich zu lieb von dir.»

Unterwürfig ölte der fette Mann zu Carolines Schminktisch und nahm ihre Hand. Mit überraschender Grazie beugte er sich vor und küßte sie.

«Das ist doch nicht der Rede wert, Caroline, überhaupt nicht der Rede wert», raunte er. Spraggue richtete sich eine Idee auf. Diese Stimme hatte er schon mal irgendwo gehört. In den Kulissen, an diesem Morgen, ja. Aber auch an einem anderen Ort...

Caroline lächelte gnädig. Die Vorstellung wäre perfekt gewesen, wenn da nicht die winzige rote Druckstelle auf ihrem Handgelenk zurückgeblieben wäre, als Spider ihre Hand wieder losließ.

Spraggue stand auf. «Ich lasse Sie jetzt allein», sagte er. «Ich habe noch eine Menge zu tun.»

«Davon bin ich überzeugt», sagte Boland.

Spraggue ließ sie zurück, ein erstarrtes Tableau, und ging den Korridor hinunter, in Gedanken mit einer salbungsvollen Stimme beschäftigt. Dann hatte er es. Eine Zeile: «Ich will nur hoffen, daß du weißt, was du tust», gesprochen hinter Dariens verschlossener Bürotür.

Kapitel Dreizehn

«Pssst!»

Spraggue blieb wie angewurzelt stehen. Das verschwörerische Zischen kam von seiner Linken, ein Stück weiter den Korridor hinunter. Da war es wieder, lauter diesmal. Ein Türknauf drehte sich, und eine Tür wurde einen Spaltbreit aufgestoßen. Dracula persönlich winkte Spraggue in seine Garderobe und schloß dann schnell wieder die Tür.

John Langford war gut fünf Zentimeter größer als Spraggue mit seinen eins fünfundachzig. Er kleidete sich mit einer gekünstelten Lässigkeit, die einiges gekostet haben mußte. Designer-Jeans, Lederweste, elegant geschnittene Hemden, die sich um seine breiten

Schultern und den modisch nach unten schmaler werdenden Torso schmiegten. Ein dünnes Goldkettchen um den Hals. Die Intensität, die er in jede Vorstellung steckte, war auch jetzt spürbar. Sie verhinderte, daß er lächerlich wirkte, als er einen warnenden Finger an die Lippen hob und die Verbindungstür zum Nachbarzimmer aufriß. Keine heimlichen Lauscher.

Spraggue kam sich vor, als wäre er in eine Lasterhöhle aus Tausendundeiner Nacht verschleppt worden. Orchideen und unzählige Fotos ihrer selbst in verschiedenen Rollen waren der einzige Schmuck in Caroline Ambrose' Garderobe gewesen; darunter unverkennbar eine Lady Macbeth. Langfords Garderobe hingegen war von Grund auf umgebaut worden.

Hier gab es einen Teppich. Keine andere Garderobe hatte einen. Ein abgewetzter, aber knallbunter Orientteppich, der viel zu groß für den kleinen Raum war – an einem Ende noch aufgerollt. Spraggue beschloß, daß er ihn sich aus der Requisite angeeignet haben mußte. Bis auf einen waren sämtliche Stühle entfernt und durch Stapel grelloranger, und lilafarbener Kissen ersetzt worden. Der prunkvolle Stuhl war das Gegenstück zu Dariens Büro-Thron. Seine höhlenartige Atmosphäre jedoch erhielt der Raum durch den Mangel an Licht. Schwere, dunkle Tücher waren vor die beiden hohen Fenster gehängt worden. Kerzen flackerten in kunstvollen Messingleuchtern.

«Ich kann hier drinnen kein Sonnenlicht zulassen», erklärte Langford angespannt. «Ich habe Arthur gesagt, wir sollten nur nachts proben, aber er war nicht bereit, mir in diesem Punkt entgegenzukommen. Oft, wenn die Sonne zu hell ist, wenn ich das Gefühl habe, ihr grelles Licht nicht mehr ertragen zu können, schlafe ich hier, auf meinen Kissen, bis die Zeit gekommen ist, zu der ein Vampir sicher umherstreifen kann.»

Spraggue nickte, war dankbar, daß anscheinend keine andere Reaktion erwartet wurde. Die Spätnachmittagssonne schien den Vampir nicht weiter gestört zu haben, als er mit Emma in seinem chauffierten Wagen geflohen war. Spraggue spürte die hypnotische Kraft von Langfords Ausstrahlung und Stimme. Sie war voll und tief, verriet nach vielen Jahren an amerikanischen Theatern nur noch manchmal seine englische Kinderstube. Das Ergebnis war eine Diktion, im Vergleich zu der jeder andere Schauspieler sich anhörte, als würde er seinen Text nur runternuscheln. DieStimme, ein Bühnenflüstern, erfüllte den Raum. Es war ihre gewaltige *Wucht*, entschied Spraggue, die sie zu etwas Besonderem machte. Selbst wenn er mit größter Lautstärke sprach, schien Langford immer noch das Brüllen eines Löwen in Reserve zu haben.

Der Schauspieler ließ sich im Schneidersitz auf dem Teppich nieder, legte die geöffneten Hände auf die Knie und bedeutete Spraggue mit einem Kopfnicken, sich ebenfalls zu setzen. Als sich ihre Augen auf einer Höhe befanden, begann Langford:

«Ich bin der Überzeugung, Arthur hätte es mit mir besprechen sollen, bevor er einen Detektiv einschaltete.»

Spraggue grinste. Seine wahre Identität war kein Geheimnis mehr.

«Er reagiert natürlich übertrieben», fuhr Langford fort. «Bislang ist nichts Ernstes passiert. Wenn Arthur mich einfach gefragt hätte...»

«Ich bin sicher, Arthur wollte Sie durch nichts von ihrer schauspielerischen Leistung ablenken», sagte Spraggue. Hier schien im Augenblick ein wenig Schmeichelei angebracht.

Langford strahlte.

«Ich würde mich sehr über jede Idee freuen, die Sie möglicherweise bezüglich des Scherzboldes haben.» Immer bescheiden bleiben.

Langford machte ein sehr ernstes Gesicht. «Ich persönlich gehe die Sache psychologisch an», verkündete er herablassend.

«Aha.» Spraggue nickte, ganz der junge Hawkshaw – eine Detektiv-Figur von Henry C. Bullivant – zum alten Spürhund. Bei dieser Ermittlung mußte er nichts anderes tun als nur herausfinden, welche Rolle ihm in der Phantasie jedes einzelnen Schauspielers zugewiesen worden war. Caroline wollte Koketterie; Langford wollte Respekt, Anerkennung seiner Autorität. Spraggue merkte, daß er Karens Antipathie den Angehörigen des zweitältesten Gewerbes gegenüber von ganzem Herzen teilte. Nicht ganz einfach, da er sich selbst zu dieser Berufsgruppe zählen mußte.

«Nehmen Sie zum Beispiel einen Mann wie Gus Grayling», sagte Langford weise.

«Ich habe ihn bislang noch nicht kennengelernt.»

«Ist auch nicht nötig. Ich werde Ihnen den Mann zeigen. Gus ist die perfekte zweite Banane, wie wir beim Theater sagen. Sein ganzes Leben lang hat er immer nur den Stichwortgeber gespielt. Keine Helden. Keine Romantiker. Keine Hauptrollen. Also will er natürlich auch keine anderen Rollen spielen. Er versucht, seine eigenen Romanzen zu erschaffen. Er hat eine verwickelte Theorie über Van Helsings enttäuschte Leidenschaft für Mina. Erwähnen Sie das ihm gegenüber nicht; andernfalls redet er tagelang von nichts anderem mehr! Was wünscht sich so ein Mann am meisten, Spraggue?» Langford zögerte, aber nicht lange genug, um eine Antwort bekommen zu können. Er zog hier einen Monolog ab, wollte keinen Dialog. «Aufmerksamkeit!» donnerte Langford. «Und was kann ein Mann tun, um Aufmerksamkeit zu bekommen?» Er nickte Spraggue bedächtig zu. Jetzt mußte der aufgeweckte Schüler antworten.

«Tricks?» schlug Spraggue vorsichtig vor.

Langford lächelte. «Wäre da nicht eine Kleinigkeit, würde ich sagen, daß Grayling die perfekte Psyche für unseren Scherzbold besitzt. Aber diese eine Kleinigkeit ist sehr bedeutend. Georgina!»

«Georgina? Aber die ist doch hinter Arthur Darien her.»

Langford schloß seine dunklen Augen, während ein lässiges Lächeln um seine Mundwinkel spielte. «*Alle* lieben Arthur. Er ist ein Teddybär. Aber an einer echten Frau ist er überhaupt nicht interessiert. Seine Mätresse ist dieses Theater, dieses Stück. Gus will Georgina. Und er wird sie auch bekommen. Und das wiederum wird sein Verlangen befriedigen, mir zu schaden, denn, wissen Sie, ich habe ihn sorgfältig auf die Schlußfolgerung hingeführt, daß *ich* selbst an unserer jungen Naiven interessiert bin.»

Was Langford perfekt in den Kram paßte. Ein vorgetäuschtes Interesse an Georgina würde Caroline vom wahren Objekt der umherschweifenden Begierden des Hauptdarstellers ablenken. Aber würde ein Spiel, daß Gus und Caroline täuschte, notwendigerweise auch Greg Hudson täuschen? Er war ganz sicher auch ein interessierter Beteiligter.

Was Spraggue Langford auch sagte.

«Hudson? Eine triviale Persönlichkeit. Er muß von Anfang an gewußt haben, daß er Emma nichts bedeutet. Ein so ungleiches Paar. Ein leichtsinniger ‹Flirt› ihrerseits, mehr nicht. Wahrscheinlich reine Neugier. Vielleicht glaubte sie ja auch, ihn ‹kurieren› zu können.» Langford schüttelte den Kopf. «Es fällt mir sehr schwer, Bisexuelle zu verstehen. Für mich ist Hudson ein Rätsel. Vielleicht sollten wir ihn zunächst besser im Kreis unserer Verdächtigen belassen.»

Vielleicht sollten wir das wirklich! «Was ist mit Eddie?» fragte Spraggue.

«Sollten Sie sich keine Notizen machen oder so?» fragte Langford unterkühlt. «Ich bezweifle, daß ich noch einmal die Zeit haben werde, all dieses Material ein weiteres Mal durchzugehen.»

«Ich habe ein ausgezeichnetes Gedächtnis», erwiderte Spraggue ernst. Diese unglaubliche Eitelkeit!

«Sie verdächtigen einen Mann, Spraggue, nicht wahr?»

«Ich habe den Kreis der Verdächtigen noch nicht auf ein Geschlecht eingeengt. Wie kommen Sie darauf?»

«Sie fragen zuerst nach den Männern.»

Spraggue fragte sich, ob das eine Kostprobe von Langfords psychologischem Verständnis war. «Was wissen Sie über Eddie Lafferty?»

«Wenig, wie ich bedauerlicherweise zugeben muß. Es ist schwer, ihn näher kennenzulernen. Ein Einzelgänger. Aufgefallen ist mir, daß unsere reizende Inspizientin eine gewisse Anziehungskraft auf ihn auszuüben scheint...»

Verdammt, dachte Spraggue.

«Es ist schwer, Lafferty einzuschätzen, weil er vorgibt, verrückt zu sein. Einer dieser Schauspieler, die sich bemühen, sich so umfassend wie nur möglich mit ihrer Rolle zu identifizieren. Er spielt seine Rolle selbst dann noch, wenn er nicht mehr auf der Bühne steht. Versteckt seine wahre Persönlichkeit. Da er offensichtlich seine wahre Freude daran hat, verrückt zu sein, möchte ich mal so vermuten, daß er in Wirklichkeit geistig sehr normal ist, sehr schüchtern, durchschnittlich eben. Kein besonders interessanter Mensch.»

«Sie würden jetzt lieber über die Frauen sprechen?»

«Jederzeit, mein Junge. Jederzeit. Von Emma will ich gar nicht erst reden. Die Vorstellung allein ist schon lächerlich! Sie ist keine Frau, die Aufmerksamkeit ablehnt. Aber ich muß mich ihr anschließen, daß es bei Caroline noch schlimmer ist. Ich habe Sie aus ihrer Garderobe kommen sehen… sehr aufmerksam von Ihnen. Natürlich könnte es etwas anderes sein, muß nichts mit dem Scherzbold zu tun haben. Aber sie ist eine eifersüchtige Frau. Eifersüchtig und besitzergreifend. Ich würde sie auf der Liste weit oben einordnen, ja, sehr weit oben… Die anderen Frauen. Deirdre. Sie ist immer so ernst. Ich mag keine *ernsten* Frauen. Ist schon ein bißchen unheimlich, die Gute. Ebenfalls ein Einzelgänger. Kann nicht viel zu ihr sagen. Und Georgina. Sie gehört ganz sicher nicht zu den Verdächtigen. Ein süßes, dummes Kind. Die perfekte Naive.»

«Und perfekte Naive laufen nicht in der Gegend herum, verstümmeln Puppen und legen Stolperdrähte», beendete Spraggue den Satz. «Haben Sie auch irgendwelche Ideen, was die Randfiguren betrifft – Darien, den Intendanten, die Inspizientin?»

«Es wäre dumm, Arthur in diesen Kreis aufzunehmen. Arthur will vor allen Dingen eines, nämlich dafür sorgen, daß diese Aufführung ein Erfolg wird. Durch nichts auf der Welt würde er dies in Gefahr bringen. Bei den beiden anderen weiß ich nicht. Techniker langweilen mich. Ich finde, daß ich erheblich besser mit Künstlern zurechtkomme, mit kreativen Geistern. Ich bin sicher, Sie werden das verstehen.»

Spraggue wollte nicht sagen, daß er verstand, warum Karen Langford unter den Langweilern ziemlich weit oben angesetzt hatte. Statt dessen sagte er: «Haben Sie schon mal den Macbeth gespielt?»

«Oft. Sowohl Macbeth als auch Macduff. An vielen Universitäten habe ich Regie über das Stück geführt, meine Interpretation in Lehrfilmen diskutiert…» Plötzlich sprach der große britische Schauspieler nicht weiter. «Hat das vielleicht irgendwas mit unserem Scherzbold zu tun?»

«Nein, eigentlich nicht», log Spraggue. «Ich finde nur, daß Ihre Stimme sehr gut zu Macbeth paßt.»

«Vielen Dank, mein Junge. Andere sind da einer Meinung mit Ihnen. Genaugenommen sogar eine ganze Reihe von Leuten, darunter einige sehr einflußreiche Männer des Theaters.»

Spraggue lächelte. «Und darf ich fragen, wo Sie Sonntag abend zwischen zehn und elf Uhr waren?»

Langford bekam große Augen. «Ein Alibi. Für mich? Natürlich haben wir noch nicht über mich gesprochen. Aber von einem psychologischen Standpunkt aus betrachtet, kann ich Ihnen versichern, daß Sie nur Ihre Zeit verschwenden. Ich habe keinerlei Bedürfnis nach mehr Ruhm, als ich ohnehin schon genieße. Ich bin der unbestrittene Star dieses Stückes. Ich glaube, daß mein Spiel meinen Ruf noch erheblich verbessern wird. Ich habe keinerlei Verlangen, meinen Schauspielerkollegen, auf welche Weise auch immer, zu schaden. Und ich bin außerdem äußerst zufrieden mit meinem eigenen Leben.»

Nein. Langford war nicht der Scherzbold. Aber mit diesem ungeheuren Ego, dieser unglaublichen Eitelkeit, mochte er sehr wohl dessen Ziel sein.

«Wenn Sie darauf bestehen zu erfahren, wo ich war», fuhr Langford selbstgefällig fort, «fragen Sie doch einfach Emma. Sie wird sich für mich verbürgen ... und ich mich für sie.» In einer einzigen fließenden Bewegung stand Langford auf. Stumm ging er zu einer Wand hinüber und klopfte dreimal dagegen. Nach einem Augenblick kam die Antwort, drei gedämpfte Klopfer.

«Wären Sie so freundlich, mir hinauszuhelfen, Spraggue?» Langford lächelte fotogen. Seine Augen funkelten im Kerzenlicht. «Sehen Sie einfach nach, ob die Luft rein ist. Ich habe keinerlei Verlangen auf eine dieser öden Szenen mit Caroline Ambrose.»

So. Das Nachbarzimmer, das, welches leider keine zweckmäßige Verbindungstür besaß, war also der Bau der hinreißenden Emma Healey. Und höchstwahrscheinlich war dies auch der Grund für all das Intrigenspiel und die Geheimniskrämerei. Mehr als Langfords Bedürfnis, sich in «psychologischen» Einsichten zu ergehen, war ihm daran gelegen, einen verständnisvollen Trottel zu finden, der den Korridor inspizieren und ihn im Falle von Lady Carolines Nahen warnen konnte. Und Langford mußte davon ausgegangen sein, daß jeder, der Carolines Zimmer nach einem längeren Schwatz verließ, verständnisvoll sein würde.

Spraggue spielte mit, musterte ausgiebig den Korridor und gab

Langford ein Zeichen, daß er sich beeilen solle. Erst nachdem Emmas Tür sich wieder geschlossen hat, erlaubte er sich ein kleines Lächeln.

Wie, fragte er sich, würde wohl Greg Hudson auf Emmas Techtelmechtel reagieren? Anscheinend ein vernünftiger Bursche, aber man konnte nie wissen. War ihm von Anfang an klargewesen, daß Emma nicht ausschließlich einen liebte? Und Caroline? Hatte sie auch einen Text für verschmähte Liebhaber? Oder hatte sie bereits einen für ihre herrliche sechste Ehe mit dem großen Schauspieler John Langford geschrieben? Würde sie sich auch mit dem «Anfänger» Eddie zufriedengeben? Wenn dem so war, wie würde Karen das aufnehmen? Und wenn Karen in diese Sache verwickelt war, erkannte er plötzlich, dann auch er selbst.

Hatten all diese ineinander verhedderten Liebesgeschichten etwas mit dem Scherzbold zu tun?

Wieder Zeit für die Proben. Schnell marschierte er den Korridor hinunter.

Wird Shakespeare recht behalten, fragte er sich: «Gott, was sind diese Sterblichen für Narren!»

Kapitel Vierzehn

Während einer fünfzehnminütigen Pause am folgenden Morgen stand Spraggue wieder in der Telefonzelle in der Huntington Avenue. Jemand hatte mit oranger Sprayfarbe frische Graffiti gemalt, aber das Telefon funktionierte noch.

Nach dem zweiten Klingeln meldete sich Tante Mary.

«Hast du etwas aus Jamie Blakeley herausbekommen?» fragte er.

«Du schon wieder?»

«Sorry», sagte Spraggue schnell. «Ich weiß, ich sollte jetzt hallo sagen und wie geht's dir und all das, aber mir fehlt einfach die Zeit.»

«Ich wußte doch, daß ich dich besser erzogen habe als ...»

«Komm schon, Tante Mary.»

«Schätzchen, bislang weiß ich noch gar nichts. Ich bin mit ihm zum Mittagessen im Café Plaza verabredet. Er ist genau der Typ, der sich in Caroline Ambrose verlieben könnte ...»

«Er wollte am Telefon mit nichts rausrücken?»

«Nicht eine Silbe, aber keine Angst. Ein Fläschchen Bordeaux zum Essen, und Blakeley wird mir mehr über Arthur Dariens Finanzierung erzählen, als ich je wissen wollte. Ich hoffe nur, daß ich ihn davon abhalten kann, mir schon wieder von seiner Scheidung zu erzählen.»

«Du bist eine wunderbare Frau.»

«Ich weiß. Und zufälligerweise habe ich auch ein paar faszinierende Informationen über deine Schauspieler.»

«Ach ja?»

«Zum Beispiel: Deirdre Marten heißt richtig Dinah Martowski.»

«Hast du das von der Schauspielergewerkschaft?»

«Nein. Die sind ungewöhnlich verschlossen. Ich weiß es von einem der Ensembles, mit denen sie in Kanada gearbeitet hat.»

«Tante Mary, würdest du für mich Fred Hurley vom Erkennungsdienst anrufen und ihm Deirdres richtigen Namen durchgeben?»

«Fred? Den hast du auch auf diese Sache angesetzt?»

«Ja. Und sag ihm, er soll sich beeilen.»

«Ich weigere mich, ihn unter Druck zu setzen. Und jetzt hör zu. Interessiert es dich zu wissen, daß dein Greg Hudson ein Fachmann für Bühnenschlägereien ist? Hat einen Kurs im Carnegie-Mellon geleitet und studiert mit Schauspielern Schlägereien ein, wenn er selbst kein Engagement hat.»

«Faszinierender Beruf.»

«Also, sollte er einen Schwinger auf dich loslassen, duck dich.»

«Sonst noch was?»

«Eine ganze Menge. Dein junger Renfield, zum Beispiel. Er hat es versäumt, ein paar bedeutendere Referenzen in seinem Lebenslauf zu erwähnen. Er hat in New York tatsächlich schon den Hamlet gespielt! Shakespeare-in-the-Park.»

«Wer? Eddie Lafferty?»

«Das behauptet wenigstens sein Agent.»

«Ein New Yorker Agent?»

«Genau. Zur Zeit auf Urlaub in Paris. Könnte sein, daß meine Telefonrechnung dich in den Ruin treibt.»

«Hat Lafferty zufälligerweise auch schon *Macbeth* gespielt?»

«Nein. Warum?»

«Darauf möchte ich mich jetzt konzentrieren. Finde mir irgendeine Querverbindung zu *Macbeth*.»

«Ich bin überzeugt, du hast einen Grund. *Macbeth* ist ein recht populäres Stück.»

«*Macbeth* war Samuel Phelps letzte Produktion im *Fens Theater*. Und unser Scherzbold verschickt *Macbeth*-Zitate.»

«Phelps», sagte Mary nachdenklich. «Ich habe versucht, die Familie aufzuspüren. Wollte herausfinden, ob sie immer noch finanziell am *Fens* beteiligt sind.»

«Und?»

«Wohl kaum. Die Frau ist kurz nach Samuel gestorben. Zwei Söhne: George und Thomas. George hat versucht, mit dem Theater schwarze Zahlen zu schreiben, was ihm allerdings nicht geglückt ist. Er hat versucht, es zu verkaufen, und es dann am Ende praktisch an das Boston State College verschenkt. Sie wollten einen Fachbereich darin unterbringen. Dann ist die Zahl der Immatrikulationen zurückgegangen, und das Gebäude kam wieder auf den freien Markt. Heute gehört es einer Holdinggesellschaft. Du weißt schon, Michael, *Acme* oder *Bonded* oder *Universal* oder so etwas. Ich versuche im Moment noch, den Namen herauszubekommen.»

«Bleib dran. Was ist mit Phelps Enkeln?»

«Niete.»

«Was ist mit den Lebenslauffotos, um die ich dich gebeten habe?»

«Zeit, Michael. Das alles dauert seine Zeit. Morgen vielleicht...»

«Ich muß jetzt los. Hör zu, wenn ich dich heute abend zu Dariens Gala für die Finanziers einlade, wirst du dann kommen?»

«Was ist heute für ein Tag?»

«Montag.»

«Komischer Wochentag für eine Party.»

«Wem sagst du das. Montag ist ‹Ruhetag› in Boston. Sämtliche Theater sind geschlossen. Was vermutlich der Grund ist, wieso der alte Phelps seine Soireen auf die Montage verlegt hatte. Und wenn Phelps es gemacht hat, dann kann Darien es schon lange.»

«Ich komme gern.»

«Jamie Blakeley wird auch dasein», warnte Spraggue.

«Aha. Aber auch John Langford.» Tante Mary seufzte verträumt.

«Ich muß jetzt wieder zur Probe.»

«Michael, ich habe hier Papiere, die du unterzeichnen mußt.»

«Finanzieller Kram?»

«Was sonst?»

«Wie wär's mit Fälschen?» schlug Spraggue vor. «Ich sollte dir einfach eine Handlungsvollmacht geben.»

«Unsinn. Das geben die Alten und Schwachen den Jungen, nicht umgekehrt.»

«Ich unterschreibe alles, was du willst, sobald ich eine Minute erübrigen kann.»

«Da ist ein Geschäftsbericht von deinem kalifornischen Weingut. Wirklich keine schlechte Investition.»

«Lob aus dem Mund des Meisters will etwas heißen...»

«Auch wenn ich vermute, daß du dort eher wegen einer gewissen Lady statt des Geldes eingestiegen bist. Ich habe hier einen Brief von deinem Kompagnon Kate.»

«Mach ihn nicht auf. Wahrscheinlich ist er obszön.»

«Michael!»

«Bye, Tante Mary. Wir sehen uns dann heute abend.» Er legte auf und kehrte zum Theater zurück.

Hatte er irgend etwas vergessen? Die *Macbeth*-Querverbindung: Caroline hatte die Lady Macbeth gespielt. Langford den Macbeth. Die Fotos: einer der weniger bekannten Schauspieler konnte den Lebenslauf eines anderen benutzt, einfach sein eigenes Foto eingeklebt haben. Künstlernamen... Hudson, Fachmann für gestellte Kämpfe auf der Bühne... Jamie Blakeley. Um den würde Mary sich kümmern. Sie würde fein säuberlich sein Innerstes nach außen kehren, die Füllung genau unter die Lupe nehmen und ihn anschließend wieder in seinen vorherigen Zustand zurückversetzen.

Spraggue nahm den langen, kühlen Korridor zur Treppe, ging zu den Garderoben hinunter. Gerade noch Zeit genug, einen Blick in Karens Buch über Bostoner Theater zu werfen, im Index nach Querverweisen auf Phelps – junior oder senior – zu suchen.

Zwei Söhne: George und Thomas. Noch Kinder, als sich Vater Samuel das Leben genommen hatte? Georgie und Tommy. Nein. Spraggue erinnerte sich an das Foto, an den grauhaarigen Mann mit dem üppigen Bart. Mußte schon weit in den Sechzigern gewesen sein, als er starb. Erwachsene Kinder. *Was war mit diesem Foto*? Samuel Borgmann Phelps. Georgie Phelps. Tommy Phelps.

Georgie Phelps. *Georgina* Phelps. *Georgina Phillips!*

Spraggue holte Karens Buch vom Regal über seinem Schminktisch. Während er zu Georginas Garderobe ging, blätterte er. Ihre Tür war verschlossen.

Spraggue klopfte an. Keine Antwort. Er öffnete die Tür.

Da stand das Foto. Jünger zwar, der Bart gepflegter, dunkler, die stechenden Augen unverkennbar. Samuel Borgmann Phelps.

Ungläubig schüttelte Spraggue den Kopf.

Kapitel Fünfzehn «Jeder an seinen Platz! Drei-fünf. Letzter Akt, letzte Szene!» Karens Ruf hallte durch den Korridor, aber Spraggue rührte sich nicht.

«Spraggue? Mit Ihnen alles in Ordnung?»

«Ja.»

«Kann ich etwas für Sie tun?»

«Sie können mich Michael nennen.»

Er wurde mit einem flüchtigen, kurzen und beherrschten Lächeln belohnt.

«Im Ernst», sagte er, nahm seinen Blick von dem Foto an Georginas Garderobenwand. «Wo ist Georgie?»

«Sie tritt nur im ersten Akt auf. Wahrscheinlich spazieren. Sind Sie sicher, daß mit Ihnen alles in Ordnung ist?»

«Ja, ja, alles bestens.»

«Dann ab auf die Bühne. Darien läuft schon grün an.»

Spraggue folgte der Inspizientin die Treppe hinauf.

Arthur Darien kochte. «Wo ist Langford?» wollte er wissen. «Ist John nicht unten? Sie haben doch gesagt, er wäre im Haus...»

«In seiner Garderobe, Arthur», erwiderte Karen besänftigend. «Ist schon unterwegs.»

Caroline Ambrose, sie saß in der ersten Reihe des Zuschauerraumes, warf ihr schwarzes Haar zurück und schnaubte verächtlich. Sie schlug die Beine übereinander und zog wütend den Saum ihres Rockes über die Knie. «Ist seine kleine Spielgefährtin vielleicht bei ihm, Karen? Ich will doch *hoffen*, daß Sie vorher angeklopft haben. Schrecklich peinlich für Sie.»

Greg Hudson, der in den Kulissen auf seinen Auftritt wartete, drehte sich um und ging. Spraggue konnte so gerade eben noch sein Gesicht im Profil sehen, das Zucken der Muskeln seiner zusammengebissenen Kiefer.

Karen ignorierte Caroline, beachtete die schriller werdende Stimme der Schauspielerin genausowenig wie ihr gerötetes Gesicht. Aber Darien reagierte.

«Caroline», sagte er streng. «Ich will nichts davon auf der Bühne sehen. Du und Lucy seid Freundinnen. Was ihr im Bett macht und mit wem, das ist mir scheißegal, und ich will nicht, daß das Stück darunter zu leiden hat. Verstanden?»

«Ich bin Profi, Arthur», antwortete sie unterkühlt. «Ich mache meinen Job.»

Darien drückte ihren Arm, strahlte sie mit seinem besten Netter-Onkel-Lächeln an. Ein pummeliger Mann mit Hängebacken lehnte lässig an der Bühne und gackerte. Spraggue starrte ihn an: Gustave Grayling, leicht durch das Foto in seinem Lebenslauf wiederzuerkennen. Gluckste Grayling bei der Vorstellung, daß Langford sowohl mit dem Regisseur als auch mit der weiblichen Hauptrolle Schwierigkeiten hatte? Oder existierte die Eifersucht auf Langford nur im Kopf dieses eingebildeten Schauspielers?

Schwere Schritte auf der Treppe, die dann den Flur heruntergehastet kamen. Der fehlende Schauspieler tauchte außer Atem, mürrisch und allein auf. Falls Emma bei ihm gewesen war, war sie unten geblieben.

«Jeder auf seinen Platz!» rief Karen erleichtert.

«Arthur!» Langford marschierte auf den Regisseur zu. «Hör mal, kannst du den verdammten Schluß nicht ohne mich machen?

Ich habe absolut kein Verlangen danach, länger als unbedingt nötig in dieser feuchten, engen Kiste zu liegen und zu ersticken.»

«John...»

«Es ist mein voller Ernst, Arthur. Ich verabscheue es, zwanzig endlose Minuten in meinem Sarg zu liegen, nur um dann erstochen zu werden, ohne auch nur ein einziges Wort gesagt zu haben.»

«Du *kannst* in dieser Szene *nicht* sprechen, John. Es ist noch heller Tag.»

«Und» – Langford tat, als hätte er die Unterbrechung nicht gehört – «ich verachte das Messer. Ein Vampir sollte mit einem Holzpflock mitten durchs Herz getötet werden. Jedes Kind weiß doch, daß dies die einzige Möglichkeit ist, einen Vampir zu töten...»

«Im Buch, John», sagte Arthur langsam, «wird Dracula mit einem Bowie-Messer getötet.»

«Ach, das Buch, das Buch! Es ist doch nicht die Bibel, oder? Im *Buch* wird, wenn ich mich recht entsinne, Dracula von einer Figur getötet, die der Dramatiker in seine Bühnenfassung nicht mal aufgenommen hat! Soviel zum Buch!»

Darien schloß die Augen, antwortete sehr beherrscht. «Im Theater, John, wiederholt man den gleichen Effekt einfach nicht zweimal. Verstanden? Beim ersten Mal ist das Publikum noch gebannt, beim zweiten Mal suchen sie nach den versteckten Fäden. Wir haben doch Lucy bereits mit dem Pflock getötet. Du mußt durch das Messer sterben.»

Spraggue wartete geduldig in der Kulisse auf der rechten Bühnenseite. Karen ging auf und ab.

«Ich glaube, unser großer britischer Schauspieler leidet insgeheim unter Klaustrophobie», brummte sie. «So wie er sich immer wieder über diesen Sarg ausläßt!»

«Hier wird er nicht viel Mitgefühl zu erwarten haben», meinte Spraggue. «Wie stirbt er denn?»

«Der typische Trick mit dem Requisitenmesser. Literweise Hühnerblut. Ein Todesschrei. Und dann löst er sich in Luft auf. Wäre gar kein übler Effekt, wenn John geruhen würde, es mal zu proben.»

«Auf geht's!» brüllte Darien, ließ den immer noch redenden Langford einfach stehen.

«Jeder auf seinen Platz!» rief Karen lustlos, die Augen flehend zum Himmel gehoben. «Drei-fünf. Jeder auf seinen Platz!»

Die erste Hälfte der Szene ging schnell, das Spiel war intensiver als üblich. Spraggue schrieb diesen Wandel einer neuen Allianz zu, einer neuen Herzlichkeit zwischen Lady Caroline und Greg Hudson; die Bande verschmähter Liebhaber.

Bei der Kampfszene blieb die Probe dann stecken.

«Stop!» rief Darien traurig. «Alles noch mal! In Zeitlupe! Alles! Ich muß *sehen,* was die Sache verpfuscht!»

Greg Hudson biß die Zähne zusammen. Er wußte es, Spraggue wußte es, Grayling wußte es: Caroline Ambrose war die reinste Katastrophe. Sie bestand hartnäckig darauf, die Mörder des Vampirs auf die «viktorianisch weibliche Art» anzugreifen, indem sie wirkungslos mit den Fäusten auf Hudsons Brust eintrommelte. Wieder und wieder ließ Hudson, der Experte für Kampfszenen, sie die Szene durchspielen, versuchte dabei, Caroline weniger lächerlich wirken zu lassen. Spraggue bewunderte seine Geduld.

Caroline war erheblich besser, wenn es darum ging, einen Wutanfall zu bekommen. Gott sei Dank. Sie kreischte überzeugend, als Van Helsing und Harker ihren strampelnden Körper von der Bühne trugen, fort vom Lager des Vampirs. Aber den Schlag vermasselte sie jedesmal.

Spraggue mußte Caroline schlagen. Als Leiter einer Irrenanstalt wußte er, wie er mit Hysterie umzugehen hatte. Er zog seine Hand zurück, ließ sie schnell und hart vorschnellen. Caroline riß den Kopf zur Seite. Der Schlag verfehlte ihr Kinn.

«Caroline», jammerte Hudson. «Nein! Nein! Nein! Sie *müssen* sich schlagen lassen! *Drehen* Sie den Kopf *mit* dem Schlag weg. Es wird schon nicht weh tun! Er wird Sie direkt unterhalb des Wangenknochens erwischen. Das klingt gut. Und ist völlig ungefährlich. Wenn Sie so zurückzucken, renkt er Ihnen womöglich noch den Kiefer aus!»

«Tut mir leid, Greg.» Caroline klimperte mit ihren fliederfarbenen Wimpern. «Ich habe eben einfach Angst!»

«Es kann überhaupt nicht weh tun, wenn Sie darauf vorbereitet sind. Passen Sie auf.» Hudson drehte sich zu Spraggue. «Schlag mich. Genau so, wie du versucht hast, Caroline zu schlagen.» Es klatschte gewaltig. «Sehen Sie? Glauben Sie mir, es tut nicht weh. So, und jetzt noch mal mit Caroline, Spraggue. Zuerst in Zeitlupe.»

Bei halber Geschwindigkeit war alles in Ordnung. Als die Hand ihre Wange traf, drehte sie den Kopf mit dem Schlag zur Seite.

«Perfekt!» meinte Hudson. «Sie müssen *spüren*, wie er kommt. Die Verantwortung für eine tolle Ohrfeige liegt bei dem Empfänger, nicht bei dem, der sie austeilt. Sehen Sie der Sache ins Auge, Caroline! Nehmen Sie den Schlag! Vertrauen Sie ihm. Spraggue wird Ihnen schon nicht weh tun, sofern Sie nichts Unvorhergesehenes machen.»

Caroline lächelte Spraggue ängstlich an.

«So, noch mal jetzt», befahl Hudson.

Spraggue holte aus. Caroline rührte sich nicht, zuckte nicht zurück, versuchte nicht, den Kopf mit dem Schlag wegzudrehen. Die Kraft des Schlages stieß ihren Kopf zur Seite. Sofort flammte ein knallroter Fleck auf ihrem Gesicht auf. Sie funkelte Hudson herausfordernd an.

«Guter Sound!» brüllte Darien von unten. «Weiter so!»

Hudson schüttelte grimmig den Kopf. Caroline nahm wieder ihren Platz ein. Sie hob keine Sekunde eine Hand, um die brennende Wange zu reiben.

Spraggue kam sich benutzt vor, war zum Teil wütend auf sich, ihr weh zu tun, sehnte sich aber auch danach, ihr wieder ein Ding zu verpassen. Also hatte sie vielleicht irgend etwas getan, weswegen sie Bestrafung verdiente. Vielleicht war sie so was wie eine Masochistin. Sie konnte sich gottverdammt nicht darauf verlassen, daß er seinen Schlag bremste.

Wie in Trance spielte er den Rest der Szene, tauchte kaum genug aus seinem Tran auf, um sich zu fragen, wieso das Theatermesser ihm so bekannt vorkam. Doch es kitzelte nur sein Unterbewußtsein.

Kapitel Sechzehn In der Mittagspause entlockte er Karen Georginas Adresse und Telefonnummer: ein billiges Hotel im Rotlichtviertel der Stadt. Sollte er sie anrufen? Nein. Wenn sie zu Hause war, bevorzugte er einen improvisierten Dialog. Einstudierte Antworten hatte er allmählich satt.

Er klemmte Karens Buch über die Bostoner Theater unter den Arm und rief sich auf der Mass Ave ein Taxi.

Zimmer 541. Der schwitzende Mann an der Rezeption grinste ihn anzüglich an.

«Soll ich sie anrufen», fragte der Mann mit einem süffisanten Grinsen seines lückenhaften Gebisses, «oder erwartet die Lady Sie?»

«Sie erwartet mich», erwiderte Spraggue.

Der Mann kritzelte etwas auf einen Block. Wahrscheinlich notierte er sich jeden Besucher. In diesem Hotel wechselten sie wahrscheinlich stundenweise. Vielleicht gab es einen Aufpreis für jeden.

Spraggue marschierte über den verfärbten Teppich zur Treppe. Jeder Absatz war schmaler als der vorhergehende. Und roch übler. Im vierten Stock holte er tief Luft und hielt sie an, bis er vor Zimmer 541 stand.

Sie antwortete auf das Klopfen mit einem ängstlichen «Wer ist da?»

«Michael Spraggue.»

«Oh. Äh. Einen Moment, bitte.»

Sie lächelte, als sie die Tür aufmachte, trat schnell auf den Gang, zog die Tür hinter sich zu.

«Ich habe doch keine Szene verpaßt, oder?» fragte sie nervös, band den Gürtel ihres hellblauen Morgenmantels zu.

«Nein. Darf ich hereinkommen?»

Einen Moment lang flackerte Panik in ihren grauen Augen auf. «Wieso lädst du mich nicht auf einen Drink ein?» Das kokette Angebot klang verlockend, aber ihre Augen verrieten sie. War sie dumm genug, das Kostüm des Scherzboldes nicht zu verstecken?

«Lieber würde ich dein Zimmer sehen», sagte Spraggue. «Du könntest mir zeigen, wo du diese Puppe gefunden hast.»

«Es wird nicht gern gesehen, wenn wir Herrenbesuch auf dem...»

«Hier, Georgie? Ich bitte dich!»

«Ich habe meinen Schlüssel drinnen gelassen. Ich habe mich ausgesperrt.»

Spraggue kramte in seiner Brieftasche nach einer Kreditkarte. «Du hast Glück. Ich bin Experte in solchen Dingen. Ich werde einbrechen.»

«Nein.»

«Ich vermute, unten gibt's einen Hauptschlüssel, wenn dir das lieber ist.»

Sie zog einen Schlüssel aus der Tasche des Morgenmantels. «Du solltest wohl besser reinkommen», sagte sie widerwillig.

Georginas winziger Schlupfwinkel war dunkel. Schwere Vorhänge dunkelten das Fenster zur Linken ab. Auf der gegenüberliegenden Wand gab es ebenfalls ein Fenster, das jedoch so schmutzig war, daß nur wenig Licht hereinfiel. Das Fenster bot einen Blick auf eine nackte Ziegelwand, kaum dreißig Zentimeter entfernt.

«Was willst du?» Das Lächeln war immer noch da, jetzt allerdings eher störrisch. Sie machte keine Anstalten, Licht anzuknipsen.

Spraggue streckte die Hand nach dem Schalter aus. Sie versuchte, ihn daran zu hindern, packte seine Hand. Die einzelne, nackte Birne flammte auf.

Sein plötzliches Luftholen war leise, doch in dem stillen Raum hallte es deutlich nach.

Georginas Zelle war ein Museum, vollgestopft mit Andenken an ein Leben, an mehrere Leben im Theater. Alte Spitzenfächer rahmten den mickrigen Spiegel: Renaissance-Fächer, viktorianische Fächer, Fächer von Königinnen. Plakate, Programme und Abschnitte von Eintrittskarten verwandelten die Wände in riesige Collagen. Das spärliche Mobiliar war wahllos in eine Ecke geschoben, ersetzt durch Schrankkoffer, die sprichwörtlichen Theaterkoffer, bepflastert mit Aufklebern von Gastspielorten.

Ein Koffer hatte eindeutig etwas von einem Heiligtum. Ein alter roter Schal war darüber drapiert, festgehalten von Fotos. Daneben auf beiden Seiten der Bilder spitz zulaufende weiße Kerzen in alten Messinghaltern.

Das größte Foto, sorgfältig in der Mitte aufgebaut, war eine

Kopie desjenigen an ihrer Garderobenwand: Mr. Samuel Borgmann Phelps.

Wortlos reichte Spraggue Georgina das Buch, das er mitgebracht hatte, schlug es an der Stelle mit dem Bild des lange toten Regisseurs auf. Sie betrachtete die Seite genau, schloß das Buch langsam und setzte sich auf die Kante der eisernen Pritsche, die das Hotel Bett nannte.

«Du wolltest nicht, daß ein anderer dort Erfolg hatte», sagte Spraggue leise. «Samuel Phelps hat sein Geld und sein Leben im *Fens Theater* verloren. Sein Sohn George trat in seine Fußstapfen. Lebt dein Vater noch?»

Sie schüttelte den Kopf.

«Deine Mutter?»

Sie drehte sich zum Schrein um; ihr Blick fiel auf das Bild einer zierlichen blonden Frau, kaum älter als Georgina heute – eine Frau in einem weißen Kostüm mit Blumen in den Haaren. Ophelia?

Wieder schüttelte Georgina den Kopf.

Spraggue fuhr fort: «Du hattest nichts anderes als das Theater – Phelps' Traum und Phelps' Torheit. Leer und verlassen.»

«Das Theater war eine Schule», flüsterte Georgina. Spraggue mußte sich näher zu ihr beugen, um sie zu verstehen. Ihre Lippen bewegten sich kaum.

«Ja», sagte er ermutigend.

«Sie wollten sie nach meinem Großvater benennen...»

«Doch statt dessen haben sie es wieder verkauft», sagte Spraggue grob. «Und Arthur Darien beschloß, in deinem Theater Regie zu führen.»

«Ja.»

«Und das hat dir nicht gefallen.»

«Nein.»

«Und du wolltest, daß er wieder aus deinem Theater verschwand.»

«Nein!»

«Du wolltest, daß alle aus deinem Theater verschwinden. Damit es ganz allein Samuels Geist, dem Geist deines Vaters gehört. Also hast du mit diesen Streichen angefangen.»

«Habe ich nicht.»

«Und dann die *Macbeth*-Botschaften. Phelps' letztes Stück war *Macbeth*. Das wußtest du. Du selbst hast mir sogar den Tip gegeben. Vielleicht wolltest du ja erwischt werden. Bevor wirklich noch jemand ernsthaft verletzt wurde.»

«Das ist doch Wahnsinn, Michael. Sieh mich an!»

Spraggue setzte sich neben sie auf die Pritsche. Er seufzte. «Wenn ich dich ansehe, glaube ich's auch nicht. Ich kann mir nicht vorstellen, wie du einen Eimer Saublut durch das Theater schleppst ...»

«Saublut?»

«Das Zeug, das auf Emma kippen sollte. Ich habe es analysieren lassen. Wieder ein Hinweis auf *Macbeth*. Du erinnerst dich? Eine der Zutaten des Gebräus im vierten Akt? ‹Gießt der Sau Blut, die neun Jungen fraß, noch zu ...›»[5]

Georgina verzog das Gesicht.

«Ich kann mir dich nicht im schwarzen Kostüm des Vampirs vorstellen», sagte Spraggue. «Du bist zu klein.»

«Hohe Absätze», schlug sie bitter vor.

«Ja, vermutlich. Aber da war kein Geklapper ...»

Sie atmete aus. «Dann *gibt* es also auch Beweise zu meinen Gunsten? Du glaubst nicht, daß ich der Scherzbold bin?»

«Sag du es mir, Georgina.»

Sie stand auf, starrte auf die Ziegelwand hinaus, starrte aus dem blinden Fenster. «Ich bin Phelps' Enkelin. Mein Name ist Georgina Phelps. Gina Phillips habe ich als Künstlernamen angenommen.»

«Warum?»

«Als Glücksbringer. Phelps hatte in dem Theater nicht sonderlich viel Glück.» Sie versuchte ein Lachen. «Ich bin nicht der Scherzbold, Michael. Das mußt du mir glauben.»

«Aber dieser Zufall!»

«Ach, was für ein verdammter Zufall denn? Es gab keinen Zufall! Ich habe *vorgesprochen*, um in dieses Ensemble zu kommen. Ich will spielen. Ich *muß* einfach im *Fens Theater* arbeiten. Nur ein einziges Mal. Um zu beweisen, daß ich es kann. Um zu beweisen, daß es mich nicht fertigmacht, wie es meinen Vater und meinen Großvater fertiggemacht hat. Eine erfolgreiche Spielzeit im *Fens*, und ich weiß, daß der Fluch gebrochen ist...»

«Du scheinst ihn aber mitgebracht zu haben», sagte Spraggue trocken.

«Ich glaube nicht an das Übernatürliche.»

«Ich auch nicht.»

«Ich war einer der ersten, die von dem Scherzbold angegriffen wurden.»

«Ich bezweifle, daß unser Scherzbold dumm genug war zu versäumen, sich selbst den einen oder anderen Streich zu spielen, Georgina.»

Sie strich sich mit beiden Händen durch ihr helles Haar. «Was kann ich tun, damit du mir glaubst? Laß mich keine Sekunde aus den Augen! Isolier mich!»

«Das wird Dariens Entscheidung sein.»

«Du darfst ihm nichts sagen, Michael!» Die Farbe verließ so vollständig ihr Gesicht, daß Spraggue schon glaubte, sie würde ohnmächtig.

«Ich muß.»

«Er wird mich feuern, Michael. Ich habe nur eine kleine Nebenrolle. Ich bin nicht wichtig für ihn. Ihn wird es nicht interessieren, ob ich schuldig bin oder nicht. Ich bedeute Unglück; ich bin Teil der Phelps-Fiaskos. Er wird reden, Michael. Stell dir doch nur vor, was für eine verdammt gute Story das ist. Ich werde nie wieder ein Engagement finden.»

Spraggue legte eine Hand auf ihre Schulter. Sie zitterte unter seiner Berührung.

«Bitte», flehte sie ihn an. «Gib mir eine Chance. Ich werde alles tun, was du willst. Du kannst jede Sekunde bei mir bleiben. Schließ mich bis auf die Proben in einen Wandschrank...»

«Darien sollte es erfahren.»

«Auch wenn ich nicht der Scherzbold bin?» Sie leckte über ihre trockenen Lippen, schluckte laut. «Natürlich, wenn du glaubst, daß der Geist meines Großvaters für all die Aufregung verantwortlich ist, erzürnt durch meine Anwesenheit in seinem Theater, dann hören die Schwierigkeiten natürlich sofort auf, wenn ich gefeuert werde.»

«Hast du Telefon?»

«Am Ende des Flures.»

Der Anruf dauerte nur zwei Minuten. Georgina schaute auf, als er wieder in ihr Zimmer kam.

«Ich warte draußen, während du dich anziehst und eine Tasche packst», sagte er. «Du wohnst bei meiner Tante, bis ich herausfinde, ob du lügst.»

«Du hast Darien nicht angerufen», sagte sie ungläubig. «Du hast ihn nicht angerufen, und du hast auch nicht die Polizei angerufen.»

«Nein.»

Sie stellte sich auf die Zehenspitzen und gab ihm einen Kuß aufs Kinn. Er fühlte sich, als wäre er von einem schwanzwedelnden Hund geleckt worden.

«Pack eine Tasche», sagte er streng. «Ich setze dich in ein Taxi.»

«Aber du wirst es doch nicht verraten . . . ?»

«Noch nicht, Georgie. Noch nicht.»

Kapitel Siebzehn Spraggue ging zu Fuß die anderthalb Meilen zurück zum Theater. Vier Sekunden einatmen, acht Sekunden die Luft anhalten, weitere acht wieder ausatmen. Nachdem er auf diese Weise zwei Blocks zurückgelegt hatte, war sein Kopf wieder klar.

Georgina: schuldig oder unschuldig? Schuldig: ein verdammt gutes Motiv; Verheimlichung ihrer Vergangenheit; Geheimnistuerei um die enthauptete Puppe. Nein. Das funktionierte nicht. Wenn Georgina die Geschichte mit der Puppe geplant hatte, dann hätte sie es hinausposaunt... Es sei denn, sie war noch erheblich raffinierter, als er dachte. Unschuldig: er wollte, daß sie unschuldig war.

Wenn jemand anderer – X, der Scherzbold – in Georgies Zimmer eingebrochen war, wäre er ein Narr gewesen, das Material nicht zu benutzen, das ihm dort angeboten wurde. Also könnte der Scherzbold geplant haben, Georgie zum Sündenbock zu machen, nachdem er durch die stummen Zeugen in ihrem Raum von ihrer Vergangenheit erfahren hatte. Sogar das Plakat war da, mußte jedem Besucher nur zu deutlich ins Auge springen: Samuel Borgmann Phelps präsentiert *Macbeth*.

Georgina *könnte* die Puppe selbst manipuliert haben. Vielleicht hatte es nie eine Puppe gegeben, nur eine Geschichte, die mit der von Deirdre übereinstimmte. Aber andererseits, konnte das nicht auch bei allen anderen Streichen gesagt werden? War überhaupt jemand wirklich entlastet?

Zum Beispiel der Streich, durch den er überhaupt erst ins Ensemble gekommen war: Frank Hodges Bloody Marys. Frank könnte doch eine geheime Schwäche gehabt haben, Blut zu trinken. Oder er könnte einfach sein übliches Glas Wodka und Tomatensaft gekippt und dann für Darien eine Nummer abgezogen haben. Er durfte nicht vergessen, daß er es hier mit Schauspielern zu tun hatte. Aber warum sollte Frank es vortäuschen? Um aus dem Stück herauszukommen. Warum? Um ungehindert Anschläge auf das restliche Ensemble verüben zu können. Problem: Frank war in New York. Oder nicht? Spraggue hatte eine New Yorker Nummer angerufen, hatte eine Stimme am Telefon gehört, mehr nicht. Franks Motiv? Niete. Unbekannt.

Was war mit den anderen Späßen? Die enthaupteten Puppen, der modellierte blutverschmierte Kopf von Gregory Hudson, das Blutbad. Keines der Opfer war verletzt worden. Opfer und Täter konnten in jedem einzelnen Fall problemlos ein und dieselbe Person sein. Der Eimer voll Blut, aufgehängt für Emma. Eine Sache mit Zeitzünder, gewissermaßen, also hätte die rothaarige Schauspielerin es auch selbst vorbereiten, im letzten Augenblick flink zur Seite treten und höchst wirkungsvoll schreien können. Der Stolperdraht. Wieder im voraus arrangiert. Für Caroline – oder Emma. Durch Caroline oder Emma. Keine konnte ausgeschieden werden.

Eddies Fall – der lag etwas anders. Eddie war hautnah mit dem Scherzbold in Berührung gekommen. Was ihn aus dem Kreis der Verdächtigen ausschloß, richtig? Falsch. Die ganze Episode konnte ein Lügenmärchen sein. Welche Beweise hatte Eddie, um seine Behauptungen zu untermauern? Die beschmierten Wände, das verwüstete Apartment – von Eddie selbst? Der Balanceakt auf dem Stuhl, die Abschürfungen durch das Seil – würde der Scherzbold so weit gehen, sich selbst zu verletzen? Ja, *wenn* er verrückt genug war oder sich total für seine Sache einsetzte. Spraggue sah keine Veranlassung, weder die eine noch die andere Möglichkeit auszuschließen.

Womit die Schauspieler blieben, die nicht von X belästigt worden waren – noch nicht. John Langford und Gustave Grayling. Falls die Streiche in der gleichen Reihenfolge abgezogen wurden wie Draculas Angriffe auf seine Opfer, würde das nicht beinahe zwangsläufig den Verdacht auf die männliche Hauptrolle lenken? Spraggue lächelte, als er sich an die tiefen «psychologischen» Einsichten des großen Schauspielers erinnerte. Entweder war der Mann ein Vollidiot oder...

Nein. Auf keinen Fall dumm. Ein guter Schauspieler, und das erforderte Intelligenz – eine instinktive, gewisse Brillanz, ein Talent zur Nachahmung. Spraggue hatte ausgezeichnete Schauspieler gekannt, die außerhalb eines Theaters unsicher waren. Aber dumm hätte er sie nie genannt.

Ein Illusionist; genau mit einem solchen Gegner hatte er es hier zu tun, mit einem Meister der Verkleidung und im Legen falscher Fährten. Sowohl er als auch Eddie hatten den Scherzbold gesehen, den mysteriösen X. Was konnten sie über ihn sagen?

Die Augenfarbe... Wieso hatte er sich nicht darauf konzentriert, als der Unbekannte keine sechs Meter entfernt gewesen war? Augenfarbe, Größe, Gewicht: das waren die Dinge, die die Polizei bei einer Personenbeschreibung immer zuerst wissen wollte. Die unveränderlichen Kennzeichen. Wie unveränderlich bei einem Schauspieler?

Dann waren da noch die Nicht-Schauspieler: Darien und Dennis Boland. Und Karen. Spraggue beschleunigte seinen Schritt.

Er überholte die Fußgänger auf der Boylston Street, die buntgekleideten Sommertouristen und die gehetzten Büroangestellten, die in der Mittagspause schnell einkaufen gingen. Beneidete die händchenhaltenden Pärchen in den Straßencafés. Vorbei am Springbrunnen auf dem Copley Square, an der Bibliothek, am Prudential Center. An der Ecke Mass Ave bog er ab, hastete weiter. Keine Zeit für ein Mittagessen. Keine Zeit für...

Hinter sich hörte er Schritte, drehte sich um... und wäre um ein Haar mit Eddie Lafferty zusammengestoßen.

«Mensch, gehst du schnell!» Der Irre des Ensembles schnaufte. Schweißperlen tropften von seiner Stirn auf die runde Hornbrille. «Darien hat dich kurz vor der Pause gesucht.»

«Das läßt nichts Gutes ahnen.» Spraggue ging weiter, langsamer diesmal. Eddie paßte sich seinem Tempo an.

«Ich hatte auch gehofft, dich zu finden.» Lafferty zögerte. «Ich wollte mich bei dir bedanken.»

«Das hast du doch schon.»

«Und... äh... ich hatte ja keine Ahnung, daß Arthur dich engagiert hat, um den Scherzbold zu finden.»

«Eddie.» Spraggue blieb stehen und baute sich vor Lafferty auf, versuchte den Blick dieser schwer faßbaren blauen Augen zu fangen. «Wieso hast du den Stolperdraht gesehen? Im Theater trägst du nie eine Brille?»

«Äh... nein, tue ich nicht. Das hat was... äh... mit der Rolle zu tun. Für mich ist Renfield so was wie ein unscharfes Wesen, daher...»

«Du hast den Stolperdraht aus mindestens drei Meter Entfernung gesehen.»

«Das Licht ist reflektiert worden! Wirklich. Es war einfach einer dieser verrückten Zufälle.»

«Du wußtest nicht, daß er dort war?»

«Natürlich nicht. Wenn ich ihn dort angebracht hätte, wieso sollte ich alles verderben, indem ich Caroline warnte? Darüber wollte ich mit dir reden... Scheiße.»

«Was ist?»

«Paß auf. Da kommt sie.»

Spraggue drehte sich um. Caroline Ambrose kam auf zierlichen hohen Absätzen beinahe hinter ihnen hergerannt, verringerte schnell den Abstand.

«Bleib in der Nähe», zischte Spraggue Eddie flehend zu. Der junge Schauspieler grinste. Die blauen Augen waren groß und ein wenig leer.

«Schätzchen!» Caroline packte Spraggues Arm. «Ich bin ganz außer Atem, weil ich Sie verfolgt habe.»

Spraggue ging noch langsamer, sagte aber nichts.

«Und Eddie», plapperte der Star weiter. «Habe ich mich eigentlich schon bei dir dafür bedankt, daß du mir das Leben gerettet hast, Schätzchen?» Sie hakte sich bei Eddie und Spraggue ein, arrangierte geschickt eine kleine Dreiergruppe. Spraggue mußte ihre Technik einfach bewundern: Sie selbst in der Mitte, einen Mann an jedem Arm, bereitete sie ihre Rückkehr ins Theater vor.

Eddie brummte irgend etwas. Was Caroline als Zustimmung auslegte. «Ich bin froh. Ist manchmal schon ein Wunder, daß ich mich überhaupt noch an meinen eigenen Namen erinnere! Natürlich ist das auf der Bühne völlig anders. Ich vergesse nie meinen Text, habe noch nie ein einziges Stichwort verpaßt.» Caroline kicherte, ließ ihre perfekten weißen Zähne aufblitzen. «Aber ich sollte euch zwei nicht stören, ich weiß.» Sie lächelte Eddie an. «Ich wette, du hilfst Michael, das Geheimnis des Ensembles zu lösen!»

Keiner der Männer sagte etwas. Sie kicherte wieder.

«Kein Grund zur Beunruhigung. Ich bin sehr diskret. Ich habe Ihnen doch von meiner Garderobe erzählt, Michael, oder? Die ist auf den Kopf gestellt worden, und jemand hat mein Puder ausgeschüttet. Sehr teures Puder, übrigens. Ich lasse es exklusiv für mich mischen; meine Haut ist so empfindlich. Genau das, was eine gehässige, eifersüchtige ...»

«Sie glauben also, der Scherzbold wäre eine Frau?»

Caroline war begeistert von Eddies Erwiderung. Sie paßte genau in ihr Skript. Zuerst lächelte sie Eddie an, dann Spraggue, posierte vor einem imaginären Fotografen.

«Nun, das weiß ich ganz sicher nicht», sagte Caroline ernst.

Sie bogen auf die Huntington Avenue ein. Begierig starrte sie voraus. Spraggue und Lafferty wechselten Blicke. Sie wußten genau, was das hier sollte. Die drei sollten zusammen, vermutlich nach einem wunderbaren Mittagessen, lachend und fröhlich, direkt unter John Langfords Nase zurückkehren. Wenn Emma auch dabei war, um so besser. Caroline mußte in einem Geschäft gelauert haben, darauf wartend, daß ein aussichtsreicher Mann vorbeikam. Sie hatte zwei erwischt – ein echter Bonus.

Sie schwatzte weiter, während Spraggue die Tür aufhielt. Eddie führte sie ins Theater. Sie hielt seinen Arm unerbittlich fest.

«Bei diesen falschen Fackeln habe ich immer das Gefühl, in ein Szenenbild aus *Macbeth* zu treten», sagte Eddie verträumt.

Spraggue beobachtete ihn neugierig.

«Sag das nicht», zischte Caroline scharf. «Das bringt Unglück. Erwähne niemals das schottische Stück in einem Theater!»

«Sie glauben daran?» fragte Spraggue unschuldig.

«Ich bin in Theatern aufgewachsen. Ich pfeife auch nie in meiner Garderobe. Albern, nicht wahr?»

Niemand bemerkte ihr Kommen, sehr zu Carolines Verdruß. John und Emma waren noch nicht zurück, ergo war Caroline auch noch nicht bereit, die beiden Männer gehenzulassen. Mit sturer Beharrlichkeit hielt sie sie fest.

«Ich habe heißes Wasser in meiner Garderobe», gurrte sie. «Kaffee und Tee. Und ich hasse es, allein zu sein. Ich würde mich erheblich *sicherer* fühlen.»

Sicher fühlte sie sich genau in dem Augenblick, an dem Langford zurückkam und einen Blick auf Miss Popularität werfen konnte. Sie säuselte Eddie etwas ins Ohr, der vor ihr in die Garderobe getreten war.

«Knips das Licht an, Schätzchen. Rechts an der Wand. Und paß bitte auf Wolf auf. Er schläft. Ich habe ihn in seinem kleinen Körbchen hiergelassen ...»

«Kommen Sie nicht rein!» Eddies Stimme klang erstickt, ein kaum beherrschtes Flüstern.

Spraggue drehte Caroline an den Schultern um, hielt sie fest. «Bring sie in meine Garderobe, Eddie. Und bleibt da.»

«Es ist der Hund.» Eddie machte ein würgendes Geräusch und rannte den Korridor hinunter. Gott sei Dank folgte Caroline ihm.

Der braun-weiße Terrier, der bei der Probe für soviel Wirbel gesorgt hatte, war vor Carolines goldumrandetem Spiegel auf dem

Schminktisch aufgebahrt worden. Sein regloser Körper wirkte schrecklich in die Länge gezogen. Er lag in einer Blutlache, färbte die weißen Orchideen, die sorgfältig auf seiner Brust arrangiert worden waren. Seine Kehle war von einer zur anderen Seite aufgeschlitzt worden, der Kopf fast völlig vom Körper abgetrennt.

Spraggue warf die Tür hinter sich zu. Auf dem Flur kam er an Eddie vorbei, der sich auf dem grauen Steinboden fürchterlich übergab. Er wendete seinen Kopf ab, während ihm die Galle hochkam, und beeilte sich, so schnell wie möglich ins Freie zu kommen.

Die Telefonzelle war leer. Er wählte die Nummer seiner Tante, war erstaunt, wie ruhig seine Hände waren. Pierce hob sofort ab.

«Wohnsitz Mrs. Hillman.»

«Ist sie schon vom Mittagessen zurück?» fragte Spraggue schnell.

«Nein. Kann ich ihr etwas ausrichten?»

«Georgina, das Mädchen, von der ich Ihnen erzählt habe, ist sie da?»

«Nein.»

Verdammt. Spraggue hob die linke Hand, starrte auf seine Uhr. Inzwischen hätte sie längst dort sein müssen.

«Pierce, was ich Ihnen jetzt sage, ist sehr wichtig. Wenn Georgina kommt, quetschen Sie sie aus. Sie soll eine genaue Aufstellung machen, was sie getan hat, seit sie mich verlassen hat.»

«Gibt es irgendwelche Schwierigkeiten?»

«Schon in Ordnung. Notieren Sie sich bitte auch die Nummer des Taxis, mit dem sie kommt. Okay?»

«Gewiß, Sir.»

«Schreiben Sie mit. Ich habe sie um zwölf Uhr fünfundvierzig in ein Yellow Cab gesetzt. Nummer 5503. Falls sie mit einem anderen Cab kommt, versuchen Sie Yellow 5503 aufzutreiben. Stellen Sie fest, wo er sie abgesetzt hat, ob er auf sie gewartet hat, was auch immer.»

«Das werde ich. Ein Lieutenant Hurley hat versucht, Sie zu erreichen.»

«Danke, Pierce. Ich werde ihn anrufen.»

«Möchten Sie, daß Mrs. Hillman Sie zurückruft?»

«Nein. Sagen Sie ihr nur, daß ich sie heute abend sehe.»

Heute abend. Die Gala vor der Premiere! Spraggue schloß die Augen.

«Also, dann, good bye.»

«Danke, Pierce.»

Der Butler legte auf. Spraggue stand eine Weile mit dem Hörer in der Hand da, dachte nach. Jemand klopfte gegen die Scheibe der Telefonzelle. Spraggue schüttelte den Kopf, und der Mann stapfte wütend fort.

Kapitel Achtzehn Spraggue zögerte, spielte mit den Tasten. 911: der Polizeinotruf. Die Versuchung anzurufen, sich über Dariens Anordnung hinwegzusetzen, war groß. Um was zu melden? Den Mord an einem Hund? In Versform abgefaßte Warnungen? Und wenn die Polizei ihn nach Verdächtigen fragte... war er schon soweit, sie auf Georgina anzusetzen? Nein, noch nicht.

Statt dessen rief er Hurley an. Das Telefon klingelte zehnmal, und Spraggue wollte schon wieder auflegen, als endlich jemand den Hörer abnahm.

«Hurley», fauchte eine wütende Stimme, gedämpft durch ein hastiges Schlucken.

«Mittagspause, häh?»

«Spraggue? Verdammt richtig. Ich habe fünfzehn Minuten, um ein Sandwich runterzuwürgen und...»

«Haben Sie etwas für mich?»

«Hm-hmmmh.»

Spraggue stellte sich den Polizisten vor, den Hörer gegen die Schulter geklemmt, das Sandwich in der linken Hand, während sich die rechte treffsicher auf die Stelle auf einem überladenen Schreibtisch zubewegte, an der die Informationen für Spraggue lagen.

«Sie haben es wirklich mit einer Truppe wahrer Herzchen zu tun, wissen Sie.» Hurley lachte trocken. «Dennis Boland hat ein Vorstrafenregister, das so lang ist wie mein Arm. Alles Kleinkram, faule

Schecks und so weiter. Gregory Hudson: Festnahme bei einer Razzia gegen Schwule in New York...»

«Haben Sie das Zeug über Dariens Autounfall?»

«Ja, klar. Das und den Totenschein des ersten Mannes dieser Ambrose. Die Unterlagen über Darien waren nicht leicht zu finden, wissen Sie. Es ist damals keine Anklage erhoben worden. Ich mußte einen jungen Burschen unten in New York überreden, die alten Unfallberichte durchzustöbern. Muß eine ziemliche Arbeit gewesen sein – vor so vielen Jahren.»

«Ich schulde Ihnen was, Fred.»

«Ja, das denke ich auch. Wie wär's, wenn Sie die Schuld mit ein paar Eintrittskarten für Ihr Stück abbezahlen? Ich hab's meiner Frau gegenüber erwähnt. Sie ist ganz verrückt nach diesem Langford...»

Spraggue dachte einen Augenblick nach, sagte dann: «Was halten Sie davon, morgen abend zu einer Vorpremiere zu kommen?»

«Morgen abend? Wir müßten uns erst einen Babysitter besorgen.»

«Besorgen Sie sich einen, Fred», sagte Spraggue ernst. «Wie wär's? Ich werde Ihnen ein Dutzend Freikarten schicken. Verteilen Sie sie an Cops, die frei haben. Eine Geste meines guten Willens.»

«Klar ist es das, Spraggue. Wieso engagieren Sie nicht gleich einen privaten Sicherheitsdienst?»

«Hören Sie, es wird schon nichts passieren, Hurley.»

«Aber falls doch...»

«Zu wissen, daß Sie da sind, wird mir ein Gefühl der Sicherheit geben.»

«Toll», meinte Hurley.

«Denken Sie drüber nach. Arbeiten Sie heute abend?»

«Ja.»

«Können Sie diese Berichte bis kurz vor acht festhalten? Dann schicken Sie sie mit einem Taxi in meine Wohnung in der Fayerweather Street. Okay?»

«Gemacht.»

«Wir sehen uns dann morgen», verabschiedete sich Spraggue. Und legte auf, verließ die Telefonzelle und betrat das Theater durch den Personaleingang an der Huntington Avenue, gerade mal drei Meter von dem pompösen Haupteingang entfernt, aber praktisch versteckt durch eine überhängende Nische und griechische Säulen. Er nahm zwei Stufen gleichzeitig hinauf zu Dariens Büro, trat ohne anzuklopfen ein.

«Wo sind Sie gewesen?» tobte Darien sofort.

«Sogar Schnüffler haben mal Mittagspause.»

«Haben Sie schon irgendwelche Fortschritte gemacht? Kommen Sie einer Lösung näher? Diese Sache mit Caroline, falls das an die Presse durchsickert...»

«Das ist noch das geringste unserer Probleme», erwiderte Spraggue. Er ließ sein Gespräch mit Georgina aus, skizzierte den Tod des Hundes. «Ich denke, es ist wohl an der Zeit, die Polizei einzuschalten.»

«Nein. Ganz entschieden nein. Heute abend ist die Gala. Morgen Generalprobe und Vorpremiere. Dienstag die offizielle Premiere. Bis dahin müssen wir durchhalten!»

«Sagen Sie die verdammte Party ab, Darien. Es ist einfach zu gefährlich.»

«Nein. Ich habe Leute aus New York eingeladen, Finanziers, die Presse...»

«Dann werden wir besondere Vorkehrungen treffen müssen.»

«Was meinen Sie damit? Welche besonderen Vorkehrungen? Es ist für alles gesorgt.»

«Welchen Partyservice haben Sie beauftragt?» fragte Spraggue. «*Rachel's*?»

«Sie werden allgemein sehr empfohlen», erwiderte Darien verdutzt.

«Gut. Ich werde sie anrufen und etwas arrangieren. Einer der Kellner wird mein Mann sein. Wenn er hier ist und meine Tante und Karen Snow...»

«Die Crew hat heute abend noch eine Menge zu tun, Spraggue.»

«Darum wird sich dann der stellvertretende Inspizient kümmern müssen, andernfalls gibt es keine gottverdammte Gala. Ich brauche außer mir noch mindestens drei weitere aufmerksame Beobachter...»

«Ich werde aushelfen.»

«Nichts für ungut, Arthur. Ich brauche Leute, von denen ich *weiß*, daß sie nichts mit unserem Scherzbold zu tun haben, es aus eigener Erfahrung ganz genau *weiß*.»

«Wie Sie wollen, Spraggue.» Dariens Augen waren wie Eis.

«Cops wären noch besser.»

«Nein. Was soll ich Ihrer Meinung nach jetzt tun?»

«Sagen Sie die Probe ab, und schaffen Sie Caroline hier weg.»

Darien schlug sich vor die Stirn. «Mein Gott! Caroline! Irgendwer wird sie bemuttern müssen, andernfalls steigt sie noch aus!»

«Ich bezweifle, daß John Langford dazu in der Lage ist. Das ist jetzt Ihre Aufgabe», sagte Spraggue.

«Haben Sie sie unten gelassen?» Der kleine Mann flog praktisch zur Tür. «Wahrscheinlich hat sie einen Nervenzusammenbruch!»

Spraggue folgte ihm den ersten Treppenabsatz hinunter, bog dann zur Bühne ab. Er zog die Tür genau in dem Augenblick auf, als Karen sie von innen aufstieß.

«Danke.» Ein grimmiger Blick lag in ihren Augen, in der Hand hielt sie einen Eimer.

«Ich muß mit Ihnen sprechen.»

«Tja, dann müssen Sie mich begleiten. Gottverdammte Sauerei! Haben Sie Carolines Garderobe gesehen? Sie wird bestimmt nicht mehr dort hineingehen. Sagt, ich müßte ihr einen anderen Raum besorgen! Und Eddie, der arme Kleine!»

Spraggue legte eine Hand auf Karens Schulter, drehte sie behutsam zu sich um. «Nur eine Minute, okay?»

«Ich habe aber keine Minute Zeit, Spraggue!» Sie schüttelte seine Hand ab.

«Sie kommen heute abend auf Dariens Gala.»

«Sie machen Witze», erwiderte sie scharf. «Ich habe heute abend noch tausend Dinge zu erledigen. Eine der Nebelmaschinen macht Ärger...»

«Darum wird sich Ihr Stellvertreter kümmern müssen. Anweisung von Darien. Ich brauche jemanden, der mir hilft, die Verdächtigen im Auge zu behalten.»

«Können Sie Darien nicht überzeugen, den Unsinn abzusagen?»

«Ich hab's versucht.»

«Was Dümmeres konnte ihm nicht einfallen! Als ich das erste Mal den Zeitplan sah, habe ich ihn gleich deswegen angerufen. Wer schmeißt schon zu diesem Zeitpunkt eine Party? *Heute abend* sollte die Generalprobe sein, morgen die Vorpremiere! Welcher Wahnsinnige will die Presse bei einer Generalprobe dabeihaben? Aber so hat's der alte Phelps immer gemacht, und so will es Darien auch!»

«Werden Sie kommen? Ich bringe Ihnen auch Blumen mit und hole Sie um halb neun ab.»

Genauso hatte sie auf seinen Vorschlag reagiert, nach der Probe noch ein Eis zusammen essen zu gehen. «Nein. Ich bin allergisch gegen Blumen», sagte sie steif. «Ich habe auch nichts zum Anziehen, und ich werde zu Fuß gehen.»

«Sorry. Ich scheine immer genau das Falsche zu sagen.»

Sie starrte den Korridor hinunter, schüttelte den Kopf. «Nein. Es tut mir leid. Ich habe im Augenblick nicht gerade meine beste Zeit.»

«Aber ich habe trotzdem das Falsche gesagt.»

Sie lächelte kurz. «Wenigstens haben Sie nicht gefragt, warum ich Inspizientin geworden bin. Die meisten Typen versuchen es damit innerhalb der ersten zehn Sekunden.»

«Warum sind Sie...»

«Spraggue!»

Er strich eine Strähne ihres dunklen Haares fort, die ihr in die Stirn gefallen war. «Treiben Sie mir irgendwo einen Karton auf, und dann kümmere ich mich um den Hund.»

«Tun Sie das? Ich mache mir Sorgen um Eddie. Ich glaube, er sollte besser nach Hause gehen.»

Verdammt. Immer noch Eddie. Immer Eddie.

«Darien hat die Probe für heute nachmittag abgesagt. Schicken Sie den Jungen nach Hause», meinte Spraggue.

«Gott sei Dank.» Die Inspizientin atmete erleichtert auf. «Wenn alle hier weg sind, haben wir wenigstens die Chance, bis heute abend alles fertig zu haben!»

Langsam gingen sie den Korridor zu einem Lagerraum hinunter.

Karen entdeckte einen großen, flachen Karton. «Brauchen Sie Handschuhe?» fragte sie zögernd, wobei ein Schaudern ihren Widerwillen seiner Aufgabe gegenüber verriet.

«Meine Hände lassen sich leichter abwaschen», antwortete Spraggue.

In Carolines Garderobe sah es noch genauso aus, wie er sie verlassen hatte: Das Licht war aus und die Tür geschlossen. Er legte den Kadaver des Hundes in den Karton. Die Orchideen klebten in dem bereits geronnenen Blut. Er schloß den Deckel. Es erinnerte ihn an die Fledermaus, die enthauptete Fledermaus in der wie ein Geburtstagsgeschenk verpackten Schachtel. Allerdings in erheblich größerem Maßstab.

Er dachte an Georgina, als er sich in Carolines Waschbecken die Hände wusch. Wo war sie gewesen? Wenn sie auf direktem Weg zu Marys Wohnung gefahren war, hatte er ein weiteres Alibi.

Carolines zart parfümierte Seife zeigte keinerlei Wirkung an seinen befleckten Händen. Er streute ein scharfes Scheuerpulver auf die Hände und schrubbte. «‹Wie, wollen diese Hände denn nie rein werden?›»[6] murmelte er gedankenverloren.

Macbeth. Er riß seine tropfenden Hände aus dem Waschbecken. «Wer hätte gedacht, daß ein Hund soviel Blut in sich hätte?»[7] Um zu paraphrasieren. Er durchsuchte das Zimmer, sah sich sogar noch einmal genau den inzwischen steifen, abstoßenden Kadaver des Hundes an. Keine Nachricht. Keine Botschaft. Was zum Teufel wollte der Scherzbold damit sagen?

Und wem?

Kapitel Neunzehn

Spät. Verdammt, er war spät dran. Schon nach acht, und Dariens Sause sollte um neun beginnen. Spraggue knotete seine Krawatte und musterte sein Spiegelbild. Nicht, daß sich auch nur einer von Dariens sorgfältig ausgewählten Gästen der besseren Gesellschaft herablassen würde, pünktlich zu erscheinen. Wo zum Teufel blieb das Taxi?

Er wählte Hurleys Nummer, knallte den Hörer nach dem zehnten Klingeln wieder auf die Gabel. Unbeweglich stand er da, die Hand immer noch auf dem Telefon, das Hemd ein glänzend weißer Kontrast zu seiner eleganten schwarzen Hose.

Schnell ging er eine geistige Checkliste durch. Der Partyservice: das war erledigt. Bei dem Gedanken an Pierce, herausgeputzt in Kellnerlivree, hätte Rachel beinahe einen Anfall bekommen. Aber Pierce war sehr zugänglich gewesen. Er würde Rachels ständig wachsendem Ruf für einen ausgezeichneten Partyservice alle Ehre machen. Tante Mary hatte sehr übersprudelnd reagiert. Sie wollte sich so schnell wie möglich für die Party zurechtmachen, war aber gleichzeitig beunruhigt über Georginas Zögern mitzukommen. Zumindest Mary würde einen klaren Klopf behalten und sich genau an seine Anweisungen halten. Oder sie überschreiten.

Karen. Sie hatte am Telefon merkwürdig geklungen, aufsässig und unnahbar. Hatte sie auf einen Anruf von jemand anderem gewartet? Würde sie in Begleitung von Eddie zur Party kommen? Verdammt, sie würde ihren Job schon machen. Sie mochte ja keine romantischen Neigungen ihm gegenüber hegen, aber sie war zuverlässig.

Eine heisere Hupe zerriß die Stille auf der Straße. Spraggue schlüpfte in seine Smokingjacke, strich eine widerspenstige Strähne aus der Stirn. Er sah gar nicht so übel aus. Natürlich kein John Langford. Er lächelte, während er die Treppe hinunterlief. Langford würde vermutlich in einem pflaumenfarbenen Jackett und mit paillettenbesetztem Kummerbund aufkreuzen.

Der Taxifahrer wartete in der Eingangshalle, suchte die richtige Klingel. Er trug eine Ledermütze, die er sich tief in die Stirn gezogen hatte, und hielt einen dicken braunen Umschlag unter dem Arm. Spraggue packte seinen Ellbogen und zog ihn aus der Tür, nahm ihm den Umschlag ab und umriß in groben Zügen den nächsten Abschnitt der Fahrt, während sich das Taxi auf den Weg machte.

Der Fahrer verstand das Wort Eile. Spraggue sah bewußt nicht hin, als sie über den Harvard Square rasten. Er wühlte in seiner Tasche und zog die winzige Taschenlampe heraus, die er neben den

Dietrichen an seinem Schlüsselring hatte. Der braune Umschlag war sorgfältig versiegelt. Er brach den Siegellack.

Zwanzig dünne, einzeilig mit Schreibmaschine beschriebene Seiten Durchschlagpapier; Hurley hatte gründliche Arbeit geleistet. Spraggue überflog die Seiten, während das Taxi die Mass Ave hinunterjagte, über die Harvard Bridge rüber nach Boston. Zwischen den einzelnen Blättern fand er zwei lange Briefumschläge mit den Aufschriften STERBEFALL AMBROSE, 1968, und VERKEHRSUNFALL DARIEN, 1974. Er öffnete den ersten, breitete die Seiten auf seinem Schoß aus und überflog sie mit der Taschenlampe.

Der Ambrose-Umschlag enthielt nur zwei Blätter, mit einer Büroklammer zusammengehalten. Das oberste Blatt war eine Fotokopie: *Totenschein des Gerichtsmediziners des Staates Illinois,* gefolgt von der *Laufenden Nummer des Verwaltungsbezirkes* und der *Laufenden Nummer des Staatsarchives.* Ein Formular klärte darüber auf, daß Ambrose, Geoffrey C., ein weißer Amerikaner von siebenundsechzig Jahren gewesen war, als er am 4. Dezember 1968 im Cook County, City of Chicago verstorben war. Verheiratet. *Name der/des Hinterbliebenen (falls Ehefrau, Mädchenname):* Caroline Comeau. War das der Mädchenname? Oder ein Künstlername? Er übersprang *Adresse, Sozialversicherungsnummer. US-Kriegsveteran (Ja/Nein)* bis etwa zur Mitte der Seite. Feld 18: *Tod verursacht durch:* gefolgt von der Ermahnung, bei (A), (B) und (C) jeweils nur eine Todesursache pro Zeile einzutragen. (A) lautete *Unmittelbare Todesursache.* Mit einer kaum leserlichen Klaue stand dort: «Arteriosklerotische Verengung der Herzkranzgefäße». Die nächste Spalte hinter *Ungefähre Zeit zwischen Ausbruch der Krankheit und Tod* war leer. Genau wie Feld 18B: *Aufgrund oder in Folge von.* Und auch 18C: *Weitere signifikante Beschwerden/Krankheiten.* Wenigstens bestand bei Feld 19A keinerlei Zweifel. Unter Autopsie *(Ja/Nein)* stand ein großes, eindeutiges «Nein». Auch Feld 20A war glasklar. *Unfall, Selbstmord, Mord oder unbestimmte Todesursache (genaue Angaben)* war mit einem einzigen Wort beantwortet worden: «Natürlich».

Spraggue starrte das Blatt an. Drei Abschnitte. Der erste Abschnitt mit Informationen zur Person war vollständig ausgefüllt.

Der dritte Abschnitt mit Informationen zur Beisetzung ebenfalls. Der zweite Abschnitt, derjenige, bei dem es um die Todesursache ging, war erheblich unergiebiger. Von neunzehn möglichen Informationen wurden lediglich drei gegeben.

Er seufzte. Wie viele Todesfälle hatte es am 4. Dezember 1968 im Cook County gegeben? Ein siebenundsechzigjähriger Mann stirbt an einem Herzinfarkt. Füll die Formulare aus, und begrab die sterblichen Überreste. Na und?

Was hatte es da zu klatschen und tratschen gegeben? Caroline, vierzig Jahre jünger als der arme verstorbene Gemahl, hatte wahrscheinlich ausreichend getrauert. Spraggue las die Angaben zur Bestattung. Feld 24A: *Beerdigung, Einäscherung oder andere Form der Bestattung (nähere Angaben)*. Darunter das Wort «Einäscherung». Womit ein klarer Punkt hinter alle möglichen Spekulationen gesetzt wurde. Wenn der Leichnam nur noch ein Haufen Asche war...

Spraggue schlug die Seite um. Die zweite Seite war mit Hurleys hastig hingekritzeltem Kommentar gefüllt:

> *Mike,*
> *aufschlußreich, oder? Nachdem ich den Wisch bekommen hatte, habe ich den Gerichtsmediziner angerufen. Natürlich ist der Bursche, der 1968 dieses Formular ausgefüllt hat, inzwischen längst tot. Aber der Bursche, den ich an die Strippe kriegte, war Assistent des alten Burschen, und er konnte sich erinnern, wie der Doc ihm damals die Geschichte erzählt hat. Sie werden noch sehen, warum. Anscheinend hat man den alten Knaben nackt in seinem Bett gefunden, nachdem eines seiner Kinder die Polizei verständigt hatte. Die Tochter hatte, wie jeden Abend gegen zehn Uhr, versucht, Daddy anzurufen. Doch diesmal ging keiner ran.*
> *Ambrose war bereits tot, als die Polizei eintraf. Er hatte schon seit geraumer Zeit Schwierigkeiten mit seinem Herzen. Keine Probleme, sie füllten einfach das Formular aus. Das heißt, keine Probleme, bis das Mädchen und die Witwe aufeinandertreffen. Ziemliche Szene im Büro des Gerichts-*

mediziners. Das Mädchen sagt: Wo bist du gewesen? Die Witwe sagt: Ich bin ins Kino gegangen, nachdem ich Pappi um halb neun ins Bett gesteckt hatte. Das Mädchen sagt (und das sind exakt seine Worte): Und wie kommt's dann, daß Spermaflecken auf dem Laken sind? Du weißt doch ganz genau, daß Daddy nicht... Und dann folgt ein gewaltiger Krawall, in dessen Verlauf die Tochter brüllt, Caroline hätte ihren Vater zu Tode gevögelt. Der neue Gerichtsmediziner meint, so wolle er auch aus dieser Welt verscheiden! Ich übrigens auch.

Darunter hatte Hurley den Namen des Gerichtsmediziners, mit dem er gesprochen hatte, den Namen und die Anschrift von Geoffrey Ambroses Tochter und eine Reihe Gebühren für Ferngespräche aufgelistet. Spraggue stopfte das Material zurück in den Umschlag.

Das Taxi steckte in der Nähe der Boylston Street im Stau. Aussteigen und zu Fuß weitergehen oder sich noch Zeit lassen und einen Blick in den zweiten Umschlag werfen? Die Gäste würden sowieso zu spät kommen, sagte sich Spraggue. Vor halb zehn würde kein Mensch aufkreuzen.

Also schlitzte er den Umschlag mit der Aufschrift VERKEHRSUNFALL DARIEN, 1974, auf und ließ den Inhalt auf seinen Schoß gleiten. Mehrere Fotokopien und wieder ein Blatt mit Hurleys Klaue.

Das handschriftliche Gekrakel war zuoberst geheftet. «Mike, ich überlasse es Ihnen, aus dieser Schweinerei selbst schlau zu werden! – H.» Das war's.

Die Fotokopien waren schlecht, hatten Linien, hell an manchen Stellen, dunkel an anderen, so als wären die Originale gefaltet, zusammengeknüllt und halbherzig wieder glattgestrichen worden, bevor sie in den Kopierer gelegt worden waren. Alles in allem vier Seiten: ein Unfallbericht, eine Strafanzeige, ein Totenschein und eine Aussage, mit der die Anzeige zurückgenommen wurde. Spragues Blick folgte dem unsicheren dünnen Lichtstrahl seiner Taschenlampe, als das Taxi abwechselnd losraste und dann unvermittelt und ruckartig wieder hielt. Nichts Neues, nichts Neues... bis auf die Namen. Ein Verzeichnis der Mitwirkenden.

Der Name «Dennis» sprang ihm in die Augen. Spraggue hörte auf zu lesen, ging noch einmal zurück. Dennis Boland wurde als Unfallzeuge erwähnt. Spraggue überprüfte Zeit und Ort des Unfalles: früher Morgen, drei Uhr, eine stark befahrene Kreuzung. Und der fette Spider lauerte praktischerweise an der Straßenecke? Er blätterte um.

Ein weiterer Totenschein, diesmal vom Staat New York, aber ansonsten bemerkenswert ähnlich. Alison Arnold, weiblich, 22, Einwohner der City of New York. Verstorben an massiven Verletzungen infolge eines Verkehrsunfalles.

Massive Verletzungen. Und die waren? Verschlüsselte Worte, um sensible Augen zu schonen? Keine perforierten Lungen, keine verrenkten Gliedmaßen und kein blutiges Fleisch. Einfach nur «massive Verletzungen» und Ende.

Soviel zu Alison Arnold. Wütend schob Spraggue das Blatt zur Seite. Wieso kein ungewöhnlicher Nachname, ein kleinstädtischer Geburtsort? Ambroses Tochter würde problemlos zu überprüfen sein, da Name und Anschrift in Hurleys Bericht aufmerksamerweise erwähnt wurden. Aber wie sollte er die Angehörigen von Alison Arnold finden, die bereits sieben Jahre tot war?

Wieso überhaupt versuchen, diese Menschen zu finden? Warum diese längst begrabenen Geister wecken? Falls das Motiv des Scherzboldes Rache war... Aber wenn es Rache war, warum dann die Zitate aus *Macbeth? Hamlet* war das Stück der Rache. Oder *Die Spanische Tragödie*. Warum *Macbeth*?

Spraggues Finger stach auf die nächste Seite, eine Anzeige gegen Arthur L. Darien wegen Trunkenheit am Steuer. Und die Anklage: fahrlässige Tötung im Straßenverkehr, nicht der weiter verbreitete Totschlag. Jemand hatte Dariens Kopf gewollt. Die Unterschrift auf dem Anzeigeformular war krakelig, doch der Name war ordentlich mit Schreibmaschine darunter getippt worden: Albert W. Arnold – und eine Adresse! Also dürfte es doch nicht so schwierig sein, die Arnolds ausfindig zu machen.

Spraggue blätterte weiter. Kein Untersuchungsbericht. Nichts –

nur ein einzelnes, unterzeichnetes Dokument, mit dem Albert Arnold sich einverstanden erklärte, sämtliche Anklagen gegen Arthur Darien wieder fallenzulassen.

«Okay, wenn ich Sie hier absetze?» Die Stimme des Taxifahrers unterbrach seinen Gedankengang. «Ich könnte die Huntington nehmen, aber wenn Sie's eilig haben...»

Viertel vor neun. Spraggue schob die Unterlagen in den Umschlag, bezahlte und lief über die Straße.

Kapitel Zwanzig Das Theater, dachte Spraggue, ist wie die Turnhalle einer High-School vor einem Schülerball geschmückt. Darien hatte Floristen im zweigeschossigen Foyer wüten lassen. Eine spätsommerliche Blütenorgie heiterte die ansonsten düstere Eingangshalle auf. Rotgewandete Kellner huschten geschäftig mit schweren Silbertabletts umher. Kronleuchter funkelten mit Kristallgläsern um die Wette. Spraggue rückte seine Krawatte zurecht.

Außer Spraggues Leuten waren bereits ein paar Gäste da, die auf die altmodische Art pünktlich waren. Tante Marys Handtasche war groß genug, um Hurleys gesammelte Aufzeichnungen unterzubringen. Ein Fotograf werkelte an seiner Ausrüstung herum. Von der unteren Ebene wehte das Summen von Instrumenten herauf, die gestimmt wurden.

Nach und nach trudelten die Schauspieler ein, suchten sich günstige Aussichtspunkte.

Caroline Ambrose, ganz in schimmerndes Aquamarin gekleidet, hatte sich anscheinend von ihren nachmittäglichen Abenteuern erholt und hielt auf der geschwungenen, zur ersten Galerie führenden Treppe hof. Mit Orchideen im Haar drapierte sie sich dort vorteilhaft vor einer reichverzierten Säule, von der aus ein vergoldeter Rokoko-Cherub ihr in den tiefen Ausschnitt schielte. Eine Prozession von Männern mit Smokingjacken und grauen Schläfen machte ihr die Aufwartung. Sie alle stanken förmlich nach Geld.

Als er hereinkam, hatte Langford sich mit diesem blendenden Lächeln vor Spraggue verbeugt. In der Tat pflaumenfarbener Samt, allerdings kein Kummerbund; dafür eine in Blau-, Lila- und Magentatönen und einem Hauch Gold bestickte Weste. «Ich hoffe, wir kommen unserem Geist allmählich näher», hatte Langford gebrummt. Als Spraggue daraufhin nickte, strahlte er. «Gut. Ich hatte schon Angst, Sie kämen womöglich zu spät.» Ohne seinen Schritt auch nur eine Sekunde zu unterbrechen, war er dann zum Rauchersalon weitergegangen, wo er jetzt zwischen dem offenen Kamin und seiner weiblichen Fangemeinde posierte. Er unterhielt die Ehefrauen der Finanziers, lächelte die älteren Damen strahlend an und hob erleichtert eine Augenbraue, als Emma, in einem unglaublich engen, schulterfreien roten Kleid, anbot, sein Champagnerglas nachzufüllen. In Langfords Clique entdeckte Spraggue auch das buntgescheckte Haar seiner Tante. Sie hatte darauf bestanden, daß Langford einer «ihrer» Schützlinge war.

Jetzt drehte sie sich um, bemerkte seinen Blick und schob sich durch die Menge. Sie trafen sich unter dem großen Kronleuchter.

«Eine reizende Party!» sagte sie laut, fügte dann flüsternd hinzu: «Komm etwas näher. Ich muß tuscheln! Lächle!»

«Ist das so», sagte Spraggue verschmitzt, trat näher und lächelte für die anderen Gäste.

«Erstens», sagte seine Tante, «Georgina. Sie ist nicht mit dem gleichen Cab angekommen, in das du sie gesetzt hast. Pierce hat mit beiden Fahrern gesprochen. Die Einzelheiten findest du hier.» Sie drückte ihm einen schmalen Umschlag in die Hand. «In aller Kürze: Sie scheint etwa eine halbe Stunde im Prudential Center herumgeschlendert zu sein.»

Eine halbe Stunde. Zehn Minuten zu Fuß zum Theater, zehn Minuten wieder zurück. Sie hätte es getan haben können, wenn auch nur so gerade eben.

«Hat der Taxifahrer, der sie am Pru aufgelesen hat», fragte Spraggue, «irgendwas über sie gesagt?»

«Wie zum Beispiel was?»

«Zum Beispiel, ob sie erregt gewirkt hat oder...»

«Nein, nichts.» Tante Mary schüttelte energisch den Kopf.

«Hatte sie Blutflecken auf den Kleidern, als sie bei dir eintraf?»

«Ganz sicher nicht! Michael, sie ist ein reizendes Kind. Ich bin überzeugt, daß sie nichts zu tun hatte mit...»

«Behalt sie einfach im Auge, Tante Mary, okay?»

«Das werde ich», erwiderte Tante Mary. Sie hakte sich bei ihm ein, und sie schlenderten zum Foyer, achteten darauf, immer zu lächeln und Leute mit einem Kopfnicken zu begrüßen, an denen sie vorüberkamen. «Und jetzt paß auf, Michael», sagte sie, als niemand sie hören konnte. «Was jetzt kommt, ist wirklich faszinierend. Ich habe mit Jamie Blakeley zu Mittag gegessen.»

Spraggues Augen funkelten. «Das war faszinierend?»

«Nein, nicht an sich. Aber er hat mir die Namen der anderen Finanziers verraten. Ich habe den ganzen Tag herumtelefoniert, und heute abend habe ich mir die bislang Unentschlossenen geschnappt. Es rechnet sich einfach nicht.»

«Was rechnet sich nicht?»

«Das Geld, Michael! Jeder, mit dem ich geredet habe, hat mehr oder weniger nur symbolisch investiert. Ein paar tausend hier und da. Wenn du alles zusammenrechnest, kommst du nicht mal auf die Hälfte dessen, was für eine Inszenierung dieser Größenordnung nötig ist. Wenn es stimmt, was du mir gesagt hast – die Bühnendekoration aus New York, Designerkostüme, die Gagen –, nun, mein Lieber, dann kann ich nur sagen, daß es noch einen anderen Engel geben muß, der fest entschlossen ist, unerkannt im Hintergrund zu bleiben. Keiner der Finanziers weiß, um wen es sich dabei handelt.»

«Das *ist* faszinierend», brummte Spraggue.

«Ja, dachte ich mir. Aber jetzt muß ich wieder auf meinen Posten, mein Lieber. Es ist *wirklich* eine reizende Party.»

«Hast du bei Langford schon die *Macbeth*-Nummer versucht?»

«Hatte noch keine Gelegenheit, selbst etwas zur Unterhaltung beizusteuern, Michael. Diese Frauen sind ja so was von dreist!»

«Versuch's weiter.»

«Das werde ich.»

Spraggue schaute ihr nach, als sie wieder in der Menge verschwand. Ein Finanzier im Hintergrund... Sein Blick wanderte über den Raum.

Greg Hudson schien einen Freund mitgebracht zu haben, einen

dunklen, bärtigen Burschen, den Spraggue noch nie gesehen hatte. Offensichtlich fühlte sich der Mann in seinem Smoking nicht besonders wohl. War er nur für diesen Anlaß aufgegabelt und überstürzt in Mietkleidung gesteckt worden? Um Emma zu ärgern? Damit Greg ihr leid tat? Hudson trank zuviel. Kellner, deren Tabletts mit vollen Champagnergläsern beladen waren, kamen nur selten ungehindert an ihm vorbei.

Gus Grayling war herausgeputzt, gestriegelt und poliert, strahlte einen gewissen Bühnenadel aus. Er flirtete mit den älteren Frauen, behielt aber immer einen Arm um Georginas Taille. Spraggue hob eine Augenbraue. Langfords Plan schien funktioniert zu haben. In regelmäßigen Abständen warf Grayling einen Blick auf die Meute, die sich um den Hauptdarsteller drängte, und lächelte jedesmal zufrieden, wenn sie kleiner wurde. Einmal winkte er Langford kurz zu, achtete dabei sorgfältig darauf, daß John nur ja Georgina sah.

Die winzige Blondine wirkte kalt und spröde. Der besorgte Ausdruck in ihren Augen verschwand keine Sekunde. Sie wußte von Carolines Hund; sie hatte die Tat energisch bestritten, angeboten, sich einem Lügendetektortest zu unterziehen. Spraggue fragte sich, was ein Lügendetektor bei Schauspielern wohl ausrichten konnte. Bestimmt konnten jene, die von Berufs wegen logen, auch einer Maschine erfolgreich etwas vormachen.

Gelächter und Musik perlte vom Salon eine Etage tiefer herauf. Der größte Raum im vorderen Teil des Theaters war ein idealer Ballsaal. Das Podium, wo normalerweise während der Pause Erfrischungen verkauft wurden, diente jetzt als etwas beengte Bühne für eine Kapelle.

Spraggue fixierte auf seinem Gesicht ein höfliches Lächeln und entfloh Mrs. Perlmutter, ihres Zeichens Mäzenin. Er hoffte, dieses verfluchte Remmidemmi wäre endlich vorbei. Einfach zu viele Leute. Zu viele, die er kannte, zu viele, die ihn kannten. Er hatte das Gefühl, daß ihm sein Lächeln bald aus dem Gesicht fiel.

Als er sich unten im Salon durch die Menge schob, nickte er einem aufmerksamen, rotgekleideten Pierce auf dem Treppenabsatz knapp zu.

Hier unten herrschte mehr Gedrängel, der Zigarren- und Zigarrettendunst war noch übler.

Deirdre Marten stand allein in einer Ecke, wippte im Rhythmus der Musik mit dem Fuß. Spraggue bezweifelte, daß sie viel tanzte. In ihrem schwarzen Kleid sah sie zu rein, zu unberührbar aus. Wie sehr ein Mann auch von ihrer Schönheit angezogen werden mochte, würde er doch zögern, diese Eisprinzessin anzusprechen. Wartete sie immer noch auf ihre Chance, Emmas Rolle zu übernehmen? Glaubte sie immer noch, ein weiterer «Zwischenfall» könnte sich ereignen? Wen würde Deirdre in *Macbeth* spielen? Eine der Hexen, wenn der Regisseur das Trio so tödlich und kalt sah. Oder in diesem steifen schwarzen Kleid vielleicht eine junge Lady Macbeth. Aber von keinem Ensemble, in denen Deirdre Marten oder Dinah Martowski bislang gearbeitet hatte, war *Macbeth* gespielt worden. Sie gehörte zu den wenigen, deren Vergangenheit Tante Mary umfassend überprüfen konnte. Keine ungeklärten Lücken in ihrer schauspielerischen Karriere.

Tante Mary... Sie paßte oben auf alles auf. Pierce behielt die Treppe im Auge. Und Karen... Spraggue sah sie in dem Augenblick, als er an sie dachte. Sie tanzte mit Eddie Lafferty.

Das dunkelblaue Kleid stand ihr gut. Spraggue fand die wallenden Falten interessanter als Emmas halbentblößten Busen.

Karen und Eddie tanzten gut, aber irgendwie wirkten sie auch distanziert. Eddie, zu diesem Schluß gelangte Spraggue, hielt sich zurück. Angst vor älteren Frauen? Natürliche Zurückhaltung? Spraggue wartete, bis das Stück zu Ende war, dann klopfte er Karen leicht auf die Schulter und führte sie wieder auf die Tanzfläche. Wenn er nicht fragte, konnte sie auch nicht ablehnen.

«Sieht aus, als würden Sie sich amüsieren», flüsterte er.

«Wieso?» Aufsässigkeit flackerte in ihren Augen.

«Haben Sie mit Eddie über *Macbeth* gesprochen?»

«Auf mich wartet Arbeit, Spraggue!»

«Michael. Und, haben Sie ihn gefragt?»

«Ja», flüsterte sie wütend. «Er *liebt* das Stück, hat aber selbst noch *nie* mitgespielt. Und er hat sich auch nicht merkwürdig benommen, als ich es erwähnt habe!»

«Ganz locker», sagte Spraggue leise. «Lächeln.»

«Ich fühle mich nicht wohl. Alle wissen, daß ich eigentlich nicht hier sein sollte!»

«Sie sehen aus, als würden sie an jedem Abend der Woche lange Kleider tragen und tanzen gehen. Das Ensemble wird einfach davon ausgehen, daß Eddie Sie mitgebracht hat.»

«Hat er aber nicht.»

Spraggue nahm sie fester in den Arm. «Gut.»

«Das ist mein Ernst. Ich bin als einziger von der Technik hier.»

«Dennis Boland kommt gerade die Treppe runter.»

«Der! Er ist doch Dariens Schatten.»

«Komischer Schatten», erwiderte Spraggue grüblerisch.

«Er ist komisch.» Karen schaute fragend zu Spraggue auf. «Er ist ein guter Intendant, tüchtig wie nur was. Aber können Sie ihn sich als Dariens besten Freund vorstellen? Wirklich, Darien ist so ein Snob. Sehen Sie ihn nur an, wie er all diese Beacon-Hill-Leute anstrahlt, um die Pressetypen herumscharwenzelt. Er könnte jetzt oben sein, zusammen mit John Langford im Rampenlicht stehen, aber statt dessen ist er hier unten mit dem fetten kleinen Dennis. Ißt zu Mittag mit dem fetten kleinen Dennis. Ißt zu Abend mit dem fetten kleinen Dennis. Ich kann mir meinen Arthur Darien einfach nicht *nett* und *freundlich* vorstellen. Fragen Sie sich nicht, was die zwei zusammenhält?»

«Doch, sehr sogar. Darien scheint heute abend ziemlich guter Laune zu sein.» Er flüsterte, so daß sie noch näher an ihn heran mußte. Ihr Kopf reichte kaum bis an sein Kinn. Ihr dunkles, glattes Haar roch nach Maiglöckchen.

«Warum auch nicht? Einige der heute abend hier anwesenden Kritiker sind dieselben, die ihn vor fünf Jahren fertiggemacht haben.»

«Sie können uns morgen immer noch verreißen.»

Sie lächelte, schüttelte den Kopf. «Dieses Stück riecht irgendwie nach Erfolg.» Ihr Lächeln verblaßte schnell. «Falls nichts mehr passiert.»

Die Musik hörte auf. Sie applaudierten und traten zur Seite, beobachteten Arthur Darien.

«Er hat den ganzen Abend noch kein Glas angerührt», sagte Karen plötzlich. «Ich habe ihn beobachtet.»

«Haben Sie denn erwartet, daß er sich vollaufen läßt?»

«Das hat irgendwer mal gesagt.»

«Eddie?»

«Vielleicht.»

Spraggue wechselte das Thema. «Darien hat schon mal *Macbeth* inszeniert, stimmt's?»

Karen trat einen Schritt von ihm fort. «Ich weiß nicht... Wieso fragen Sie ihn nicht einfach?» Ihre dunklen Augen waren sehr weit fort.

«Ich denke, das werde ich auch.»

Doch dazu bekam er keine Gelegenheit. Er spürte eine Hand auf der Schulter, leicht, aber bestimmt. «Tanz mit mir», hauchte Emma Healey. Ihr Lächeln war angespannt. Verärgert darüber, daß er sie nicht aufgefordert hatte? Verärgert, daß er nicht bemerkt hatte, wie sie die Treppe heruntergeschwebt war?

Die Musik setzte ein. Emma preßte ihren Körper eng an Spraggue und wiegte sich. Sie führte nicht; sie folgte aber auch nicht. Sie schmiegte sich einfach an ihn, tanzte, als wären sie eins.

Sie sah zu ihm auf. «Ich kenne dich kaum», sagte sie. «Wirklich zu schade. Ich bemühe mich immer, meine männlichen Kollegen näher kennenzulernen...»

«Du scheinst John Langford schon ziemlich gut zu kennen», meinte Spraggue beiläufig.

Was nicht die Antwort war, die sie hören wollte. «Ach, John...» Sie tat ihn mit einer Handbewegung ab. «John ist oben und spielt den großen Star aller älteren Frauen. Und so was langweilt mich. Und außerdem ist John nicht der einzige Hauptdarsteller in diesem Stück. Wir zwei zum Beispiel haben auch Liebesszenen. Ich weiß gern eine Menge über einen Mann, bevor ich auf der Bühne mit ihm turtele.»

«Wie zum Beispiel was?»

«Ob er ein guter Tänzer ist», antwortete sie nach einem Augenblick. «Bist du.»

«Ist das wichtig?»

«Kann es werden.»

«Viel mehr gibt es über mich nicht zu wissen.»

«Michael.» Sie senkte den Blick. Sie sprach seinen Namen wie einen Kosenamen aus, den sie sich gerade erst für ihn hatte einfallen lassen. «Ich habe schon viel von dir gehört.»

«Was du gehört hast, könnte leicht übertrieben sein.»

«Das würde ich gern selbst herausfinden», meinte sie verschmitzt.

Möchtest du wirklich? dachte Spraggue. Oder willst du nur herausfinden, was ich über den Scherzbold weiß?

«Du bist erst spät zu uns gekommen», fuhr sie fort, machte dabei einen kleinen Schmollmund. «Wir beide hatten nie Gelegenheit... zu reden.» Ein anderes Pärchen kam dicht an ihnen vorbei. Emma drückte sich näher an ihn. «Ich hasse größere Menschenansammlungen», sagte sie seufzend. «Und Parties wie diese hier finde ich nervtötend. Nichts als Schöntuerei vor der Presse. Und die Financiers sind meistens nur schleimige alte Männer. Wieso gehen wir nicht einfach, du und ich?»

«Und zwar wohin?»

«Wohin du willst. Zu dir. Zu mir.»

Spraggue schüttelte bedauernd den Kopf, ließ eine Hand ihren Rücken hinunterwandern. Das rote Kleid hatte keinen Reißverschluß. Wie kam sie da nur rein? Oder, besser noch, wie kam sie wieder raus? «Sorry. Ich kann nicht.»

«Du kannst nicht?» Sie hob fragend die Augenbrauen.

«Ich habe Dienst, Emma. Halte nach unserem Scherzbold Ausschau.»

«Irgendwann ist die Party auch mal zu Ende.»

«Was ist mit John?» fragte Spraggue.

Emma lachte. «Ich gehöre ihm nicht. John wird nachher zu irgendeiner anderen furchtbaren Veranstaltung gehen. Eine Cocktailparty im Haus eines Finanziers. Liebend gerne werde ich darauf verzichten.»

Das Stück war zu Ende. Emma drückte ihm einen Zettel in die Hand, den sie hastig aus ihrer winzigen Handtasche gezogen hatte. «Adresse und Telefonnummer», sagte sie. «Ich warte.» Sie ging.

Spraggue atmete aus. Die Hand, mit der er das rote Kleid berührt hatte, fühlte sich heiß und verbrannt an. Was steckte hinter dieser plötzlichen Verführung? Ein Trick, um John Langford eifersüchtig zu machen? Oder Greg? Ein Spiel, um Caroline noch wütender zu machen? Er steckte den Zettel in seine Tasche. Der Abend könnte sich noch als erheblich besser herausstellen, als er erwartet hatte.

Gegen Mitternacht war man allgemein der Meinung, daß die Party ein voller Erfolg war. Die Musik plärrte lauter, neben den ruhigeren Stücken jetzt auch Disco. Farben vermischten sich und wirbelten im Champagnerdunst. Caroline, Langford und Darien waren die unbestrittenen Stars des Abends. Das Ensemble schwatzte und tanzte, so strahlend und glänzend wie Fotos in einem Lebenslauf.

Fotos in einem Lebenslauf. Wenn er doch nur...

Plötzlich ging das Licht aus. Die Musik hörte auf, eine widerwillige Klarinette spielte noch eine ganze Weile allein weiter. Ein erstickter Fluch schnitt durch die plötzliche Stille. Jemand kicherte. Ein Tablett kippte um, Gläser zersplitterten. Dann ein neues Geräusch, ein unheimliches Pfeifen.

Es begann ganz leise und undeutlich, stieg von der Tanzfläche auf. Die Musiker starrten sprachlos ihre Instrumente an. Die Lautsprecher hatten ein Eigenleben entwickelt.

Die Stimme war nur ein Flüstern, schrill, dünn, bedrohlich – ein eigenartig monotoner Sprechgesang.

«Dreimal hat die gestreifte Katze miaut,
Dreimal, und einmal der Igel gejault.
Harpier schreit: – 's ist Zeit, 's ist Zeit.»[8]

«Mein Gott!» Carolines erstickte Stimme. «Das ist *Macbeth*. Nein, nicht *Macbeth*!»

«Was zum Teufel...» Darien fing energisch an, verstummte dann.

«Das ist meine Aufnahme.» Unverkennbar John Langfords Stimme. «Meine Londoner Aufnahme. Wer könnte...»

Dann die Stimme einer Frau.

«Der Than von Fife hatte ein Weib; wo ist sie nun? – Wie, wollen diese Hände denn nie rein werden?»[6] Die Stimme schraubte sich zu einem schrillen Schrei hoch, endete in einem Schluchzen.

Jemand ließ ein Glas fallen.

Spraggue sah den schwachen Strahl, spürte das kalte Metall der Taschenlampe in seiner Hand. «Suchen wir das Kabel», flüsterte Spraggue, richtete das Licht auf Pierce' besorgtes Gesicht. Der Butler nickte. Lautlos gingen sie zusammen die Treppe hinauf.

Weit entfernt mischte sich das Heulen eines Wolfes in den pfeifenden Wind. Im Hintergrund schwoll Musik an – rauh und bedrohlich. Eine neue Stimme sprach.

«Ratten», sagte die Stimme. *«Ratten, Ratten, Ratten! Hunderte, Tausende, Millionen Ratten, und jede von ihnen ein Leben; und Hunde, die sie fressen, und auch Katzen. Alles Leben! Alles blutrot, mit Jahren von Leben darin …»*

Spraggue und Pierce durchquerten das stille Foyer, weiter durch den Personalausgang und die Treppe hinunter.

«Wenigstens zitiert der Dreckskerl jetzt *Dracula*», sagte Spraggue. «Der Gedanke wäre mir zuwider, wenn er das falsche Ensemble terrorisiert.»

«Verkabelung von unten», raunte Pierce. «Ich habe das Podium überprüft. Saubere, kleine Löcher.»

«Die Garderoben», sagte Spraggue.

In Gus Graylings Garderobe spürten sie die Quelle der Stimmen auf. Versteckt unter einer Plane lag ein wuchtiges Tonbandgerät, zusätzlich getarnt von den überhängenden Ranken einer großen Topfpflanze. Kabel führten nach oben und durch eines der Oberlichter; Holzspäne verrieten die Bohrlöcher. Aber das Tonbandgerät und die Kabel waren nicht das eigentlich Interessante.

Direkt daneben stand ein Käfig, ein großes Metallgefängnis. Und daneben ein zweiter, ebenfalls leer. Auf jedem Stuhl, aufgestapelt auf dem Boden: Käfige von jeder nur erdenklichen Größe. Ein plötzliches Geräusch, ein Piepsen wie von einem Tier, ließ Spraggue sich umdrehen. Hinter der Tür stand ein weiterer Käfig, durchschnittlich groß, mit winzigen silbernen Stangen. Aber dieser war nicht leer.

Eine Ratte, deren rote Augen im Schein der Taschenlampe glühten, lief wie wildgeworden auf und ab. Oben auf dem Käfig, ordentlich in Blockschrift geschrieben, lag ein Schild:

RATTEN! HUNDERTE, TAUSENDE,
MILLIONEN RATTEN!
RATET MAL,
WO DIE ANDEREN SIND!

Kapitel Einundzwanzig «In Ordnung.» Kaum eine Stunde später stand Spraggue vor seinen erschöpften Leuten im Hauptfoyer. Tante Mary und Pierce saßen auf einem S-förmigen, mit rosa Samt bezogenem Sofa. Karen stand in der Nähe, zog mit einer Sandalette ein Muster im Teppich nach. «Erzählt mir was von *Macbeth.*»

Innerhalb kürzester Zeit hatte das Theater seinen fiebrigen Gala-Glanz verloren. Alter sickerte durch Risse im Make-up. Blumen ließen die Köpfe hängen. Zigarettenkippen quollen aus stinkenden Aschenbechern. Die Überreste eines zerbrochenen Kristallglases schmückten die Treppe.

«Michael.» Darien betrat die Eingangshalle aus dem Zuschauerraum. «Diese Ratten...» So sehr er sich auch bemühte, der Regisseur konnte ein Schaudern nicht ganz unterdrücken. «Was glauben Sie, wann...»

«Die Kammerjäger arbeiten, so schnell sie können. Gott sei Dank sind nicht alle Ratten so wie dieses Monster im Käfig. Es sind relativ harmlose weiße Exemplare.» Spraggue erhob seine Stimme gegen das plötzliche Summen von Spekulationen. «Arthur, Sie haben die Leute wirklich wunderbar im Griff gehabt. Als ich wieder raufkam, habe ich schon mit einer Stampede gerechnet.»

Darien machte ein grimmiges Gesicht. «Schon mal eine Bombendrohung bekommen?»

«Nein.»

Der Regisseur brachte ein müdes Lächeln zustande. «Ich auch nicht, aber in den Sechzigern haben wir das geprobt. Hätte mir nicht träumen lassen, je eine Rattendrohung zu bekommen.»

«Mehr als eine Drohung», korrigierte Spraggue.

«Michael?» Tante Mary meldete sich zu Wort. «Sind weiße Ratten nicht erheblich leichter zu kaufen? Für Labors und so weiter?»

«Ja. Ich habe mich auch schon gefragt, woher unser Freund so viele Hafenratten haben könnte.»

«Soll ich mal rumtelefonieren? Tierhandlungen, Laborbedarfshandlungen...»

«Morgen früh. Im Augenblick» – Spraggue unterbrach sich einen Moment – «will ich nur etwas über *Macbeth* wissen.»

«Soll ich anfangen?»

Spraggue nickte seiner Tante zu.

«Mir», begann sie und sah dabei den kleinen Kreis Gesichter an, «waren John Langford und Caroline Ambrose zugewiesen. Um Langford habe ich mich zuerst gekümmert. Kaum erwähnte ich *Macbeth*, Michael, da hat er auch schon losgelegt. Wie oft er das Stück gespielt hat, welche Rolle er hatte, wer die Regie geführt hat, wie er das Stück inszenieren würde...»

«Hat er irgendeine spezielle Inszenierung erwähnt? Eine Inszenierung, die vom Pech verfolgt war?»

«Wenn man ihn so reden hörte, hätte man meinen können, sie wären alle vom Pech verfolgt gewesen. Geschichte um Geschichte um Geschichte.»

«Aber keinerlei merkwürdige Reaktionen seinerseits?»

Mary schürzte die Lippen. «Nur ein wild wucherndes Ego.»

«Komisch.»

«Was, Michael?»

«Schon gut. Wegen etwas, das John vor einiger Zeit gesagt hat, dachte ich, er wüßte, um was es bei den Nachrichten ging. Schon gut. Was ist mit Caroline?»

«Nun, zunächst mal war sie überhaupt nur bereit, mit mir über die Sache zu sprechen, wenn ich keine Passagen aus dem Stück zitierte und *Macbeth* mit ‹das schottische Stück› umschrieb.»

Spraggue grunzte. «Und?»

«Sie hat dreimal die Lady Macbeth gespielt. Allein das Verbot des Zitierens hat sie daran gehindert, weiter auszuholen. Keinerlei Anspielungen auf irgendeine bestimmte Inszenierung. Kein schuldbewußtes Zusammenzucken oder Erschrecken.»

«Um Hudson habe ich mich gekümmert», sagte Spraggue. «Er hat vier- oder fünfmal bei *Macbeth* die Kämpfe auf der Bühne einstudiert, darunter einmal in einer Inszenierung von John Langford. Hat Langford das zufälligerweise auch erwähnt, Tante Mary?»

«Nein.»

«Muß ich noch nachprüfen. Hudson schien ziemlich bereitwillig über *Macbeth* reden zu wollen, allerdings kann der Alkohol ihn gesprächiger gemacht haben als üblich. Karen?»

«Ich habe Ihnen schon alles gesagt.»

«Sagen Sie es auch den anderen.»

«Ich hatte Eddie. Er hat noch nie *Macbeth* gespielt.»

«Das ist alles?»

«Das ist alles.» Die Augen der Inspizientin waren gerötet und glänzten, ihre Stimme war belegt.

«Okay, Karen. Sie wissen, was zu tun ist. Sie und Mary und Pierce arbeiten einen Zeitplan aus. Ich will wissen, wo jeder um Viertel nach elf gewesen ist.»

«Wieso ausgerechnet zu diesem Zeitpunkt?» wollte Arthur Darien neugierig wissen.

«Eine Dreiviertelstunde leerer Vorspann auf dem Tonband, Arthur. Das Feuerwerk begann kurz nach Mitternacht.»

«Ich verstehe.»

«Und eine weitere Kontrolle will ich für fünf vor zwölf», fuhr Spraggue fort. «Richtig, Karen?»

«Wer auch immer das Licht ausgeschaltet hat, muß sich etwa zu dieser Zeit herausgeschlichen haben, um am Sicherungskasten zu hantieren», antwortete sie müde. Irgend etwas in ihrer Stimme veranlaßte Spraggue, sich umzudrehen und sie aufmerksam anzusehen.

«Aber Sie haben niemanden gesehen?» fragte er leise.

Sie zögerte nur einen winzigen Augenblick. «Nein.»

Darien unterbrach. «Michael, Sie wissen, ich bin Ihnen dankbar, daß ich bei dieser Besprechung dabeisein darf. Ich möchte die Sache wirklich nicht unnötig in die Länge ziehen, aber könnten Sie mir trotzdem etwas erklären? Was ist mit den anderen Schauspielern? Sie haben nur nach John und Caroline und ...»

Spraggue winkte den Regisseur zur Seite. «Gleich, Arthur. Ich werde Ihnen alles erklären. Wenn Sie noch ein bißchen warten könnten ...?»

«Kein Problem.»

«Tante Mary?» Michael holte sie behutsam aus der Ecke, wo sie mit Pierce und Karen die Köpfe zusammengesteckt hatte, und führte sie langsam durch den Raum. «Ich werde heute in Brookline schlafen. Aber bleib nicht auf, bis ich komme. Es wird sicher spät.»

«In Ordnung.»

«Wenn ihr den Zeitplan fertig habt, läßt du von Pierce ein Taxi rufen. Und nehmt Karen mit und setzt sie zu Hause ab.»

«Sagt diese junge Frau normalerweise die Wahrheit?» fragte Mary.

«Ich glaube schon, ja.»

«Heute abend hat sie's jedenfalls nicht gemacht. Nicht, als sie sagte, sie habe um fünf vor zwölf nichts Ungewöhnliches bemerkt. Ihre Stimme war anders. Sie hat die Augen gesenkt. Klassische Zeichen.»

Spraggue seufzte. «Stimmt.»

Tante Mary klopfte ihm die Schulter. «Ich werde auf dem Heimweg versuchen herauszufinden, was sie beschäftigt. Wenn es mir gelingt, werde ich dir eine Nachricht unter die Jade-Schüssel legen.» Sie lächelte ihn an. «Ich finde, sie ist eine sehr attraktive Person, Michael.»

Spraggue, in seine eigenen Gedanken vertieft, schaute unvermittelt auf. «Häh? Wer?»

«Karen Snow, mein Lieber», flüsterte Mary. «Ich frage mich, warum sie wohl gelogen hat.»

Spraggue brachte seine Tante zu den anderen zurück. Darien wartete immer noch, marschierte im Rauchersalon ungeduldig auf und ab.

«Was wollen Sie wissen, Arthur?» sagte Spraggue schnell. Er

hoffte, das Warten hätte die Laune des Regisseurs nicht verdorben.

«Ich will wissen, warum Sie sich darauf konzentriert haben, nur nach vier Schauspielern zu fragen. Nur nach diesen vieren.»

«Okay.» Spraggue setzte sich in einen Sessel am Kamin, legte die Hände auf die Knie. «Emma und Gus haben wir aufgrund ihrer Figur ausschließen können. Was allerdings nicht heißen soll, daß sie nichts *wissen* könnten. Was aber den Scherzbold betrifft, sind sie aus dem Rennen. Und Georgina ...» Er zögerte kurz. «Ich glaube, ich kann Georgina ebenfalls ausschließen.»

«Das ist gut. Wenigstens kommen wir langsam weiter.»

«Deirdre hatte noch nie etwas mit *Macbeth* zu tun. Das wissen wir dank unserer Recherchen.»

«Und wieso ausgerechnet *Macbeth*?»

Spraggue stand auf, sah Darien direkt in die Augen und sagte: «Arthur, erzählen *Sie* mir etwas über *Macbeth*.»

Der Regisseur schaute fort, platzte dann heraus: «Ich hasse das Stück. Wie kommen Sie auf die Idee, daß ich ...»

«Arthur! Sie haben diese Stimme wiedererkannt.»

«Dieses Flüstern, meinen Sie? Ich wäre verdammt gut, wenn ich eine so verzerrte Stimme wiedererkennen könnte!»

«Nicht das Flüstern am Ende, Darien. Nicht die Hexen am Anfang. Die Stimme in der Mitte. Sie haben Ihr Glas fallen lassen, als Sie sie gehört haben.»

«Ich war überrascht. Das Licht war ausgegangen.»

«Das Licht *war* da schon längst aus. Sie haben das Glas nicht fallen lassen, als es ausging. Damit haben Sie gewartet ... bis Sie die Stimme dieser Frau hörten.»

«War das nicht John Langfords *Macbeth*? Die Inszenierung, bei der er in London Regie geführt hat? Ich kann mich nicht erinnern, mit wem er die Lady Macbeth damals besetzt hatte ...»

«Nein, Arthur. Die Hexen stammten aus Langfords Inszenierung. Dann hat sich die Qualität der Aufnahme geändert. Es klang kratziger. Eine Amateuraufnahme, würde ich sagen. Wahrscheinlich alt.»

«Ist mir gar nicht aufgefallen.» Darien begann zu schwitzen. Seine Hände ballten sich zu Fäusten und öffneten sich wieder.

«Arthur, ich verstehe einfach nicht», sagte Spraggue sanft, «warum Sie mir nicht helfen wollen. Es kann doch nicht in Ihrem Interesse liegen, dazu beizutragen, daß diese Aufführung ein Mißerfolg wird.»

«In *meinem* Interesse!» Darien schüttelte den Kopf, starrte auf den Boden. «Ich kenne die Stimme, ja», sagte er bitter.

«Sie *kannten* die Stimme, meinen Sie wohl. Ist es Alison Arnold?»

«Spraggue, ich hatte mit dem Tod dieser Frau nichts zu tun. Die Bremsen meines Wagens haben versagt.» Jetzt schwitzte Darien wirklich. «Ich hätte dabei auch draufgehen können. Es gab Zeugen...»

«Dennis Boland?»

«Ja. So habe ich Dennis kennengelernt.» Der Regisseur sprach schnell, als wäre sein Mund plötzlich knochentrocken.

«Sie haben bei der Inszenierung von *Macbeth* Regie geführt, in der Alison Arnold mitgespielt hat?»

«Das Stück kam nie bis zur Aufführung. Nach ihrem Tod... Sie war völlig unbekannt, Spraggue. Ich bin damals ein gewaltiges Risiko eingegangen, sie überhaupt zu besetzen...»

«Und Sie haben damals getrunken.»

«Ich war an diesem Abend *nicht* betrunken! Und ich habe seit damals nie wieder einen Drink angerührt...»

«Arthur!» Spraggue brachte ihn mit einem scharfen Blick zum Schweigen. «Wieso haben Sie mir das alles nicht schon viel früher erzählt?»

«Was soll ich Ihnen nicht erzählt haben? Ich hatte doch keine Ahnung, bis ich heute abend das Tonband gehört habe. Und selbst da habe ich noch gehofft, ich würde mich täuschen, würde mich irren. Später – unter vier Augen – hätte ich schon noch etwas gesagt.»

«Sie wußten nichts von den *Macbeth*-Zitaten?» Spraggues Tonfall war unverhüllt skeptisch.

«Ich wußte nicht, daß es Zitate aus *Macbeth* waren. Ich hasse das Stück! Ich habe das Stück komplett aus meinem Kopf gestrichen! Ich denke nicht mal mehr an *Macbeth*!»

«Das werden Sie aber wohl oder übel müssen», erwiderte Spraggue kühl. «Erstens, Arthur, glaube ich, daß Sie Schutz brauchen. Mehr Schutz, als ich Ihnen bieten kann. Wenn Sie nicht zur Polizei gehen wollen, engagieren Sie sich einen privaten Leibwächter.»

Darien sagte nichts. Er schüttelte einfach nur den Kopf.

«Sie schweben in ernster Gefahr, Arthur.»

«Falls ich *tatsächlich* in Gefahr schwebe, werde *ich* mich darum kümmern, Spraggue.»

«Okay. Ich brauche eine Aufstellung aller Personen, die an der damaligen Inszenierung von *Macbeth* beteiligt waren. Die geben Sie dann Pierce, bevor Sie das Theater verlassen.» Spraggue warf einen Blick auf seine Uhr. Auf keinen Fall würde er vor morgen früh weitere Nachforschungen anstellen können. Er kramte in seiner Tasche. Der Zettel, den Emma Healey ihm gegeben hatte, fühlte sich immer noch warm an.

Darien redete. «Aber das ist doch alles schon so lange her, ich kann mich nicht mehr erinnern. Das ist doch schon Jahre her.»

«Versuchen Sie's trotzdem», sagte Spraggue entschieden. «Kommt Ihnen ein Mitglied des Ensembles irgendwie bekannt wor? Sie wissen schon, dieses Gefühl, sich nicht ganz erinnern zu können, wo man ein Gesicht schon mal gesehen hat?»

«Nein.» Der Regisseur schüttelte den Kopf. «Wieso?»

Spraggue hob eine Augenbraue. «Weil», sagte er, «ich das starke Gefühl habe, daß einer Ihrer Schauspieler mit Alison Arnold verwandt ist.»

Kapitel Zweiundzwanzig Emma wohnte in der Marlborough Street, in einem untervermieteten Apartment der für das Back Bay typischen roten Sandsteinhäuser. Schon beim ersten Klingeln öffnete sich die Haustür. Sie fragte nicht, wer da war.

Sie hatte sich umgezogen. Er würde nie herausfinden, wie sie sich aus diesem roten Kleid manövriert hatte. Was sie jetzt trug, konnte schnell abgelegt werden. Es war ein weit geschnittener, eisblauer Seidenschlafanzug, in der Taille zusammengebunden.

Das Blau kühlte ihr rotglühendes Haar. Ausgestreckt auf einem schäbigen Sofa wirkte sie locker und entspannt, aber ein nackter Fuß tippte einen nervösen Rhythmus. Der Raum wurde von Kerzen beleuchtet.

«Romantisch», kommentierte Spraggue. Er zog seine Krawatte aus und stopfte sie in die Tasche der Smokingjacke.

«Zieh deine Jacke auch aus», sagte sie, funkelte ihn amüsiert an. «Genaugenommen habe ich die Kerzen angezündet, weil das Zimmer *alles andere als* romantisch ist. Was Besseres konnte ich nicht finden. Ich hasse Hotels.»

Spraggue warf die Jacke auf einen Stuhl, setzte sich neben sie auf die Couch.

Sie steckte sich eine Zigarette an, drückte sie nach einem kurzen Blick auf Spraggues Gesicht aber schnell wieder aus. «Du magst es nicht, wenn Frauen rauchen?»

«Ich mag es nicht, wenn *irgendwer* raucht, bevor ich ihn küsse.»

Sie warf das Zigarettenpäckchen auf einen Beistelltisch. «Und anders als mein Freund Gregory küßt du ausschließlich Frauen... Wie nett.»

«Was ist mit deinem Freund John?» fragte Spraggue.

Sie sah ihn nachdenklich an. «Mir gefällt es, wie du den Seward spielst.»

«Und wie gefällt dir, wie ich den Spraggue spiele?»

«Weiß nicht. Du bist immer noch ein Geheimnis. Verrat mir doch mal, was du von unserer letzten gemeinsamen Szene hältst?»

«Definitiv deine beste Szene», erwiderte Spraggue ruhig. «Vampirismus steht dir.»

«Das habe ich auch schon oft gedacht», sagte sie lächelnd. «Ich spiele gern die Frau in Weiß. Erst durch sie lohnt es sich, den ganzen Rest von Lucy – die eher schlichte Seite – zu spielen. Für mich liegt der Höhepunkt in dem Augenblick, wenn es mir beinahe gelingt, dich zu überreden, Van Helsing zu betrügen, dich mir anzuschließen und unsterblich zu werden, mir zu erlauben, dich zu küssen und dir in den Hals zu beißen.» Sie beugte sich vor und ließ ihre Zunge über gleichmäßige, weiße Zähne wandern. Erst jetzt registrierte Spraggue, wie wenige Knöpfe der Schlafanzugjacke sie geschlossen hatte. Ihre Brustwarzen drückten gegen den dünnen blauen Stoff. Sie schob sich näher.

«Aber ich töte Lucy», meinte er voller Bedauern. «Mit einem Pfahl mitten ins Herz, durch deine hübsche Brust.»

Ihr Lächeln wurde größer. «Seward würde mich niemals töten. Van Helsing tötet mich. Ohne ihn, ohne seine Macht über Seward, würde die Szene völlig anders ausgehen.»

«Wie anders?»

Sie lachte entzückt. «Ich experimentiere wahnsinnig gern.»

«War Greg Hudson auch eines deiner Experimente, Emma? Experimentierst du mit *jedem* – oder nur mit Männern?»

«Spielt das eine Rolle?» Sie beugte sich wieder vor und fing an, sein Hemd aufzuknöpfen. «Bei Männern ist es viel leichter.»

«Weigert sich eigentlich nie jemand, mit dir zu spielen?»

«Nein. Auch das genieße ich.»

«Macht, Emma. Stimmt's?»

Sie lachte wieder. «Ich will's dir einfach nur ein bißchen schwerer machen, mir deinen Pfahl ins Herz zu rammen.»

Sie öffnete ihren Schlafanzug. Er glitt genauso leicht von ihr, wie er es sich vorgestellt hatte.

Sie liebten sich auf der Couch, auf dem Boden. Emma war immer einladend – aufnahmefähig, leitete passiv jeden einzelnen wunderbar kontrollierten Augenblick ein. Spraggue kam sich vor, als würde er durch einen sorgfältig einstudierten Tanz geführt.

Als sie fertig waren, ihre Lust befriedigt hatten, war es, als hätte er sie nie berührt.

Sie duschten zusammen. Emma legte eine Hand unter ihre linke Brust, um sie küssen zu lassen. «Genau hier muß der Pfahl hin», raunte sie. «Wird jetzt ein bißchen schwerer sein, mich noch zu töten, stimmt's?»

«Ich töte nur den Vampir. Lucy ist schon lange tot.»

«Aber was ist mit Emma?» sagte sie, spielerisch und ernst zugleich.

«Ich verstehe nicht», sagte er.

«Du verdächtigst mich doch jetzt nicht mehr, daß ich der Scherzbold bin. Nicht nach heute nacht.»

Spraggue spritzte sich Wasser ins Gesicht. War diese Ersatz-Leidenschaft die Gegenleistung dafür, daß er sie aus seinen weiteren Ermittlungen ausklammerte?

«Ich habe heute abend dieses Band gehört», fuhr sie fort. «Man kann sich kaum vorstellen, daß diese Stimme mir gehört hat.»

«Ich habe dich noch nie flüstern hören. Du bist eine gute Schauspielerin. Das muß ich dir lassen. Und ich bin auch überzeugt, daß du genau weißt, deine Unschuld nicht erkaufen zu können, indem du mit mir schläfst.»

«Könnte ich nicht auch die Unschuld von jemand anderem beweisen?» sagte sie verschmitzt.

«Wie?»

«Wenn er mich gebumst hätte...»

«Wer?»

«John Langford. Heute nachmittag. Hier, direkt nach der Probe bis kurz vor der Party. Dann hätte er nämlich keine Zeit gehabt, den ganzen Kram im Theater vorzubereiten.» Sie unterbrach sich kurz. «Wie wäre das als Alibi?»

«Ziemlich gut. Für euch *beide*.»

«Natürlich *hat* John irgend etwas vor, Michael. Er will nicht sagen, was es ist, aber es hat irgendwas mit mir zu tun. Es würde mir überhaupt nicht gefallen, wenn *ich* der Anlaß für all diesen Ärger wäre.»

Spraggue nahm ihr spitzes Kinn in die Hand. «Du würdest es *lieben*, Emma. Denk doch nur an all die kleinen Intrigen, die du sowieso schon im Ensemble hervorgerufen hast. Eines deiner erfolgreicheren Experimente.»

«Hältst du mich für kalt und berechnend?» Sie zuckte mit den Achseln. «John denkt immer nur an sich selbst. Wäre es nicht nett, wenn seine düstere Vergangenheit ihn gerade noch rechtzeitig einholt, um ihn zu hindern, die krönende Rolle seiner gesamten Karriere zu spielen?»

Spraggue brummte.

«Du bist so schrecklich unverbindlich, Michael.»

Spraggue trocknete sich ab, begann sich anzuziehen. «Ich muß jetzt nach Hause.»

«Du kannst hier schlafen.»

Sie war unglaublich schön, mit ihren feuchten Haaren und dem Handtuch, das sie sich locker umgebunden hatte. Er lehnte ab; auf ihn wartete noch Arbeit. Aber er hatte nichts dagegen gehabt, für ein paar Stunden mit sich experimentieren zu lassen.

Er bestellte sich ein Taxi.

Als er zehn Minuten später die Eingangsstufen hinunterging, fuhr plötzlich ein kleiner, dunkler Wagen fort, der am Bordstein geparkt hatte.

Als er im Haus seiner Tante eintraf, war es bereits fünf Uhr morgens. Sie hatte das Verandalicht brennen lassen. Schweigend dankte Spraggue ihr dafür, während er leise nach seinem nur selten benutzten Schlüssel suchte.

Die Handschrift auf den Seiten, die sorgfältig gefaltet unter der Jadeschüssel in der Bibliothek lagen, gehörte Pierce – der ausgearbeitete Zeitplan der abendlichen Aktivitäten aller Verdächtigen. Kein Zettel von Tante Mary; also hatte sie nichts aus Karen herausbekommen. Spraggue widerstand dem Verlangen, die Inspizientin anzurufen, konnte aber nichts gegen den Wunsch machen, daß sie, und nicht Emma, ihn zu sich nach Hause eingeladen hatte.

Moment. Da war noch ein Zettel in einer anderen Handschrift, die aber auch nicht Tante Mary gehörte; eine fremde, rundliche Schulmädchenschrift. Eine halbe, aus einem Notizbuch herausgerissene Seite mit der Unterschrift «*Georgie*».

> *Lieber Michael,*
> *am Ende doch noch entlastet! Gib's zu, ich hätte unmöglich das Tonband und alles besorgen, all diese vielen Ratten kaufen und die ganze Sache vorbereiten können, wo ich doch den ganzen Nachmittag hier in deinem hübschen Haus gewesen bin. Deine Tante, ein wahrer Schatz, wird mir ein Alibi liefern.*
> *Siehst du jetzt, daß es völlig richtig von dir war, mir zu vertrauen? Und dafür bin ich dir dankbar, dankbar,* dankbar*!*
> *Glaube mir.*

Spraggue lächelte, steckte das gefaltete Blatt zu Pierces Bericht, legte beides auf Hurleys Umschlag und ging in die Küche. Vom obersten Fach im Kühlschrank, auf einem kleinen silbernen Tablett, starrte ihn ein Glas Milch und ein winziges Erdbeertörtchen an. Mary mußte Dora gesagt haben, daß er spät nach Hause käme.

Er nahm das Gebäck und das Tablett, tauschte die einschläfernde Milch gegen eine Pepsi und ging zum Turm hinauf, in das Zimmer, das er schon als kleiner Junge gehabt hatte. Auf Zehenspitzen schlich er sich am südlichen Gästezimmer vorbei. Er war nicht sicher, wo Mary Georgina untergebracht hatte.

Im Turm war das Bett aufgeschlagen. Frische Handtücher und Seife im Bad. Spraggue zog sich aus und machte es sich auf dem Bett bequem, stopfte sich zwei dicke Kissen in den Rücken und knipste die Leselampe an.

Pierces Zeitplan hatte einen ordentlichen Rand und war sauber in Spalten aufgeteilt, in Druckbuchstaben in seiner winzigen, präzisen Handschrift geschrieben. Die erste Spalte führte unter der Überschrift «Verdächtige» das Ensemble, den Regisseur und den Intendanten auf. Die zweite Spalte hieß «Aufenthalt um 11.15». Die dritte «Gesehen von». Die vierte «11.55». Die fünfte Spalte wiederholte die dritte: «Gesehen von».

Für die «Stars» des Abends ließen sich schnell Bürgen finden. Langford, Ambrose, Darien hatten so eine Art, andere nachhaltig ihre Gegenwart spüren zu lassen. Dennis Boland, der stämmige Spider, hatte Darien ständig von hinten und vorn bedient. Emma Healey war John Langford gegenüber nicht ganz so loyal gewesen. Sie war hier und da gewesen, aber in ihrem roten Kleid war sie von einer Menge Leute gesehen worden. Sowohl Mary als auch Pierce stimmten darin überein, daß sie den Raum nicht verlassen hatte.

Spraggue zog das dünne Laken über seine Knie; die spätsommerlichen Nächte wurden frischer. Er streckte die Arme über den Kopf und gähnte, trank einen langen Schluck von seiner koffeinhaltigen Limonade.

Die anderen Schauspieler waren, laut Pierces Zeitplan, schwerer zu orten, da weniger schillernd. Greg Hudson war, das glaubte Pierce wenigstens, viel zu betrunken gewesen, um etwas unternehmen zu können, das auch nur ein bißchen Finesse erforderte. Deirdre konnte niemand genau einordnen. Karen verbürgte sich für Eddie, der mit ihr getanzt hatte. Verdammt... Gus Grayling, da war Mary sicher, hatte weder seinen Trupp Bewunderer verlassen noch Georginas Hand länger als eine Sekunde losgelasen. Soviel zu dem Zeitplan.

Das zweite Dokument war in einer anderen Handschrift abgefaßt: kräftige, schwungvolle Großbuchstaben, hingeschmierte bombastische Schleifen. Arthur Dariens bruchstückhafte Besetzungsliste für die 1974er Inszenierung von *Macbeth*. Das würde nicht viel weiterhelfen; Darien schien sich nur an wenig zu erinnern. Vielleicht hatte er es einfach aus seiner Erinnerung gestrichen. Einige Namen erkannte Spraggue wieder. Darien hatte keineswegs mit einem Ensemble gearbeitet, das ausschließlich aus Unbekannten bestand. Alison Arnold hatte durchaus hochkarätige Kollegen gehabt. Keiner von Dariens *Dracula*-Besetzung hatte etwas mit dieser vom Pech verfolgten *Macbeth*-Inszenierung zu tun gehabt. Spraggue zuckte die Achseln. Etwas anderes hatte er auch nicht erwartet. Das Verlangen, nach sieben Jahre Rache zu üben, deutete auf mehr als nur einen Kollegen, ja auf mehr als einen Freund hin. Wer im Ensemble war mit Alison Arnold verwandt?

Spraggue ließ die Verdächtigen vor seinem immer schläfriger werdenden geistigen Auge Revue passieren.

Caroline. Hatte sie eine Nichte oder eine Tochter Namens Alison? Keiner ihrer Ehemänner hatte Arnold geheißen. Also eher wohl eine Nichte. Aber sie war so eine gute Freundin von Darien – und schon so lange, schon Jahre vor 1974. *Falls* man ihren Geschichten Glauben schenken durfte. Ihrer Geschichte über Darien und Spider und die gemeinsame Kindheit in Brooklyn war von Darien selbst widersprochen worden.

Langford. Hatte John irgend etwas vor, wie Emma behauptet hatte? Bumste er ein anderes Mitglied des Ensembles, fest entschlossen, Caroline noch wütender zu machen? Was hatte er mit dieser Bemerkung auf der Party gemeint, mit diesem kurzen, kryptischen: «Ich hatte schon Angst, Sie kämen womöglich zu spät?»

Greg Hudson und Eddie Lafferty waren erheblich vielversprechendere Verdächtige als Caroline oder John. Kamen sie als jüngere Brüder von Alison Arnold in Frage? War das Gregs Wagen vor Emma Healeys Apartment gewesen?

Spraggue schüttelte sich, als sein Kopf nach vorn wegsackte. Noch ein Dokument: das *Dracula*-Skript. Heute abend kombinierte Generalprobe/Vorpremiere für die Presse, und er war bei einigen Textstellen immer noch nicht ganz sicher. Er hätte bestimmt tolle Arbeit geleistet, wenn das Stück trotz einer störungsfreien Aufführung flopte, weil er sich nie ernsthaft Mühe gegeben hatte, seinen Text zu lernen!

Er arbeitete bis fast acht Uhr, dachte dann an Frühstück. Viel zu müde zum Essen. Nur ein Anruf noch. Fred Hurley.

Hurley mußte gerade erst an seinen Schreibtisch gekommen sein. Spraggue konnte deutlich hören, wie er Kaffee schlürfte, konnte ihn beinahe sogar riechen.

Spraggue richtete sich auf, versuchte, hellwach zu klingen. «Hurley, gutes Material, das Sie mir geschickt haben.» Der Detective reagierte immer gut auf Lob am frühen Morgen.

Hurley unterbrach sein Kaffeetrinken, um zu antworten: «Warten Sie, bis Sie die Rechnung sehen!»

«Wollte mich nur vergewissern, ob die Freikarten bei Ihnen angekommen sind.»

«Ja. Danke. Meine Frau freut sich schon.»

«Kommen Sie mit ihr nach dem Stück hinter die Bühne.»

Hurleys Stimme wurde mißtrauisch. «Klar. Und mit den anderen Freikarten habe ich gemacht, was Sie gesagt haben. Rechnen Sie damit, daß heute abend irgendwas in die Luft fliegt?»

«Nein», antwortete Spraggue lässig. «Aber ich will sichergehen.»

«Okay», erwiderte Hurley schroff. «Dann sehen wir uns also heute abend. Hier wartet eine Menge Arbeit auf mich.»

«Irgendwas Neues über Alison Arnolds Familie?»

«Ja. Ein Telex aus New York. Wird Ihnen gefallen. Der Vater ist gestorben, die Mutter hat wieder geheiratet, ist aus dem Bundesstaat fortgezogen, neuer Name unbekannt.»

«Toll», stöhnte Spraggue.

«Sollte sich sonst noch irgendwas ergeben, rufe ich Sie an.»
«Ich bin bei meiner Tante.»

Spraggue legte auf. Er legte sich aufs Bett zurück. So, jetzt mußte Mary nur noch diese letzten beiden Lebenslauffotos besorgen. Kein Problem bei John, Caroline, Gus Grayling. Die waren allgemein bekannt. Eine Menge Leute konnten bestätigen, daß die Frau, die sich in Dariens Inszenierung als Caroline Ambrose ausgab, dieselbe Caroline Ambrose war, die sie schon am Broadway und im Fernsehen gesehen hatten. Bei den anderen lag die Sache etwas komplizierter. Dieser Mann aus dem *Calgary Theater* hatte schließlich ein altes Foto von Deirdre geschickt. Andere Frisur, aber ganz sicher dieselbe Person. Und Emma… Auch kein Problem. Jeder, der schon einmal mit Emma Healey gearbeitet hatte, erinnerte sich genau an ihr Aussehen. Spraggue selbst schwelgte in Erinnerungen.

Die übrigen… War Greg Hudson der echte Greg Hudson? Hatte er tatsächlich gemacht, was er laut seinem Lebenslauf gemacht haben sollte? Oder gehörte dieser Lebenslauf einem anderen Schauspieler – nämlich dem *echten* Gregory? Und Eddie… Wie gut konnte er ohne seine Brille wirklich sehen? Eddie und Karen… Karen und Eddie…

Um neun Uhr morgens am Tag der Vorpremiere für die Presse fiel Spraggue in einen leichten, unruhigen Schlaf.

Kapitel Dreiundzwanzig «Freut mich, das du's noch geschafft hast», sagte Greg Hudson, als Spraggue sich setzte, um sich zu schminken. «Es ist sieben Uhr. Arthur erwartet uns um Viertel nach sieben im Gemeinschaftsraum, also gibst du besser Gas.»

Spraggue ignorierte ihn, öffnete seinen Schminkkasten, breitete Stifte und Pinsel in einer ordentlichen Reihe aus. Hudson wollte genausowenig eine ausführliche Erklärung seiner sporadischen Anwesenheit bei den Proben, wie er sich für die genaue Zahl der Lieferanten für Versuchstiere in Boston interessierte. Er hatte einfach nur das große Zittern vor einer Aufführung.

«Findest du, ich hätte mich zu blaß geschminkt?» fragte Greg pikiert.

«Das Licht hier unten ist nicht so besonders.» Spraggue musterte Hudson kritisch. «Sieht in Ordnung aus. Falls Darien meckert, kannst du's für die Premiere ja immer noch ändern.»

«Nicht, bevor einer dieser Pressefritzen schreibt, ich sähe aus wie ein bleichgesichtiger Truthahn.»

«Du magst keine Kritiker?»

«Ich liebe sie, liebe sie alle.» Hudson posierte vor dem Spiegel, rückte sein Halstuch zurecht, zerzauste sein Haar. «Du hättest früher hier sein müssen. Da sind die Fetzen geflogen. Der große Gustave fand seine Erwähnung im Programmheft nicht gut. Er will, daß sein Name zusammen mit dem unsterblichen Langford und unserer Orchideenlady ganz oben steht.»

«Gus?» Spraggue überprüfte seine Grundierung. Gute Farbe. Er hoffte, noch genug Zeit zu haben, daß der Mastix auf seinem Kinn richtig austrocknete. Es juckte.

«Ich habe früher schon mit Gus gearbeitet», meinte Hudson mit einem Seufzer. «Immer dasselbe. Bei den Proben flitzt er einem immer um die Füße, bettelt geradezu darum, daß man ihm auf den Schwanz tritt. Und wenn man es dann schließlich tut, kriegt er einen Koller. Viel zu spät, um noch was zu bringen. Ist einfach aus seiner Garderobe stolziert. Hat sie ‹eine schummerige, ekelhafte Rumpelkammer› genannt, die seiner Position im Ensemble völlig unangemessen sei.»

«Wo ist er hin?»

«Hat sich Eddies Zimmer unter den Nagel gerissen. Der Junge ist zu spät gekommen. Und als Eddie dann endlich eintrudelt, hat er seine Brille nicht auf. Absolute Identifikation mit der Rolle, du verstehst schon. Er sieht, daß jemand anderer in seiner Garderobe ist, also glaubt er, er hätte sich verzählt. Geht ins nächste Zimmer und kommt reingelatscht, als Lady Caroline gerade im Evaskostüm dasteht. Und der arme Blödmann konnte nicht mal was sehen!»

Spraggue lachte leise. «Hat sie ihn nur rausgescheucht, oder hat sie sich über ihn hergemacht?»

«Du hättest das Gekreische hören sollen! Ich dachte schon, eine von den Ratten der letzten Nacht würde sich an ihren Zehen vergnügen. Karen ist dann runtergekommen und hat die Wogen geglättet. Eddie teilt sich jezt mit Gus den Raum. Der arme Teufel.»

«Sollten wir Gus zu uns einladen?» fragte Spraggue zögernd. «Hier ist mehr Platz.»

«Kommt gar nicht in Frage. Sollen die Bekloppten ruhig unter sich bleiben. Außerdem würde er das sowieso nur als Beleidigung auffassen, Spraggue.»

«Als Beleidigung?»

«Glaub mir. Wenn er in so einer Verfassung ist, brauchst du ihm nur kurz hallo zu sagen, und schon ist es eine Beleidigung.» Greg unterbrach sich, um Luft zu holen. «Mit dem Bart siehst du älter aus. Gefällt mir.»

Spraggue wechselte das Thema. «Wie spät?»

«Noch vier Minuten. Soweit ich weiß, ist Langford noch nicht aufgetaucht.»

Spraggue brummte, konzentrierte sich darauf, Falten auf seine Stirn zu malen.

«Und Emma ist hier, also kann es nicht daran liegen. Sie ist nicht zufälligerweise mit dir gekommen, oder?»

Spraggue schaute kurz auf. Das in dem Auto letzte Nacht war Greg gewesen. «Nein», sagte er gelassen.

Schritte hallten den steinernen Korridor herunter, schnell, laut und wütend. Eine Tür wurde zugeschlagen, aufgerissen und fest wieder geschlossen. Greg verrenkte sich und lehnte sich auf den Flur hinaus, drehte sich zurück zu Spraggue und lachte.

«Dem *dramatischen* Auftritt nach zu urteilen», sagte er mit gehobenen Augenbrauen, «diesem *majestätischen* Schritt, der *späten* Stunde, würde ich sagen, daß soeben der große Langford eingetrudelt ist. Und es klingt ganz so, als hätte auch er einen Wutanfall!»

Emma Healey, hübsch im hellblauen Kostüm der unschuldigen Lucy, flitzte an der Tür vorbei.

«Ach, die Liebe», murmelte Greg Hudson, «oder sollte ich besser sagen: ‹Ach, die Lust›? Wunderbar, wie dieses Weibsvolk zu seinem leidenden Mannsvolk eilt. Kaum hat Grayling eingeschnappt die Bühne verlassen, wetzt die kleine Georgina auch schon los, um ihm in seinem Exil Gesellschaft zu leisten. Ich glaube, ich werde auch mal einen Koller kriegen und sehen, wer zu mir kommt... Deirdre ist viel zu groß und zu verbissen... Eddie, tja, ein lieber Junge, aber so isoliert, so einsam. Und die Inspizientin ist in ihn verknallt, meinst du nicht auch? Ich nehme nicht an, daß du mir zu Hilfe kommen würdest. Aber ich bin nicht wählerisch. Ich würde von jedem Trost akzeptieren, ausgenommen, glaube ich, von Caroline. Irgendwo muß man einen Strich ziehen.»

Das Pfeifen begann am Ende des Korridors – tiefe, klagende Töne, keine bekannte Melodie.

«*Wer* ist das?» fauchte Caroline, deren schrille Stimme durch ihre geschlossene Garderobentür drang. «Sofort aufhören!»

«Das bedeutet Unglück.» Hudsons Miene war ernst. «Unglück. Genau, was uns heute abend noch gefehlt hat.»

«Du glaubst an so was?»

«Nun, ich pfeife nicht in meiner Garderobe, und ich zitiere auch nicht dieses gottverdammte schottische Stück. Ich wünschte, jemand würde sofort mit diesem *Pfeifen* aufhören!» Bei den letzten Worten hob er seine Stimme und brüllte sie den Korridor hinunter.

Das Pfeifen verstummte.

Greg holte tief Luft. «Siehst du? Diese kleine Episode hat Caroline aus der Fassung gebracht. Aber geht jemand los, um unsere Lady zu beruhigen? Nicht der gute Eddie-Boy. Er hält sie für eine räuberische alte Hexe. Du nicht. Ich nicht. So, wenn unser großartiger Regisseur jetzt hier wäre, oder unser untersetzter Intendant, dann könntest du eine völlig andere Geschichte erleben. *Die* kümmern sich. Wenn das hier nicht Arthurs Stück wäre, dann wäre diese Frau nicht mal in die *Nähe* einer Hauptrolle gekommen. Das verstehst du doch, oder? So besonders ist sie nämlich nicht. Sie läßt sich von den anderen alles abnehmen – von Langford und Emma –, verdammt, sie *bittet* einen ja fast höflich darum, ihr doch bitte die verdammte Szene zu stehlen...»

Karen Snows klare Stimme unterbrach Hudsons Ausbruch. «Alle in zwei Minuten in den Gemeinschaftsraum! Zwei Minuten!»

Massig Zeit. Dracula hatte seinen Auftritt erst in der Mitte des ersten Aktes. Langford konnte sich noch nach der Besprechung umziehen. Spraggue zog den Reißverschluß seiner gestreiften Arzthose zu und warf sich die Jacke über, als er den Flur hinabging.

Trotz der Schminke und des Puders wirkten die Schauspieler unnatürlich blaß. Deirdres Lippen bewegten sich stumm; sie hatte Schwierigkeiten, sich an ihren Text zu erinnern. Georgina und Gus Grayling standen etwas abseits, tuschelten vereint gegen den Rest der Welt. Hudson sah sogar noch bleicher aus als in der Garderobe. Die Zecherei der vergangenen Nacht oder eine Beschwerde aus jüngerer Zeit? Er war ein wenig wacklig auf den Beinen.

Darien trat unter dem höflichen Applaus der Schauspieler ein. Caroline, deren Auftritt sorgfältig so getimt war, daß sie unmittelbar dem Regisseur folgte, kam herein und gab Darien einen herzlichen Kuß. Sie drückte seine Hand, während er sprach.

Standardrede Nummer zwei des Regisseurs: Vielen Dank für eure harte Arbeit; gebt heute abend euer Bestes.

Spraggue hörte kaum zu. Er behielt seine Kollegen im Blick. Emma Healey kam zu spät. John Langford tauchte erst gar nicht auf.

Die Versammlung dauerte nicht lange. Spraggue kehrte in seine Garderobe zurück, band seine Krawatte und puderte sein Make-up.

Die Aufführung verstrich mit all der zusammenhanglosen Eindringlichkeit eines Alptraumes. Szenen rasten vorbei, immer wieder von Applaus unterbrochen. Das Licht wurde schwächer, verschwand ganz, flammte auf, wurde wieder schwächer.

«Läuft gar nicht so übel.» Spraggue stand in den Kulissen und spürte Karens Gegenwart, bevor er ihr Flüstern hörte, und erst dann registrierte er, wie aufgedreht er war, jeder Nerv geschärft für eine neue Katastrophe.

«Haben Sie Langfords Schnitzer mitgekriegt?» fuhr sie fort. «Muß mindestens sechs unsterbliche Seiten ausgelassen haben. Emma hat ihn wieder auf den Teppich geholt, während Caroline mit großen Kuhaugen zugesehen hat.»

«Wünschte, ich hätte es gesehen», sagte Spraggue.

«Damit werden sie ihn bis in alle Ewigkeit aufziehen! Der unfehlbare britische Schauspieler!»

Blackout. Karen verschwand. Spraggue ließ die verkrampften Schultermuskeln spielen, holte dreimal tief Luft, betrat die Bühne.

Der Vorhang hob sich in völliger Dunkelheit. Spraggue erstarrte in seiner letzten Szenenposition auf der rechten Bühnenseite. Scheinwerfer flammten auf, glühten wie eine Galaxis unerwarteter Sterne.

Greg Hudson sprach zuerst, jagte wütend über das Bühnenbild, suchte in der Felsengruft den Sarg des Vampirkönigs.

HARKER: Die Slowaken haben den Sarg hier hereingebracht! Ich schwöre, daß sie es getan haben!

VAN HELSING: Kein zweiter Ausgang.

HARKER: Wir werden sie erwischen! Zwingen sie zum Reden!

SEWARD: Keine Zeit, Harker. Die Sonne ist fast untergegangen.

VAN HELSING: Kommt, wenn der Sarg hier reingebracht wurde, dann muß er auch noch hier sein. Vielleicht hinter einer falschen Wand? Ein versteckter Raum?

SEWARD: Eine Falltür?

HARKER: Sie übernehmen die Wand dort, Doktor. Ich versuche mein Glück hier. Professor, klopfen Sie den Boden ab. Mina, hilf mir.

VAN HELSING: Sie ist zu schwach, Jonathan. Ich bezweifle, daß sie uns helfen kann.

SEWARD: Dann bleiben Sie bei ihr, Professor. Jon und ich werden allein suchen.

Und sie suchten. Fünfundvierzig Sekunden geschäftiger Stille mit allen klassischen Elementen: Konflikt auf Leben und Tod, Zusammenprall von Gut und Böse und eine zeitliche Begrenzung – Eile. Spraggue und Hudson klopften das Bühnenbild ab, wirbelten Staubwolken auf, lauschten verzweifelt, konzentriert auf ein hohl klingendes Geräusch. Sie mühten sich ab, Felsbrocken aus Papmaché hochzuwuchten, tasteten in Ritzen und Spalten nach versteckten Hebeln.

HARKER: Wie kommen wir nur rein?

SEWARD: Es muß eine Möglichkeit geben … irgendwas … um …

Caroline lachte, ein tiefes, verschlagenes Knurren.

VAN HELSING: Sie weiß es.
HARKER: Mina.
SEWARD: Hilf uns, Mina.
MINA: Ihr armen, unbedeutenden Narren! Glaubt ihr denn wirklich, ihr könntet ihn besiegen? Hier, in seinem eigenen Land?
SEWARD: Jon, nimm die Spitzhacke. Wir werden die Wand einreißen!
MINA: Narren!
HARKER: Ich habe gespürt, wie etwas nachgegeben hat! Macht weiter! Der Spalt wird breiter!

Wütend knurrend stürzte sich Caroline auf Hudson, riß ihm die Hacke aus den Händen. Der Kampf hatte begonnen.

Hudsons sorgfältige Choreographie der Szene zahlte sich aus. Caroline kämpfte wie eine Wahnsinnige, beschimpfte kreischend die drei Männer, war wild entschlossen, ihren Vampirmeister zu schützen. Seward gelang es, die Hacke ihrem Griff zu entwinden. Van Helsing packte ihre Arme, drehte sie auf ihren Rücken. Die Männer trugen sie, tretend und schreiend, zum vorderen Teil der Bühne, fort von Draculas Versteck.

Sogar die Ohrfeige funktionierte. Caroline drehte genau im entscheidenden Augenblick den Kopf mit dem Schlag fort. Tolles Geräusch, kein Schmerz. Einen Moment lang riß sie die Augen weit auf, sank dann schluchzend zu Boden.

HARKER: Mina! Liebling!
SEWARD: Sie wird schon wieder.
VAN HELSING: Schnell!
SEWARD: Der Pflock!
HARKER: Keine Zeit! Die Sonne! Die Sonne!

In fieberhafter Eile rissen die drei Männer die schartige Wand ein, legten die geheime Höhle frei. In der Mitte der Bühne – eine Plattform. Darauf, leicht nach vorn geneigt, damit das Publikum das prunkvolle Relief sehen konnte, die kunstvoll gearbeiteten Schnörkel – der Sarg.

Spraggue und Hudson sprangen auf das Podest, wuchteten den Deckel des Sarges herunter, schwankten unter dem vermeintlichen Gewicht. Da lag der Vampirkönig, deutlich sichtbar für das Publikum, majestätisch und furchterregend. Spraggue bemerkte Schweißperlen auf Langfords Stirn und Oberlippe.

Der Vampirkönig schlug seine Augen auf.

VAN HELSING: Sieh ihn nicht an!

Hudsons Messer blitzte im Scheinwerferlicht auf. Spraggue zog sein eigenes, drückte die stumpfe Klinge an Langfords Hals. Der Beutel mit Hühnerblut lag an Ort und Stelle; ein purpurrotes Band durchnäßte Langfords gestärkten weißen Kragen.

Greg schwang seine Klinge, umklammerte sie mit beiden Händen. Mit einem Aufschrei stieß er sie in das Herz des Vampirs. Blut quoll aus der Wunde. Langfords Schrei ging über in ein Stöhnen, perlte in seinem Hals und hörte unvermittelt auf. Ein Schwall dunkles Blut schoß aus einem Winkel seines erschlaffenden Mundes.

Der Schauspieler erstarrte. Spraggue sah Hudson an, seine Hand griff nach dem befleckten Messer.

Der Vorhang fiel.

Höllenlärm und Chaos!

Kapitel Vierundzwanzig «Verdammt, Spraggue!» brüllte Hurley, während er im Korridor vor den Garderoben auf und ab ging. «Ist Ihnen eigentlich klar, was Sie gemacht haben?»

Spraggue zählte die Ritzen in dem alten Steinfußboden.

«Sie waren wegen irgendwas *beunruhigt*. Stimmt's, Spraggue? Nervös genug, *mich* herzubestellen, besorgt genug, von mir Freikarten an Cops außer Dienst verteilen zu lassen! Wenn ich gewußt hätte, daß wir zu einem Mord eingeladen werden...»

«Wenigstens sind Sie als erster am Tatort», fiel Spraggue ihm ins Wort.

«Und im Präsidium wird man sich todsicher fragen, was zum Teufel ich überhaupt hier gesucht habe, fein rausgeputzt und auf meinem Hintern sitzend, während ein Mann erstochen wird!»

«Hören Sie, ich habe das nicht kommen sehen, Hurley. Ich hätte mir nie träumen lassen, daß es zu einem Mord kommt. Ich kann es immer noch nicht glauben...»

«Glauben Sie's!» zischte Hurley. «Langford hat's hinter sich!»

«Kein Unfall? Das Messer hat nicht vielleicht blockiert?»

Hurley zog die Waffe, die sorgfältig in Plastikfolie gewickelt worden war, aus seiner Brusttasche. «Es ist auf Fingerabdrücke untersucht und fotografiert worden. Wie sieht es denn für Sie aus?»

«Ganz normal. Bis auf das Blut.»

«Nehmen Sie's mal in die Hand. Na, was ist mit dem Gewicht?»

«Ich habe es nur ein oder zweimal in der Hand gehabt», erwiderte Spraggue langsam. Wieso kam ihm das Messer so bekannt vor?

«Probieren Sie den Mechanismus aus. Aber vorsichtig.»

Spraggue drückte die Messerspitze gegen die Wand. Sie gab nicht nach. Er drückte stärker.

«Das ist kein Theatermesser», sagte Hurley. «Nicht mehr.»

Plötzlich fiel der Groschen. Messingdolche, in die Knäufe eingearbeitete Kreuze... «Schicken Sie jemanden rauf ins Büro des Regisseurs, Hurley. Überkreuzt über dem Kaminsims. Zwei Messer.»

Hurley brüllte nach oben, befahl einem auf dem Treppenabsatz auftauchenden Paar schwerer schwarzer Stiefel, Dariens Zimmer im ersten Stock zu überprüfen.

«Sie glauben, das Theatermesser wäre nach der Vorlage der Messer im Büro hergestellt worden?»

«Muß so sein. Das hätte mir direkt auffallen müssen...»

«Würde so ein Ding hier» – Hurley deutete auf das Messer – «nicht vor jeder Vorstellung überprüft?»

«Wurde es auch. Schicken Sie einen Burschen dorthin, wo Sie das Ensemble untergebracht haben. Lassen Sie ihn ‹Requisite!› brüllen. Eine Frau wird antworten. Sie ist diejenige, die das Messer überprüft.»

Hurley gab die Anweisung weiter.

Spraggue vergrub die Hände in den Taschen.

«Mit Ihnen alles in Ordnung, Spraggue?»

«Nein. Wenn... *wenn* ich gedacht hätte, jemand wäre in ernster Gefahr, hätte ich ganz sicher nicht auf Langford getippt.»

«Auf wen dann?»

«Darien.»

«Hat keinen Sinn, sich selbst in den Hintern zu treten», meinte Hurley grimmig.

«Ja, das werden Sie schon für mich besorgen.»

«Lieutenant?» Zwei Paar schwarze Stiefel waren bereit zu berichten.

«Foley?»

«Einer der Dolche über der Kaminverkleidung ist verschwunden. Den anderen habe ich zur Spurensicherung gebracht.»

«Okay. Smithson?»

Das andere Paar Stiefel zögerte.

«Smithson?» wiederholte Hurley.

«Sie ist nicht da. Die Requisitenfrau. Todesfall in der Familie. Hat mit einer Nachmittagsmaschine die Stadt verlassen.»

«Wer ist ihre Vertretung, Spraggue?»

Karen.

Die Antwort wurde ihm durch Lärm von oben erspart. Mehrere Stimmen bellten Befehle, ein Sopran widersetzte sich ihnen. Türen wurden geschlagen. Spraggue unterdrückte ein Lächeln. Tante Mary. Jeder Cop, der sich ihr in den Weg stellte, tat ihm aufrichtig leid.

«Äh, Lieutenant Hurley?» Schwarzstiefel linsten in den Treppenschacht. «Kleines Problem hier oben. Eine Lady will Sie sprechen.»

«Im Zusammenhang mit dem Fall?»

Tante Mary, mit rotem Kopf und außer Atem, schob sich ans

Geländer vor. «Sicher», sagte sie scharf. «Und jetzt sagen Sie sofort diesen Männern, daß sie mich durchlassen sollen!» Dann erspähte sie ihren Neffen und strahlte. «Ich habe ihn gefunden, Michael!»

«Langsam. Immer mit der Ruhe, Mrs. Hillman.» Hurley nahm Marys Arm und führte sie die Treppe herunter, achtete darauf, daß sie Spraggues warnenden Blicken nicht ausgesetzt wurde. Er brachte sie in eine leere Garderobe und ließ sie auf einem Stuhl Platz nehmen.

«Ich glaube nicht, daß meine Tante weiß, was pas-»

«Es reicht, Spraggue. Mrs. Hillman, Sie haben gerade eben Ihrem Neffen gesagt, Sie hätten ihn gefunden?»

«Richtig, Lieutenant. Das habe ich. Genau, wie du vermutet hast, Michael. Ich bin direkt rübergekommen, nachdem ich...»

«*Wen* haben Sie gefunden?»

«Arthur Levinson, Lieutenant. Außerordentlicher Professor für Theaterwissenschaften, Southern Methodist University. Haben Sie schon mal versucht, während der Sommersemesterferien einen Professor zu finden?»

«Hat das irgend etwas zu tun mit...»

«Es hat damit zu tun, Fotos aus Lebensläufen zu identifizieren», unterbrach Spraggue schroff.

«Oh. Fahren Sie fort, Mrs. Hillman.»

«Michael?»

Spraggue zuckte mit den Achseln. «Erzähl ihm, was er wissen will.»

«Einer der Schauspieler ist eine Dublette. Wie bei Rennpferden. Er benutzt den Lebenslauf und Namen eines richtigen Schauspielers, aber in Wahrheit ist er ein anderer. Ich habe ein Bild des richtigen Schauspielers dabei. Professor Levinson hat es mir gegeben.»

Hurleys Fuß trommelte auf den Boden. «Und der Name dieses Schauspielers ist?»

Spraggue antwortete gleichzeitig mit ihr. «Eddie Lafferty.»

Hurley drehte sich zu ihm um. «Das wußten Sie?»

«Ob ich es wußte, verdammt? Hab's erraten.»

«Wie?»

«Der Lebenslauf, den er Darien gegeben hat, war unvollständig.

Laut seinem Agenten hat Eddie Lafferty einige größere Rollen gespielt, darunter sogar einen *Hamlet.*»

«Und wieso sagen Sie mir das nicht früher?»

«Was sollte ich Ihnen denn sagen? Daß unser Eddie Lafferty nicht so aussieht, wie ich mir Hamlet vorstelle?» Spraggue fuhr sich mit einer Hand über die Stirn, verschmierte dabei die Schminke. «Ich habe nichts gesagt, Hurley, weil der Junge blaue Augen hat. Das Phantom, das ich gesehen habe, hatte aber dunkle Augen. Und dann war da diese Geschichte mit dem Stolperdraht – Eddie hat eine Katastrophe *verhindert*...»

«Ein typisches Manöver, um den Verdacht auf jemand anderen zu lenken.»

«So sieht es jetzt aus.»

«Foley! Smithson!» brüllte Hurley. Schwere Stiefel kamen die Treppe heruntergestürmt. «Wohin habt ihr die Schauspieler gebracht?»

«Sie haben uns gesagt, wir sollten sie in diesen großen Gemeinschaftsraum stecken. Am Kopfende des Korridores. Henry ist bei Ihnen.»

«Also los, statten wir ihnen mal einen Besuch ab.»

«Lassen Sie mich mitkommen», sagte Spraggue.

Hurley zuckte mit den Achseln. «Tun Sie, was Sie nicht lassen können.»

«Michael», flüsterte Tante Mary. «Was ist hier los?»

«Geh nach Hause. Ich rufe dich sobald wie möglich an.»

«Wir gehen *jetzt*», sagte der Detective.

Spraggue folgte Hurley den Flur hinunter.

Die Schauspieler im großen Gemeinschaftsraum hatten nur noch wenig Ähnlichkeit mit der angespannten, eifrigen Truppe vor der Vorstellung. Caroline Ambrose, das dick gepuderte Gesicht verwüstet durch Tränen, saß mit rastlosen Händen in einer Ecke, spielte an Minas schlichtem Hochzeitsring. Greg Hudson stand neben dem Waschbecken, eine volle Tasse Kaffee in den Händen, die Augen stur geradeaus. Emma saß mit gesenktem Kopf auf dem Sofa – eine bewegungslose Statue. Draculas verwitwete Bräute wichen nicht von ihrer Seite. Gus Grayling funkelte ins Nichts, stand mit seinem massigen Körper halb abgewendet zur Tür. Von Zeit zu Zeit zuckte ein Muskel auf seinem Unterkiefer.

«Edward Lafferty», bellte Hurley.

Die Schauspieler regten sich, starrten mit ausdruckslosen Blicken in den Raum. Emma hob ihren Kopf, ließ ihn dann wieder sinken.

«Spraggue?» Hurley drehte sich erwartungsvoll zu ihm um.

«Wo ist Eddie?» fragte Spraggue ruhig. Er achtete darauf, seine Stimme nicht zu heben, keinen speziellen Tonfall hineinzulegen.

Georgina räusperte sich, probierte vorsichtig ihre Stimme. «Er ist nicht hier.»

Sofort fuhr Hurley den Beamten an, der die Schauspieler bewachte, den ahnungslosen Patrolman Henry. «Wieso zum Teufel haben Sie...»

«Lieutenant, sie haben gesagt, daß alle hier wären, alle, die...»

«Und Sie haben ihnen das natürlich geglaubt...»

«Lieutenant!» Georginas Stimme war fester jetzt, stärker. «Es war nicht die Schuld des Officers. Es war so ein Durcheinander... ich glaube, wir werden wahrscheinlich gedacht haben, er wäre bei der Crew, bei Karen...»

«Smithson!» bellte Hurley.

«Nein, Sir. Keine Schauspieler bei der Crew.»

Hurley grunzte, drehte sich zu Spraggue. «Sie kennen seine Adresse?»

«Ja.»

«Gut. Ich werde mit zwei Männern hinfahren. Wollen Sie mit?»

Spraggue zögerte. «Nein.»

«Okay.»

Er folgte Hurley aus dem Gemeinschaftsraum, schrieb Eddies Adresse auf einen Zettel, drückte ihn dem Lieutenant in die Hand.

«Sind Sie sicher, daß Sie nicht doch mitwollen?» fragte Hurley neugierig.

«Ich will diese Scheiße hier aus meinem Gesicht haben.» Spraggue zupfte gereizt an seinem Bart.

«Wie Sie wollen.» Hurley machte auf dem Absatz kehrt.

«Eines noch», sagte Spraggue.

«Ja?»

«Haben Ihre Jungs einen Zettel gefunden? In der Nähe von Langfords Leiche?»

«Selbstmörder hinterlassen Briefe, Spraggue. Nicht Mordopfer.»

«Stimmt.»

Spraggue wartete, bis Hurley die Treppe hinaufging und seine Untergebenen sich abstrampelten, Schritt zu halten. Wartete, bis ihre Schritte oben verklangen, den Korridor hinunter verschwanden. Wenn die Schauspieler im Gemeinschaftsraum waren, wo hatten sie dann die Crew untergebracht? Nicht hinter der Bühne – zu beengt. Zu leicht konnte sich dort jemand verdrücken. Er ging die Treppe hinauf und klopfte an die Tür des Malersaales. Ein rotgesichtiger, älterer Cop öffnete sie einen Spaltbreit.

«Lieutenant Hurley möchte die Inspizientin sprechen», sagte Spraggue.

«Ist nicht hier.»

«Nicht... Oh.» Spraggue war erschüttert.

«Versuchen Sie's unten, erster Raum links. Sie haben sie zu den Schauspielern gesteckt.»

«Danke», sagte Spraggue mit trockenen Lippen. Zu den Schauspielern. Sicher.

Er mogelte sich an dem Posten vor der zweiflügeligen Tür vorbei. Die Bühne war hell erleuchtet, jeder Scheinwerfer auf das erhöhte Podium in der versteckten Höhle gerichtet. Genau auf Langfords Leiche. Fotoapparate klickten. Polizisten brüllten Befehle; andere krochen auf dem Boden herum, kleine Beweismittelbeutel in den Händen.

Spraggue verrenkte seinen Hals nach oben, suchte die Arbeitsgalerie ab. Wenn sie immer noch im Theater war, wo konnte sich die Inspizientin dann verstecken? Er starrte in den Zuschauerraum hinaus, suchte die leeren Reihen ab. Die winzige, abgedunkelte Beleuchtungskabine im hinteren Teil des Hauses verschmolz beinahe mit der Wand.

Spraggue marschierte zielstrebig auf die Kabine zu – ein Techniker auf dem Weg zur Arbeit. Die Tür war zu, aber nicht abgeschlossen. Er trat ein, schloß die Tür, griff nach dem Lichtschalter.

Eine Hand schloß sich um sein Handgelenk. «Wenn Sie das Licht anmachen, können sie uns sehen», sagte Karen Snow.

«Sollen sie ruhig», erwiderte Spraggue grob. «Sie haben doch nichts zu verbergen. Oder?»

«Spraggue...», protestierte sie.

«Sind Sie allein?»

«Ja.»

«Sie haben also mit Eddie getanzt, als gestern abend das Licht ausging...»

«Ich...»

«Und weil ich Ihnen geglaubt habe, ist Langford jetzt tot.»

«Das hatte nichts mit John zu tun...»

«Sie haben mich reingelegt.» Spraggues Augen stellten sich langsam auf die Dunkelheit ein. Er drückte Karen auf den einzigen Stuhl, behielt die Hände auch noch auf ihren Schultern, als sie längst aufgehört hatte, sich zu wehren. «An dem Abend, als Sie mir mit meiner Rolle ‹geholfen› haben, ist Eddie eingebrochen, damit Sie ein Alibi hatten...»

«Davon wußte ich nichts!»

«Und dann haben Sie diese Farce in seiner Wohnung arrangiert, damit ich auch ihn aus dem Kreis der Verdächtigen ausschloß. Sie müssen Eddie angerufen haben, unmittelbar nachdem ich das Theater verlassen hatte. Eine Schande, ihn zu lange auf dem Stuhl stehen zu lassen.»

«Eddie hat niemanden umgebracht.»

«Wissen Sie eigentlich, wer Ihr Eddie wirklich ist?»

«Er ist nicht *mein* Eddie», sagte sie. «Ich habe ihn nur geerbt.»

«Und was soll das wieder heißen?»

«Er ist mein Stiefbruder.»

Spraggue legte eine Hand unter ihr Kinn und hob sanft ihr Gesicht, bis sie ihm in die Augen schaute. «Dann ist er also nicht Ihr Liebhaber.» Er sagte die Worte leise, beendete sie scharf, als er merkte, daß er sie laut ausgesprochen hatte.

«Was?»

«Spielt keine Rolle», sagte er. Nicht mehr. Und dann laut: «Dann kennen Sie also seinen richtigen Namen.»

«Sollte ich ihn vielleicht verpfeifen, nur weil er seinen Namen geändert hat?» fragte Karen wütend. «Er kann schauspielen. Den Job hat er nach einem Vorsprechen bekommen.»

«Welchen Job? Den des Ensemble-Mörders?» Spraggue richtete sich auf, massierte mit einer Hand seinen Nacken. «Ich dachte, er hätte es auf Darien abgesehen», sagte er beinahe zu sich selbst.

Karen griff nach seinem Arm, drückte ihn. «Er hatte keinen Grund, John etwas zu tun.»

«Aber Grund genug, Darien etwas zu tun», sagte Spraggue. «Wegen Alison Arnold.»

Karen schaute fort. «Sie wissen also von ihr.»

«War sie seine Schwester?»

«Ja.» Karen faltete die Hände auf dem Schoß, starrte sie an. «Seine *richtige* Schwester. Seine einzige Schwester. Vielleicht zehn Jahre älter als er... Gott, er hat sie abgöttisch geliebt.»

«Wie heißt er wirklich?»

«Gene. Eugene Arnold.»

Spraggue atmete scharf ein. «Sie haben nichts gesagt, haben niemanden gewarnt?»

«Was hätte ich denn sagen können?»

«Und *Sie* hatten auch nichts gegen Darien?» Spraggue wünschte sich, das Licht wäre besser, wünschte sich, er könnte jede Falte und jeden Schatten auf ihrem Gesicht sehen.

«Ich kannte Alison nicht. Ich weiß nicht genau, was vor sieben Jahren passiert ist. Darien ist einer der besten Regisseure, mit denen ich je zusammengearbeitet habe. Kann ja sein, daß er mal Alkoholiker war. Aber heute ist er trocken.»

«Aber trotzdem haben Sie bei Eddies Plan mitgemacht.»

«Zuerst wußte ich nichts von einem Plan, und dann konnte ich ihn nicht mehr zurückhalten. Gene wollte niemandem *schaden*...»

«John Langford ist *tot*, Karen.»

«Ich habe Gene keinen Moment aus den Augen gelassen, den er heute abend nicht auf der Bühne war. Ich habe ihm gesagt, ich würde nicht zulassen, daß er eine Aufführung stört. Ich schwöre, daß er nie auch nur in der Nähe des Requisitentisches gekommen ist. Niemals.»

Spraggue setzte sich neben Karens Stuhl im Schneidersitz auf den kalten Beton. «Und wieso ist er dann weggelaufen?»

«Er ist nicht weggelaufen», sagte sie energisch. «Geben Sie mir das Telefon.»

«Bitte?»

«Da auf dem Tisch steht ein Telefon, rechts von Ihnen. Zuerst die 9. Und jetzt 555-6843. Gene wird sich melden. Er ist nur nach Hause gegangen. Ich weiß nicht, warum, aber er ist nur nach Hause gegangen!»

Spraggue wählte. Er hielt den Hörer in der linken Hand, ein Stück vom Ohr entfernt, damit Karen mithören konnte. Ihr dunkles Haar strich über seine Wange. Das Telefon klingelte, siebenmal, achtmal, zehnmal. Jemand hob ab. Karen atmete erleichtert aus. Die Stimme war schroff, aber vertraut.

«Hurley.»

«Spraggue hier. Haben Sie ihn?»

«Nee. Der ist weg. Hat sich aus dem Staub gemacht.»

Karens kräftige Hand griff nach dem Hörer, knallte ihn auf die Gabel. Die Geste schien sie vollständig ausgelaugt zu haben. «Gott, Michael, was soll ich jetzt nur tun?»

Er wandte sich ab, versuchte, das nach Wiesenblumen duftende Haar und die sanften braunen Augen zu vergessen. Was er jetzt tun wollte, war wohl weder der Zeit noch dem Ort angemessen. «Sie haben drei Möglichkeiten», sagte er schließlich.

«Ja?»

«Wenn die Polizei Sie verhört, geben Sie entweder keinen Piep mehr von sich, lügen oder sagen die Wahrheit.»

«Irgendwelche besonderen Empfehlungen?»

«Kommt drauf an... Hat Eddie den Stolperdraht gespannt?»

«Nein.» Sie antwortete schnell und bestimmt. Wenn sie log, entschied Spraggue, war sie verdammt gut.

«Dann sagen Sie die Wahrheit. Glauben Sie mir, der sicherste Platz für Eddie ist im Gefängnis.»

Kapitel Fünfundzwanzig Die Wahrheit sagen. Scheiße. Vier Stunden später stieß Spraggue seine Fäuste in die Taschen und marschierte die Massachusetts Avenue hinunter, war viel zu wütend, um stehenzubleiben und sich ein Taxi zu rufen.

Von allen Cops mußte ausgerechnet Menlo kommen! Wieso nicht einfach Hurley den Fall lassen? Hurley war ein gottverdammter Lieutenant! Er hatte schon in der Mordkommission gearbeitet! Er war dagewesen, am Tatort! Wieso Captain Hank Menlo mit seiner häßlichen, vorstehenden Boxervisage und seinem negativen IQ? Menlo warf sich nur in Schale, wenn er vor einer laufenden Fernsehkamera stand. Ein Publicity-Windbeutel, so hatte Spraggue ihn einmal genannt, hatte es ihm direkt ins Gesicht gesagt.

Spraggue und Menlo waren wie Öl und Wasser. Als Spraggue seine Lizenz als Privatdetektiv wieder abgegeben hatte, hatte Menlo ihm eine Glückwunschkarte geschickt.

«Aha, wie ich sehe, stecken Sie Ihre Nase schon wieder in alles mögliche.» Das war Menlos Vorstellung von einer Begrüßung. Je länger Menlo sprach, desto mehr spürte Spraggue, wie sich sein Vorsatz zu reden verflüchtigte.

Er hatte es versucht. Aber gekommen war er nur bis zu der Stelle über Georginas Vergangenheit, als Menlo ihn unterbrach.

«Und das haben Sie für sich behalten?» hatte ihn der fleischige Captain angebrüllt.

Spraggue hatte sich gar nicht erst die Mühe gemacht, darauf zu antworten.

«Und ich dachte, Sie hätten während Ihrer Zeit als P. I. wenigstens gelernt, was Behinderung der Justiz bedeutet. Muß wohl Ihre Erinnerung ein bißchen auffrischen, schätze ich.»

«Wie denn?» hatte Spraggue ruhig gefragt.

«Ein paar Nächte im Knast...»

Spraggue hatte nicht wirklich lachen wollen, doch er war zufrieden mit dem ungezwungenen Geräusch seines Lachens. «Ich glaube, Sie haben ein kurzes Gedächtnis, Captain. Schon vergessen, wie Sie das letzte Mal meinem Anwalt begegnet sind?»

«Damals konnten Sie sich noch hinter Ihrer verdammten Lizenz verstecken...»

«Richtig. Und dieses Mal bin ich nur ein interessierter Bürger, der einem Mitmenschen hilft. Bitte. Verhaften Sie mich doch. Vielleicht feuert man Sie endlich, wenn Sie noch eine weitere illegale Festnahme in Ihrer Personalakte stehen haben. Das würde das Image der Bostoner Polizei sofort verdammt aufpolieren.»

Menlo lächelte zwar, doch seine Finger hatten begonnen, auf den Schreibtisch zu trommeln, wie sie es auch früher schon getan hatten. «Sergeant», brüllte er. «Stellen Sie mir einen Haftbefehl aus. Georgina Phelps alias Gina Phillips. Und dann bringen Sie sie her. Und informieren Sie die Presse – oder besser noch, lassen Sie alle herkommen. Ich werde eine Pressekonferenz abhalten...»

«Verhaften Sie sie nur, damit Sie noch die Schlagzeile der Frühausgabe schaffen, Captain?»

«Halten Sie den Mund.»

«Sie wird so schnell wieder aus dem Gefängnis sein...»

«Ach, ja? Hat sie vielleicht auch so einen Spitzenanwalt?»

«Worauf Sie Ihre Schuhe verwetten können.»

Menlo hatte seinen gewaltigen Kopf gehoben, das Schnauben ausgestoßen, das bei ihm als Lachen durchging. «Beeilen Sie sich mit diesem Haftbefehl, Sergeant. Muß es noch rechtzeitig vor Redaktionsschluß der Frühausgabe schaffen.»

Danach hatte Spraggue nur noch mit ja und nein geantwortet.

Er gähnte; die Kiefer taten ihm weh vom Zähnezusammenbeißen. Er zog die Hände wieder aus den Taschen und ließ die blutleeren Finger spielen, verlangsamte sein Tempo. Bis vier einatmen, acht Sekunden die Luft anhalten, weitere acht ausatmen. Sein Kopf wurde wieder klarer, und er erkannte seine Wut als das, was sie war: Wut über seine eigene Unzulänglichkeit. Wenn er sich alles rechtzeitig zusammengereimt hätte, wäre Langford noch am Leben.

Er ging die Commonwealth Avenue Richtung Kenmore Square. Selbst dieser fiebrigste Teil der Stadt war um vier Uhr morgens leer und verlassen, die Discos still, die Neonlichter verloschen. Spraggue rief sich ein einsames Taxi, nannte dem Fahrer die Adresse in Brookline und sank zurück, um nachzudenken.

«Macht's Ihnen was aus, eine Weile mit eingeschalteter Innenbeleuchtung zu fahren?» fragte er fünf Minuten später.

«Nee. Vielleicht bleibe ich dann wach.»

Noch bevor er die Antwort des Cabbies hörte, hatte Spraggue sein kleines Notizbuch an der Stelle aufgeschlagen, wo er eine Aufstellung der Streiche des Scherzboldes gemacht hatte.

1. Franks Bloody Marys
2. Spraggues enthauptete Fledermaus
3. Georgies und Deirdres enthauptete Puppen
4. Gregs blutverschmierte Maske
5. Dariens toter Rabe
6. Der Einbruch in Carolines Garderobe
7. Eddies versuchte Erdrosselung
8. Emmas Blutbad
9. Carolines Stolperdraht
10. Carolines gestohlene Orchideen
11. Carolines ermordeter Hund
12. Alisons Tonband und die Ratten in Graylings Garderobe

Unten fügte er Langfords Tod als Nummer 13 hinzu. Dann zog er, mit der Kante seiner Brieftasche als improvisiertes Lineal, rechts von der Liste eine Linie.

Zwei Spuren... das war das Problem. Zwei völlig verschiedene Sätze von Fußabdrücken zogen sich durch die Dracula-Sache, drehten sich, verschlangen sich ineinander, liefen über- und untereinander.

Eddie Lafferty war Eugene Arnold. *Falls* Karen die Wahrheit sagte, hatte Eddie nur Darien Angst einjagen wollen, um ihn an Alison Arnolds «Unfalltod» zu erinnern. Schuld und Angst, das waren Eddies Waffen. Und er hatte *Macbeth*, Alisons letztes Stück, als Quelle seiner Nachrichten an Darien gewählt...

Welche Streiche waren von Zitaten begleitet? Spraggue hakte sie ab.

Die enthaupteten Puppen, die Maske, das Blutbad... Diese Streiche waren zusammen mit Akt, Szene und Zeile von *Macbeth* gekommen. Streiche, die Draculas Bräuten, Jonathan Harker, Lucy Westenra gespielt wurden ... Er erinnerte sich an die nächtliche Unterhaltung mit Karen während seiner Privat-Probe. Vielleicht *hatte* Eddie ja beabsichtigt, sich an den Text zu halten, Draculas Opfer der Reihe nach anzugreifen ... Aber was war mit den anderen Streichen?

Niemand hatte irgendwelche Nachrichten erwähnt, die mit Frank Hodges blutigen Drinks gekommen waren. Die Fledermaus vor seinem Haus an der Fayerweather Street, auch dort keine Nachricht. Verdammt. Die Druckschrift. Die Schrift war immer die gleiche ... Spraggue schob den Einwand vorübergehend zur Seite. Druckschrift war leicht zu fälschen.

Er ließ einen Finger die Spalte entlanggleiten. Sechs Streiche wurden von *Macbeth*-Zitaten begleitet. Sieben Streiche nicht, der Mord an Langford eingeschlossen.

Er schrieb die Liste neu, gruppierte die Streiche anders, veränderte ihre Reihenfolge. Er machte es hastig, und seine Hand wurde immer wieder durch die Schlaglöcher in den Bostoner Straßen und die jähen Spurwechsel des Fahrers zur Seite gerissen. Das Resultat war kaum leserlich.

A.	B.
1. Die enthaupteten Puppen	1. Die Bloody Marys
2. Die blutige Maske	2. Die enthauptete Fledermaus
3. Der tote Rabe	3. Einbruch in Carolines Garderobe
4. Eddies Ermordung	4. Carolines Stolperdraht
5. Emmas Blutbad	5. Carolines gestohlene Orchideen
6. Allisons Tonbandaufnahme, die Ratten	6. Carolines ermordeter Hund
	7. Langfords Tod

Botschaften ... keine Botschaften.

Aber das war nicht der eigentliche Unterschied. Die Streiche in der ersten Spalte waren gruselig, ja sogar makaber. *Aber nicht ein einziger von ihnen hatte wirklich jemandem geschadet.* Die zweite Spalte war da schon erheblich bösartiger. Frank hatte gekündigt. Caroline hätte sich den Hals brechen können. Langford war tot.

Gesprächsfetzen kamen Spraggue wieder in den Kopf: «Passen Sie auf Langford auf; entweder macht er sich zu Ihrem Stellvertreter, oder er wird die Sache gleich ganz in die Hand nehmen! Er mischt sich hier immer in alles ein.» «...psychologische Einblicke...» «Natürlich, das muß nichts mit dem Scherzbold zu tun haben.» «Ich hatte schon Angst, Sie kämen womöglich zu spät.»

Während Spraggue Eddies Spur gefolgt war, mußte Langford versucht haben, die andere Fährte zu verfolgen.

Als das Taxi mit quietschenden Reifen in die Zufahrt des Anwesens in Brookline einbog, kritzelte Spraggue über den unteren Rand der Seite: A = Eddie, B = X.

Wer zum Teufel war X?

Kapitel Sechsundzwanzig Im ersten Stock der roten Ziegelvilla brannte Licht. Es war nie zu spät für Tante Mary. Sie erwartete ihn an der Tür, zog einen lilafarbenen Samt-Morgenrock um ihren zarten Körper.

«Ich wollte anrufen», sagte Spraggue.

«Ich habe es in den Nachrichten gehört.» Sie führte ihn in die Bibliothek, ihre Hausschuhe tapsten leicht auf dem polierten Boden der Eingangshalle. «Willst du etwas zu essen?»

Spraggue schüttelte den Kopf.

«Kaffee?»

«Bitte.»

Sie schenkte ihm aus einer silbernen Kanne ein. Der duftende Dampf schlug ihm ins Gesicht. Schwer ließ er sich auf das grüne Samtsofa sinken und legte den Kopf auf ein besticktes Kissen.

«Die ganze Sache ergibt für mich überhaupt keinen Sinn», sagte Mary wütend. «Warum sollte der Junge John Langford umbringen, wenn er sich doch an Arthur Darien rächen will? Warum nicht Darien umbringen?»

«Genau», murmelte Spraggue. Tante Mary starrte ihn hoffnungsvoll an, doch er schwieg. Schließlich gähnte sie.

«Ich habe auf Georgina gewartet, das arme Kind. Nimmt die Polizei sie immer noch in die Zange?»

«Sie ist im Gefängnis.»

«Dieses reizende Kind? Dieses winzige, kleine...»

«Für diesen Mord war keine Kraft erforderlich. Sogar ein Kind hätte das Theatermesser gegen das echte Messer austauschen können...»

«Aber hätte dieser blonde Knabe, dieser Hudson, das nicht bemerken müssen? Hätte es sich nicht anders anfühlen müssen?»

«Ich konnte das eine nicht vom anderen unterscheiden. Aber, glaube mir, die Polizei ist sehr an Gregory Hudson interessiert, Emma Healeys gekränktem Liebhaber, der Mann, der das tödliche Messer geschwungen hat.»

«Was Georgina betrifft. Hast du...»

«Ich habe Max Schaefer angerufen. Er ist nicht sicher, ob er sie noch heute nacht rausholen kann. Er wird sein möglichstes tun.»

«Das will ich auch hoffen.»

Spraggue inhalierte den Kaffee. «Hat Karen Snow angerufen?»

«Nein. Keine Anrufe.»

«Ich habe ihr auch Schaefers Nummer gegeben, aber ich bezweifle, daß Menlo sie ins Gefängnis stecken würde.»

«Menlo? *Unser* Captain Menlo? Macht er dir wieder Schwierigkeiten, Michael?»

«Die Lizenz kann er mir nicht abnehmen, stimmt's?»

«Stimmt. Hast du herausgefunden, warum Karen Snow gelogen hat?» Sie wartete, aber Spraggue antwortete nicht. «Bist du noch wach, Lieber?» fragte sie nach einer Weile.

«Kaum. Hör zu, laß mich eine Weile allein über alles grübeln.» Er bemerkte den enttäuschten Gesichtsausdruck seiner Tante. «Danke für den Kaffee. Danke für alles. Es ist nur...»

«Ich weiß. Dann gehe ich jetzt ins Bett.» Sie beugte sich herab und legte ihre glatte Wange an sein unrasiertes Gesicht. «Ich bin überzeugt, du hast getan, was du tun konntest, Michael...» Irgend etwas in seinem Blick ermahnte sie eindringlich, an diesem Punkt aufzuhören. Sie drehte sich um und verließ den Raum, zog hinter sich geräuschlos die schwere Eichentür zu.

Er mußte eingeschlafen sein, als das Telefon klingelte. Er vergrub sich in ein Sofakissen und versuchte seinen Traum wieder einzufangen. Puzzlesteinchen, in seinem Traum waren Puzzlesteinchen vorgekommen... winzige Fragmente, die hartnäckig Farbe und Form änderten, noch als er sie in der Hand hielt, sie mit all seiner Kraft festhielt.

Widerstrebend schlug er die Augen auf. Das Telefon.

Hurley.

«Hören Sie, Spraggue» – seine Stimme klang gedämpft, eindringlich –, «ich habe gerade einen Funkspruch von einem Streifenwagen des vierten Bezirks mitgehört. Versuchter Einbruch in das Theater.»

«Versuchter Einbruch?»

«Ein Amateur. Ist in Panik geraten, als er den Streifenwagen hörte. Die Jungs glauben, es wäre ein Jugendlicher gewesen, der sich nach dem Mord Souvenirs holen wollte.»

«Und Sie?»

«Ich halte es einfach nur für interessant.»

«Haben Sie einen Mann rausgeschickt, Hurley?»

«Ich habe keinen. Knapp besetzte Schicht. Wahrscheinlich kann ich um sieben jemanden darauf ansetzen.»

Spraggue sah auf seine Uhr. Viertel nach fünf. Er konnte kaum länger als fünfzehn Minuten geschlafen haben. «Ich werde rausfahren, Hurley», sagte er.

«Machen Sie Witze? Menlo macht mich einen Kopf kürzer, wenn er wüßte, daß ich mit Ihnen gesprochen habe!»

«Wird das Theater überwacht?»

«Nein. Menlo hat den Laden versiegelt und alle Schlüssel eingezogen.»

«Danke.»

«Warten Sie. Was haben Sie vor?»

«Versuchen Sie dafür zu sorgen, daß bis um sieben niemand dort reinkommt, okay?»

«Sie wissen, wie wenig ich bei Menlo zu sagen habe...»

«Hat er Eddie schon?»

«Nein. Aber er hat die Fahndung nach ihm rausgegeben.»

«Wie ist sie formuliert?»

«Bewaffnet und gefährlich. Sie kennen ja Menlo. Erst schießen, dann fragen.»

«Hurley, sorgen Sie dafür, daß der Junge nicht umgebracht wird. Schwächen Sie's ein bißchen ab.»

«Ich werde versuchen dabeizusein, wenn sie ihn festnehmen...»

«Danke.» Spraggue legte auf und starrte das Telefon an. Fünf Uhr achtzehn. Um fünf Uhr dreißig aus dem Haus. Eine halbe Stunde bis zum Theater. Vielleicht zwanzig Minuten.

Was er sich jetzt wünschte, war ein ausgiebiges, heißes Bad, frische Kleider, Orangensaft, Eier mit Speck. Er spritzte sich kaltes Wasser ins Gesicht, schob eine kurze Nachricht an Mary unter die Jadeschüssel und verließ das Haus.

Kapitel Siebenundzwanzig Mit einem kurzen Blick in den Rückspiegel bog Spraggue links in die enge Gasse neben dem Theater. Die Reifen rechts hüpften auf den Bordstein, brachten den Wagen in eine Schräglage. Spraggue hielt die Luft an, aber zwischen dem Volvo und den hohen Gebäuden war auf beiden Seiten noch gut fünf Zentimeter Platz. Keine Schrammen, keine Kratzer.

Die Gasse führte leicht bergab, auf einen winzigen, mit Müll übersäten Innenhof. Spraggue schaltete den Motor aus und ließ den Wagen ausrollen. Fünf Uhr fünfundvierzig. Rekordgeschwindigkeit.

Er stieg aus und drückte so leise wie möglich die Wagentür zu. Ein gutes Auto für einen Schnüffler, Tante Marys Volvo; der dunkelblaue Lack verschmolz unauffällig mit einem Müllcontainer. Spraggue kehrte durch die Gasse zurück.

Die Frische vor Tagesanbruch erinnerte eher an Oktober als August. Spraggue wünschte sich, eine Jacke über seinen schwarzen Rollkragenpullover gezogen zu haben. Sein linker Fuß trat auf zerbrochenes Glas. Vor dem Seiteneingang blieb er stehen.

Ja, es war die Arbeit eines Amateurs. Das kleine Fenster neben der

Tür war ungeschickt eingeschlagen. Kein Glasschneider, kein überlegt geformtes Stück Kitt, einfach nur Stein gegen Glas. Das Loch war kaum groß genug für die Hand eines Liliputaners. Wer auch immer das Loch gemacht hatte, er hatte Fersengeld gegeben, als der Streifenwagen näher kam, und dadurch alles verdorben. Wäre er still und ruhig geblieben, wo er war, hätte die Polizei nie etwas davon erfahren.

Spraggue machte sich mit seinen Dietrichen an die Arbeit. Er hielt das Ohr an die Tür, um die Zuhaltungen einrasten zu hören. Einmal meinte er, Schritte zu hören, aber das konnte auch Einbildung oder sein Herzschlag gewesen sein.

Der Türknauf drehte sich. Mit einem leisen Quietschen sprang die Tür auf. Die kleine Eingangshalle dahinter erinnerte an eine Gruft. Es war kalt, feucht und still. Spraggue drückte die Tür hinter sich zu, richtete den Strahl seiner winzigen Schlüsselringlampe auf den Boden. Karen bewahrte Taschenlampen auf einem Regal in der Schreinerei auf. Die Schreinerei lag unten.

Vorsichtig tastete er sich den unebenen Boden zur Treppe vor. Die feuchte Kälte ließ ihn rauher atmen. Vorbei an der Kostümschneiderei, den Lagerräumen, dem Malersaal.

Unten. Nach rechts. Der hydraulische Versenktisch ragte vor ihm auf, war bei dem Durcheinander des vergangenen Abends nicht geschlossen worden. Er war zu weit. Also kehrte er um, tastete sich mit den Händen die Wand auf der rechten Seite entlang, bis er das Lochbrett und eine geeignetere Taschenlampe gefunden hatte.

Der neue Lichtstrahl war scharf und hell. Spraggue stieß ein kurzes Stoßgebet aus, daß die Batterien noch eine Weile hielten, und machte sich dann auf den Weg zur Treppe.

Eine Stunde. Vor sieben Uhr mußte er wieder weg sein. Bevor die Polizei kam. Eine Stunde, um das höhlenartige Theater, die Büros, die Garderoben, die Lagerräume, die Werkstätten zu durchsuchen... Genausogut hätte er zu Hause bleiben können.

Eine Stunde... Er mußte sich eben einfach auf Intuition, Instinkt und Glück verlassen. Konnte gut sein, daß es klappte. Irgend etwas *war* hier.

Aber was? Etwas, das noch nicht im Theater gewesen war, als die

Mitglieder des Ensembles um vier gegangen waren, aber auf geheimnisvolle Weise um Viertel nach fünf dort war? Die Post kam todsicher nicht so früh. Nein. Etwas, das schon um vier hier gewesen, aber zu ungewöhnlich, zu belastend war, um unter den Augen der Cops entfernt werden zu können? Oder etwas, das gar nicht entfernt werden mußte, das nur verändert, manipuliert werden mußte...

Spraggue beschloß, sich zuerst um seinen eigenen Kram zu kümmern, seine persönlichen Angelegenheiten. Vielleicht war seine Intuition ja in Gang gekommen, wenn er damit fertig war.

Er lief den schmalen Korridor hinunter, bog rechts ab und nahm die nächste Treppe hinauf zu Dariens Büro.

Die Tür war abgeschlossen, doch das benachbarte Büro, wahrscheinlich das von Spider, besaß eine Verbindungstür, die nur angelehnt war. Spraggue schirmte den Strahl der Taschenlampe ab, hielt ihn nach unten gerichtet. Das einzige Fenster in Dariens Büro war schmutzig und von einem Dschungel unechter Pflanzen versperrt; trotzdem, lieber nicht riskieren, daß ein neugieriger Passant draußen etwas mitbekam.

Dariens Büro war leer, still wie eine Katze, die darauf wartete, ihren Satz machen zu können. Die schwachen Umrisse der fehlenden Dolche zeichneten sich deutlich an der Wand ab. Darien würde der Polizei gesagt haben, wann er die beiden Dolche das letzte Mal gesehen hatte, wessen Idee die Sache mit der Nachbildung gewesen war.

Spraggue griff in die Tasche seiner Jeans, zog dünne Plastikhandschuhe heraus, strich sie sorgfältig über seinen Fingern glatt. Dann folgte er dem Strahl der Taschenlampe schnurstracks zu Dariens Aktenschrank. Schnell ging er den Inhalt durch; er wollte nur eines. Da: Karen Snow, 2412, Westland Avenue, 555-7687.

Er spielte kurz mit dem Gedanken, sie sofort anzurufen, sie zu wecken. Verdammt, was wäre damit erreicht? Er konnte sich vergewissern, daß sie zu Hause war, konnte herausfinden, was Menlo aus ihr herausbekommen hatte. Später. Er hatte noch fünfzig Minuten für seine Suche. Eine verdammt gründliche Suche konnte man in fünfzig Minuten machen.

Er ließ den Lichtstrahl über den Raum wandern. Nichts. Nur Unterlagen. Wenn Darien, oder sonst jemand, so unbedingt eine Akte gewollt hatte, einen Zettel, hätte er sie oder ihn lediglich zwischen die Seiten eines Magazins oder in eine geräumige Tasche gleiten lassen müssen. Kein Grund für einen ungeschickten Einbruchsversuch. Wenn das Ziel des Einbrechers eines der Büros gewesen war, wieso benutzte er dann den Seiteneingang? Der Personaleingang war näher, lag von der Straße aus beinahe genauso verborgen.

Okay, Intuition, wird langsam Zeit, daß du loslegst. Der Nebeneingang... lag den Garderoben am nächsten. Persönliche Dinge würden in den Garderoben aufbewahrt. Natürlich keine Wertsachen. Der stellvertretende Inspizient sammelte vor jeder Aufführung Ringe, Uhren und Brieftaschen ein. Die Türen hatten keine Schlösser. Zu viele anonyme Leute hasteten durch das Gebäude.

Langfords Garderobe würde die erste sein. Noch während Spraggue die Entscheidung traf, hatte er sich in Bewegung gesetzt. Wenn Langford getötet worden war, weil er X auf die Schliche gekommen war, dann hatte er womöglich Notizen über seine Ermittlung gemacht, irgendeinen Hinweis auf seine «psychologischen Einblicke».

Langfords Raum war durchsucht worden; eine sorgfältige, unauffällige, nicht-destruktive Polizeidurchsuchung. Die Spuren waren nicht zu übersehen: Schwere Vorhänge waren von den Fenstern gezogen worden, Schubladen kaum richtig geschlossen, der Teppich aufgerollt und schief zurückgelegt. Die Kleidung des Hauptdarstellers auf der Stange war auf eine Seite geschoben worden; Langford war pingelig gewesen, was seine Kleidung betraf. Spraggue durchsuchte jede einzelne Tasche, klopfte ab, sondierte. Nichts.

Spraggue bezweifelte, daß die Polizei die Garderobe des Verdächtigen vernachlässigt hatte, wenn sie die des Opfers überprüft hatte. Er betrat Eddies Raum und bemerkte mit einem flauen Gefühl die gleichen subtilen Zeichen der Unordnung. Er machte sich trotzdem an die Arbeit. Wieso zum Teufel auch nicht? Was konnte eine gut ausgebildete Truppe Cops finden, das Hawkshaw Spraggue nicht finden konnte? Schnell leerte er sämtliche Schubladen, tastete die Unterseiten der Böden ab. Nichts.

Eddies Schminkutensilien lagen auf dem Tisch. Spraggue untersuchte jedes Glas und jede Flasche, betete für irgendwas, irgend etwas Ungewöhnliches. Tuben, numeriert und etikettiert, Max Factor und Jack Stein, winzige Farbdöschen, falsches Haar, Mastix, Flüssigkeit für Kontaktlinsen...

Kontaktlinsen. So hatte Eddie die dunkeläugige Erscheinung mit dem Umhang im Theater zuwege gebracht. Deshalb hatte er den Stolperdraht gesehen. Spraggue grunzte, fluchte leise. Größe, Gewicht, Augenfarbe: die ersten Fragen, die die Cops immer stellten, die ersten Dinge, auf die geübte Beobachter achteten. Man kann sich einen Schnurrbart abrasieren, aber die Augenfarbe kann man nicht ändern. Klar. Soviel zu den alten Maximen der Branche. Wenn er sich nicht so sehr auf seine eigenen Augen verlassen hätte, dann vielleicht...

Fünf nach halb sieben. Langfords Raum und Eddies Garderobe hatten zu lange gedauert, nichts gebracht. Ein Cop um sieben, das hatte Hurley gesagt. Zeit zu gehen. Widerwillig richtete er den Strahl der Taschenlampe auf die Tür.

Verdammt. Plötzlich wußte er, *wußte* es einfach, wo die Spur zu finden war. Intuition, ein bißchen spät, aber immerhin. Carolines Garderobe. Zuviel war in Carolines Garderobe passiert: Orchideen gestohlen, Zimmer auseinandergenommen, Hund ermordet. Karen hatte geschworen, Eddie habe den Köter nie angerührt. Spraggue glaubte ihr; er hatte das Gesicht des Jungen gesehen.

Er drückte die Tür zu Carolines Zimmer auf. Hier keine Hinweise auf eine Durchsuchung. Aber die Polizei arbeitete ja auch nicht mit der alten Spraggueschen Intuition.

Der Lichtstrahl holte das breite Regalbrett aus der Dunkelheit, das über die gesamte rechte Wand lief, den Heizkörper, den riesigen Spiegel, das mit Make-up verschmierte Waschbecken. Kostüme hingen ordentlich auf einer Stange am Ende des Zimmers, kopflose Leichen im Zwielicht. Das Kleid, das Caroline im letzten Akt getragen hatte, lag achtlos fallen gelassen auf dem Boden; ihr überdimensionaler Kosmetikkoffer stand auf dem Regal. Abgesehen von ein paar verschmierten Kosmetiktüchern, machte nichts seiner Besitzerin Schande. Alles war ordentlich eingeräumt, verschlossen, abgewischt. Spraggue nahm ein großes Glas mit hellem Gesichtspuder heraus, öffnete es, schnupperte. Bei dem Geruch rümpfte er sofort die Nase: blumig, überreif, faul.

Er studierte Carolines Fotos, ließ die Hände hinter die Rahmen gleiten. Caroline Ambrose erhielt den Tony Award... verschiedene Stars, überschwengliche Widmungen... mit Darien, Arm in Arm, er ohne das Grau in seinem Haar. Spraggue zögerte bei einem kleinen Bild einer jüngeren Caroline in der Umarmung eines dunkelhäutigen, schnurrbärtigen Latinos. Das dürfte dann de Renza sein, der ehemalige kolumbianische Gatte...

Nichts. Er konnte nichts finden. Fünf vor sieben. Und immer noch nichts! Spraggue schloß die Augen, lehnte sich gegen das Bord.

Wonach suchte er denn? Nach etwas anderem, nach etwas Ungewöhnlichem. Er drückte die Fingerspitzen fest gegen seine Schläfen. Vor zwei, drei Tagen war er in genau dieser Garderobe gewesen. War jetzt irgend etwas anders? Er zog es wie eine schauspielerische Übung durch. Fang mit dir selbst an: Was hatte er getragen? Ja. Er spürte den noppigen Tweed der Jacke an seinen Handgelenken, die weiche Baumwolle des cremefarbenen Hemdes. Was für Geräusche hatte er gehört? Leises Hämmern aus der Schreinerei. Ja. Caroline ganz in Blau, ein seidiges, königsblaues Kleid, mit Gürtel, und gefährlich hochhackige Pumps. Gerüche: der fast widerwärtig süße Duft ihres Parfums und...

Spraggue riß die Augen auf, richtete den Lichtstrahl in alle Ecken des Raumes, knipste ihn aus. Schwaches Sonnenlicht fiel durch den einen hohen Schlitz eines Fensters. Die Orchideen waren nicht da.

Orchideen in einer Vase. Orchideen in Carolines Haaren. Gestohlene Orchideen. Orchideen, die jeden Tag neu geliefert wurden. Spraggue berührte die Innenseite der Vase mit seinen Knöcheln. Trocken. Nirgendwo eine Schachtel. Auch unter dem Tisch keine Schachtel eines Blumengeschäftes...

Aber er hatte eine Schachtel gesehen, hatte sie erst vor wenigen Augenblicken gesehen, eine plötzliche Form im Lichtkegel. Wo? In Langfords Garderobe? In Eddies? Im Büro? Nein. In dem Raum neben Dariens Büro, dem Raum mit der Verbindungstür. Dort, auf dem Schreibtisch...

Ein plötzliches Geräusch von oben unterbrach Spraggues Überlegungen. Schritte halten schwer über die Decke. Zu spät.

«Sieht alles in Ordnung aus», hörte er eine weit entfernte Stimme. «Aber seht wirklich richtig gründlich nach. Mir gefällt dieser Wagen da hinten nicht.»

«Okay, Captain.»

Spraggue brauchte nicht den Dienstgrad zu hören, um diese Stimme zu erkennen: Menlo.

Wieder Schritte. Sie verschwanden nach oben, zu den Büros im ersten Stock. Plattfüße stampften durch den Korridor: Menlo, der auf dem einzigen Weg vom Keller ins Erdgeschoß patrouillierte.

Einfach aus einer Garderobe im Keller in ein Büro im ersten Stock gelangen und dann das Gebäude verlassen, ohne dabei entdeckt zu werden. Klare Sache, Spraggue. Und wo du gerade schon mal dabei bist, geh doch auch über Wasser.

Spraggue ging den Plan des Theaters vor seinem geistigen Auge durch. Ein Treppenhaus vom Keller ins Erdgeschoß. Ein weiteres Treppenhaus, etwa sechs Meter weiter einen geraden Korridor hinunter, vom Erdgeschoß in den ersten Stock. Einen anderen Weg nach oben gab es nicht.

Menlo konnte nicht den ganzen Tag bleiben, würde keinen Mann für eine Observierung des Theaters vergeuden. Er konnte sich verstecken, bis die Polizei zufrieden war, einfach warten, bis sie wieder verschwanden.

Er schaute sich um. Aber nicht in Carolines Garderobe. Oben stapften Menlos Schuhe auf und ab. Schnell und ruhig schlich Spraggue den Korridor hinab, hielt die Luft an, als er an der Treppe vorbeikam. Ziel: die Schreinerei. Voller Maschinen, Holzstapeln, geräumigen Schränken. Ein besserer Ort für ein Versteckspiel.

Er erkannte den Versenktisch, schob sich, ohne lange nachzudenken, daran vorbei. Dann blieb er stehen, ein kleines Lächeln spielte um seine Mundwinkel.

Der Versenktisch arbeitete vollkommen lautlos, mußte es einfach. Mehrere Male trat er während des Stückes ohne den Schutz von Musik in Aktion. Der Fahrstuhl konnte ihn ins Erdgeschoß bringen. Und dann? Das würde sich zeigen.

Er ließ die geborgte Taschenlampe auf einem Arbeitstisch liegen. Es war inzwischen hell genug, um darauf verzichten zu können. Wie wurde der Fahrstuhl bedient? Ganz sicher nicht aus der entfernten Beleuchterkabine im hinteren Teil des Zuschauerraumes. Die Kommunikation wäre zu schwierig. Auch nicht von hinter der Bühne. Die Fahrstuhlplattform selbst besaß keine Schalter oder Hebel. Das wäre zu einfach. Aber da, keine drei Meter nach links, an der Wand befestigt: ein Schaltkasten. Ja. Dracula stellte sich auf den Versenktisch. Ein Bühnenarbeiter betätigte den Schalter, beförderte den Vampir wie von Geisterhand nach oben.

Konnte er das auch allein? Den Schalter drücken, auf die Plattform springen, sicherstellen, keine herabhängenden Gliedmaßen zurückzulassen. *Falls* der Hauptschalter der Stromversorgung an war. Er machte sich bereit – die rechte Hand nach hinten zum Schalter ausgestreckt, die Knie gebeugt, bereit zu laufen.

Der Versenktisch reagierte schneller, als er erwartet hatte. Vorher kein leises Summen, nicht allmählich schneller werdend. Die Plattform hob sich einfach. Als er sich darauf warf, befand sie sich bereits in Schulterhöhe.

Gott sei Dank war die hölzerne Plattform nicht glatt. Er fand einen sicheren Halt, schwang seinen rechten Fuß hinauf. Die Decke kam näher, die Versenköffnung kaum mehr als eine Briefmarke. Spraggue zog sein linkes Bein nach. Sein Knie berührte festen Boden. Als der Versenktisch bündig mit der Bühne zum Stillstand kam, kauerte Spraggue in ihrer Mitte.

Ohne Fenster und Lampen war die Bühne schwärzer als die Sünde. Spraggue fluchte leise, bedauerte, die Taschenlampe zurückgelassen zu haben. Intuition und Instinkt. Allmählich übernahm der Instinkt besser die Leitung.

Die Treppe war verlockend nahe, direkt vor der jetzt geschlossenen Tür nach hinten, aber genausogut hätte sie auf einer Insel in der Südsee liegen können, solange Menlos Schuhe Trommelnachrichten auf den Boden hämmerten.

Gab es eine direkte Verbindung zwischen der Bühne und den Büros im ersten Stock? Das Bühnenhaus war drei Stockwerke hoch, die Arbeitsgalerie ganz oben. Zu hoch. Die Seitenkabinen; sie befanden sich etwa in der richtigen Höhe. Der Plan des Theaters sprang wieder in Spraggues Kopf. Die Kabine auf der linken Seite. Falls es eine Tür, ein Fenster, gab, dann mußte es dort sein.

Eine stählerne Wendeltreppe, kaum mehr als die Rutschstange in einer Feuerwehrwache, war der einzige Weg in die Kabine. Spraggue tastete sich auf Händen und Füßen hinauf, hielt dabei die winzige Schlüsselringlampe zwischen den Zähnen.

In der Kabine schwere Samtvorhänge. Ein etwa zwei mal vier Meter großer Raum oberhalb der Bühne. Die Rückwand müßte den Büros am nächsten liegen, vielleicht sogar von beiden genutzt werden. Aber gab es auch einen Weg durch?

Die Samtvorhänge waren bloße Wandbehänge, die nackte Wände bedeckten. Beinahe im Staub erstickend, machte Spraggue sich hinter ihnen auf die Suche, klopfte in der undurchdringlichen Schwärze die Wände ab.

Die Stimmen waren so leise, daß Spraggue nicht sicher war, ob sie real waren. Doch als er sich aufrichtete und langsam in die rechte Ecke der Kabine ging, wurden sie deutlicher, lauter, bis er ganze Sätze ausmachen, einzelne Töne unterscheiden konnte.

«Hier oben ist nichts.» Menlos Assistent.

«Wir sehen im Keller nach.» Der Captain selbst.

Direkt über seinem Kopf sah Spraggue ein schwaches Lichtgitter. Keine Tür, kein Fenster, nur eine unschuldige Öffnung der Klimaanlage. Vielleicht neunzig mal sechzig Zentimeter groß. Groß genug, wenn die Cops erst nach unten gingen.

Mit angehaltenem Atem wartete er auf das Geräusch zuschlagender Türen und Schritte auf der Treppe, dann griff er nach oben und rüttelte vorsichtig an dem Gitter. Eine Ecke war locker. Er bog sie zurück, bekam so ein Dreieck mit gut zehn Zentimeter Seitenlänge frei. Er brauchte mehr Platz.

Mit einer Trittleiter, ausreichend Licht, einer Zange und einem Schraubenzieher hätte er vielleicht drei Minuten gebraucht. Im Dunkeln, halberstickt unter Samtvorhängen, die Arme unbequem über den Kopf gehoben und mit einem Dime an den Schrauben fummelnd, verlor Spraggue jedes Zeitgefühl. Eine Schraube fiel auf den Boden, wurde durch den Teppich gedämpft. Zwei. Drei. Eine andere, lockere, gab mühelos nach. Schweißperlen liefen über sein Gesicht. Er wischte die Hände an der Hose ab. Noch eine. Dann konnte er das Gitter zurückbiegen und genau herausfinden, was auf der anderen Seite lag.

Geschafft! Spraggue lauschte, stieß dann beide Hände durch die Öffnung. Die Wand war vielleicht fünfzehn Zentimeter dick. Seine Finger konnten die andere Seite packen. Er zog sich hoch, spreizte auf dem schmalen Sims die Ellbogen, um sich abzustützen.

Es war ein Büro, eines, in dem er bislang noch nicht gewesen war. Leer bis auf ein paar Möbelstücke. Er holte tief Luft, wuchtete sich hoch und zog sich durch die schmale Öffnung. Als er halb durch war, drehte er sich unter Schmerzen auf den Rücken. Die Öffnung war nahe genug unter der Decke, daß er den Deckenfries packen konnte. Überraschenderweise hielt er sein Gewicht. Seine suchende Hand fand ein Wasserrohr, das genau an der richtigen Stelle angebracht war. Er zog sich daran hoch. Seine Beine scharrten durch die Öffnung, und lautlos ließ er sich auf den Boden fallen.

Dieses Büro besaß, wie die anderen, eine Verbindungstür. Er würde nicht das Risiko des Korridors eingehen müssen. Er durchquerte ein weiteres verlassenes Büro, fand dann dasjenige, das er suchte. Er erstarrte, lauschte. Schritte, ja, aber weit entfernt. Die Polizei war immer noch im Keller. Er hatte beinahe Angst, sich umzuschauen. Was, wenn dieses flüchtige Bild einer weißen Blumenschachtel genau das gewesen war: nur ein Bild, eine Erinnerung, geweckt durch ein rechteckiges Stück weißes Papier auf einem Schreibtisch?

Die Schachtel war da. Spraggue raffte sie an sich, klemmte sie unter den Arm. Die Polizei im Keller; also hatte er hier seine große Chance. Er marschierte aus dem Büro, stürmte die Treppe hinunter und war schon aus dem Personaleingang, bevor er über die Risiken einer Flucht auch nur nachdenken konnte.

Erst einmal draußen, war der weitere Weg klar. 2412 Westland Avenue. Schwungvollen Schrittes machte er sich auf den Weg zu Karen Snows Apartment.

Kapitel Achtundzwanzig Das Haus, in dem Karen wohnte, war genau, wie er es sich aufgrund der Adresse vorgestellt hatte: eines der mieseren Häuser mit Studentenapartments in der Nähe der Symphony Hall. Ein schmutziggelbes Ziegelhaus mit sieben zerbröckelnden Betonstufen zu einer Haustür mit gesprungenen Glasscheiben. Er drückte auf die Klingel unter der gedruckten Karte: K. SNOW. Der Summer antwortete beinahe sofort.

Er hatte nicht erwartet, daß sie ihm die Tür mit einem solchen erwartungsvollen Strahlen aufmachte. Doch als sie ihn sah, erstarb das Lächeln auf ihrem blassen Gesicht.

«Wohl nicht mit mir gerechnet, was?» sagte er bedauernd und schob sich an ihr vorbei.

«Ich bin nicht...», stammelte sie. «Sie können nicht...»

«Reinkommen? Ich bin schon drin.»

«Michael.» Sie stützte sich am Türpfosten ab. «Bitte, gehen Sie.»

«Nein. Nachdem wir jetzt die Formalitäten übersprungen haben... Sie warten auf Eddie, stimmt's?»

«Gene», korrigierte sie leise. «Ich habe ihm gesagt, ich wäre allein. Ich habe versprochen, es niemandem zu sagen...»

«Nette Wohnung», sagte Spraggue. Er machte ein paar Schritte den Flur hinunter, ging dann links ins Wohnzimmer, legte die weiße Schachtel vorsichtig auf den Couchtisch. Ein Tischbein – drei Zentimeter kürzer als die anderen – stand auf einem Aschenbecher.

«Möbliert und billig», sagte Karen, folgte ihm in den Raum. «Heiße und kalte laufende Schaben. Gehen Sie jetzt?»

Er musterte die um die weiße Schachtel gewickelte Kordel. «Haben Sie ein scharfes Messer?»

«Nicht scharf genug», antwortete sie durch zusammengebissene Zähne.

«Ich finde das nicht mal ansatzweise komisch.» Er nahm sein Taschenmesser heraus, klappte eine Klinge aus. «Haben Sie Eier?»

«Ja.»

«Dann werde ich Ihnen ein Frühstück machen, Rühreier mit Frischkäse und Schnittlauch. Orangensaft.»

«Falls ich Schnittlauch im Kühlschrank habe, wächst er aus meinen verschimmelten Orangen.»

«Dann also ein anderes Mal. Butter?»

«Margarine. Vielleicht.»

Spraggue rümpfte die Nase.

«Was ist in der Schachtel?» Karen seufzte und setzte sich auf einen verschossenen Ohrensessel.

«Sie haben's aufgegeben, mich rauszuschmeißen? Was in der Schachtel ist, ist belanglos, nur Leben oder Tod.»

«Sieht aus wie eine von Lady Caroline.»

«Ist es auch.»

Karen kicherte, hob schnell eine Hand an den Mund. «Und Sie wollen das entweihen?»

«Sie klingen erfreut.»

«Ich kann mich nicht erinnern, wann ich das letzte Mal gelacht habe. Die Cops haben mich bis fast vier Uhr festgehalten.»

«Sie müssen eine der letzten gewesen sein. Hat es sich angehört, als würden sie irgendwelche Fortschritte machen?»

Karen strich sich mit einer Hand durch die Haare. «Woher soll ich das wissen?»

«Was haben sie gefragt?»

«Fragen aus zwei Rubriken: Messer und Klatschgeschichten.»

«Nun, es war immerhin *Ihr* Job, das Messer zu überprüfen. Haben Sie es überprüft?»

Karen leierte die Antwort so monoton wie ein Schulmädchen bei einem Vortrag herunter. «Als ich erfuhr, daß die für die Requisite zuständige Frau nicht kommen würde, habe ich einen Blick auf den Tisch geworfen, um mich zu vergewissern, das alles da war; ich hatte keine Zeit, jede einzelne Requisite durchzugehen und auszuprobieren... mich zu vergewissern, daß die verdammten Fächer sich öffneten und das...»

«Um wieviel Uhr war auf dem Tisch alles vorbereitet?»

«Um sechs. Und vorher waren die Requisiten in einer verschlossenen Kiste hinter der Bühne. Und», fuhr sie fort, bevor Spraggue Zeit hatte, die nächste Frage zu formulieren, «das Messer in der Kiste war ganz sicher das Theatermesser. Ein Bühnenarbeiter hat es beim Aufbauen ausprobiert.»

Spraggue runzelte die Stirn. «Dann ist der Austausch also nach sechs gelaufen. Langford selbst ist erst nach sieben ins Theater gekommen...»

«Moment!» Karen unterbrach ihn schnell. «Ich habe Langford um Viertel vor sechs gesehen. War als erster nach dem Abendessen zurück. Vergnügt und munter. Hat mich angelächelt und gesagt, wie hübsch ich aussähe. Ich hätte mich beinahe der Länge nach hingelegt. Ich erinnere mich, gedacht zu haben, wie toll es ist, daß selbst ein alter Hase wie John wegen einer Vorpremiere so aus dem Häuschen sein konnte.»

«Karen, Langford ist um sieben Uhr in seine Garderobe heruntergekommen. In Straßenkleidung, ohne Make-up. Er hat die Türen geknallt, ist nicht zu den letzten, aufmunternden Worten des Regisseurs erschienen...»

«Er hat auch nicht besonders gut gespielt», sagte Karen nachdenklich.

«Also», fuhr Spraggue fort, «was hat Langford zwischen fünf Uhr fünfundvierzig und sieben Uhr so mitgenommen? Weiß es die Polizei?»

«Wenn, dann haben sie es mich zumindest nicht wissen lassen.»

«Vielleicht weiß es Eddie. Gene. Er ist auf dem Weg hierher?»

«Er hat niemanden, zu dem er gehen kann. Ich dachte, er würde vielleicht anrufen...»

«Und? Hat er?»

«Ja.»

Spraggue beugte sich vor, nahm ihre Hand. «Er kann sich nirgendwo verstecken, Karen.»

Sie nickte kurz.

«Und jetzt möchte ich, daß Sie zuschauen, wie ich diese Schachtel hier öffne. Aufmerksam. Falls irgendein Polizeibeamter Sie später danach fragen sollte...»

Sie rieb sich die Augen, schlug ein Bein unter und ließ sich im Sessel zurücksinken. «Okay.»

«Wissen Sie, wie die Orchideen ins Theater kommen, Karen?»

«Irgendein Botendienst. Ich glaube, sie werden von Kolumbien nach Florida eingeflogen, von Florida weiter zum Logan Airport. Natürlich mit de Renzas eigenen Maschinen. Ein Zustellservice holt sie dann vom Flughafen ab und bringt sie wie der Blitz zu unserer Lady. Was das alles kostet...»

«Man sollte doch eigentlich meinen, er würde sie von einem hiesigen Blumengeschäft kommen lassen.»

«Orchideen sind eines von de Renzas in der Öffentlichkeit allgemein breitgetretenen Hobbys. In diesem Land könnte man seine Blumen nirgendwo kopieren.»

«Sollen wir jetzt mal nachsehen, was für Blüten die Lady heute vermissen wird?» Die Seiten der schlichten, weißen Schachtel waren am Boden festgeklebt. Sorgfältig durchtrennte Spraggue mit dem Messer das Klebeband und hob den Deckel ab. Cremefarbenes weißes Seidenpapier. Er holte es heraus und legte es zur Seite. Klares Cellophan war straff über die Blumen gespannt, ein halbes Dutzend zarter weißer Blüten mit errötenden violetten Mitten. Sie lagen auf einem Bett aus purpurrotem Seidenpapier und wurden durch lange Nadeln festgehalten, die von Ziergrün verborgen wurden.

«Wenn Sie das Cellophan aufschneiden, kriegt Caroline einen Anfall.»

«Gute Idee.» Mit dem Messer entfernte Spraggue sorgfältig die dünne Plastikfolie vom Rand der Schachtel, legte das quadratische Stück dann zu dem Seidenpapier.

«Duften Sie?» fragte Karen.

«Kaum.»

Sie stand auf, beugte sich über die Schachtel, atmete tief ein und nieste.

«Gesundheit», sagte Spraggue automatisch, wobei ein Mundwinkel unter einem unterdrückten Grinsen zuckte.

«Es hat gekitzelt!»

Spraggue wühlte in seiner Tasche. Ein winziges Vergrößerungsglas tauchte auf. Er untersuchte die Blumen, sah sich aufmerksam die Unterlage aus rotem Seidenpapier an, dann das Grün. Er entfernte die Nadeln, dann, eine nach der anderen, die Orchideen. Er hob das Seidenpapier heraus.

«Hier haben wir ja den Grund, weswegen Sie genießt haben», sagte er. «Unten, auf dem Boden der Schachtel. Nur ein paar Körnchen.»

«Warum nehmen Sie die Schachtel so auseinander?»

Spraggue befeuchtete eine Fingerspitze, tupfte sie an den Rändern der Schachtel entlang, leckte sie ab. «Der Rest muß *in* der Schachtel sein. In diesen kleinen Wellen der Pappe.»

«Wovon reden Sie da?»

«Was ist Kolumbiens wichtigster Exportartikel, Karen? Koks.»

Sie bekam große Augen. «Kokain? In den Orchideen?»

«Wir haben gerade den geheimnisvollen Finanzier entdeckt. Eine absolut regelmäßige Lieferung. Himmel, de Renza ist dort unten so was wie ein Heiliger. Kein Mensch würde seine Privatmaschinen überprüfen...»

«Dann haben also er und Caroline...?»

«Ich weiß es nicht. Er könnte es gewesen sein, könnte aber auch jemand gewesen sein, der für ihn arbeitet», sagte Spraggue.

«Caroline packt die Blumen nie selbst aus, Michael.»

«Ja.»

«Haben Sie erwartet, Drogen zu finden?» Karen mußte sich anstrengen, Spraggues genuschelte Antwort zu verstehen.

«Hurley hat mich gewarnt. Als ich den Job übernommen habe, da hat er gesagt, ich solle die Augen nach Kokain aufhalten...»

«Hurley?»

Spraggue schaute auf, erkannte, daß er laut gedacht hatte. «Lieutenant Hurley. Ein guter Cop. Wenn er seine Karten richtig ausspielt, wird er über das ganze Theater hier zum Captain befördert.»

«Michael, wieviel ist das da?»

«In dieser Schachtel? Wahrscheinlich nicht mehr als nur ein paar Unzen. Aber wenn es rein ist, kann man die Menge problemlos verdoppeln. Man verschneidet es mit Milchzucker. Das Koks, das man auf der Straße kaufen kann, ist nie reiner als fünfzig Prozent. Eine Unze hat achtundzwanzig Gramm. Ein Gramm bringt etwa 100 Dollar. Und jeden Tag eine neue Lieferung...»

«Mit anderen Worten», sagte Karen trocken, «ein verdammt gutes Motiv für Mord...»

Das leise Klopfen an der Wohnungstür unterbrach sie. Karens Hand zuckte an ihren Mund. «Michael, er hat Angst. Wenn er Sie sieht, läuft er sofort wieder weg.»

«Er wird schon klarkommen. Er muß gewartet haben, bis jemand anderer hereingekommen ist. Kein Klingeln. Wenigstens denkt er immer noch nach.»

«Gehen Sie in die Küche, Michael.»

Spraggue packte ihren Arm, flüsterte ihr ins Ohr. «Vergessen Sie nicht, Karen, es gibt keinen Ort, an dem er sicher ist. Kommen Sie gar nicht erst auf die Idee, ihm fünfhundert Dollar für einen schnellen Flug nach Mexiko zuzustecken. Die Cops überwachen den Flughafen, beobachten die Busbahnhöfe. Sie könnten auch diese Wohnung observieren.»

«Aber ich habe ihnen nichts von Gene erzählt. Der Cop, der mich verhört hat, war so ein...»

«Menlo?» Sie nickte. «Sagen Sie nichts mehr. Aber selbst, wenn die Polizei ihm nicht auf der Spur ist – der Mörder könnte es sein. Ich dachte mir, daß er früher oder später hier auftauchen würde. Jeder im Ensemble weiß, daß Sie Eddie nahestehen. Gehen Sie jetzt zur Tür.»

«Michael? Kann er aus dieser Sache wieder rauskommen? Sehen Sie eine Möglichkeit...»

«Wenn er mir hilft, Langfords Mörder festzunageln, müßte er sich damit bei den Cops eigentlich Pluspunkte sammeln.»

«Es wird gefährlich sein», protestierte sie.

Wieder das Klopfen, drängender diesmal.

«Um Himmels willen, Karen! Lassen Sie ihn rein! Auf uns wartet eine Menge Arbeit.»

Kapitel Neunundzwanzig «Um Himmels willen», echote Hurley achtzehn Stunden später. «Lassen Sie sich bloß nicht blikken! Wenn er früher kommt...»

Spraggue zog einen alten und riesigen irischen Wanderhut über sein zurückgegeltes Haar. «Würden Sie mich erkennen?»

Hurley kräuselte angewidert seine Oberlippe. «Wo haben Sie diesen Anzug denn ausgegraben?»

Spraggue zupfte an einem schmierigen Revers. «Wollen Sie einen zu Weihnachten? Ließe sich wahrscheinlich arrangieren, wo Sie doch so kooperativ waren ...» Er nieste; das Jackett duftete nach uraltem Zigarrenqualm und modernen Mottenkugeln.

Hurley blickte ihn scharf an. «Seien Sie nur nicht später als halb zwei wieder hier. Andernfalls mache ich Feierabend und fahre zurück ins Präsidium.»

Spraggue hielt ihm eine zerknitterte braune Papiertüre hin, in der eine Flasche Muskateller für $ 1.98 steckte. «Die letzte Chance auf einen Schluck, bevor ich gehe», warnte er.

«Raus!»

Spraggue kletterte durch die Hecktür des Lieferwagens, achtete darauf, sich verstohlen im Schatten zu halten. Seine Penner-Nummer paßte nicht zu dem unauffälligen grauen Fahrzeug, das an einer Seite des Charles-Street-Einganges zum Boston Public Garden parkte. Er war froh, daß er den schäbigen alten Hut hatte; es fing an zu regnen.

Er drehte eine Runde durch den Park, blieb mehrmals stehen, um Muskateller zu trinken. Wann, fragte er sich, waren die ordentlichen Schilder, auf denen jeder Baum beschrieben wurde, den unbeholfen eingeritzten und ineinandergeschlungenen Initialen gewichen, die für unsterbliche Liebe standen? Von Zeit zu Zeit tippte ein Wermutbruder an den Hut, aber der Nieselregen war ein praktischer Schild. Es konnte nicht von einem erwartet werden, daß man zum Plaudern aufgelegt war, wenn man den Kopf in den Kragen vergraben hatte und die Schultern hochgezogen, um die kalten Regentropfen abzuwehren.

Alles ruhig auf der Charles, auf der Beacon, der Arlington und Boylston Street. Die schimmernden Fenster des Restaurants im Ritz-Carlton schienen Welten entfernt, nicht einfach nur auf der anderen Straßenseite. Der wiegende Gang, den Spraggue für seine Penner-Rolle gewählt hatte, fiel ihm inzwischen leichter, wirkte echter. Er überquerte die Wege in der Mitte des Parks, hielt auf den Teich zu.

Tagsüber, bei schönem Wetter, war der Teich das belebte Zentrum des Garden. Popcorn- und Eiscremeverkäufer teilten sich mit

Touristen die Brücke, mit Schulkindern, eiligen Geschäftsleuten, die sich mehr nach einer halben Stunde Sonne sehnten als nach ihren Thunfisch-Sandwiches. Wolken bunter Luftballons schmückten die grünen Brückengeländer. Darunter zogen die anmutigen Tretboote mit Harvard-Studenten ihren unsicheren Kurs durch V-förmige Entenformationen.

Um 1.15 Uhr nachts war die Brücke leer. Ein rosafarbener, schlaffer Luftballon, an einen eisernen Pfahl gebunden, hing verloren zum dunklen Wasser hinab. Von Zeit zu Zeit schlenderte ein Liebespaar vorbei, tauchte im Schein der hohen, kugelförmigen Brückenlampen auf; Penner kamen häufiger. Spraggue ahmte ihren schlurfenden Schritt nach, als er die Treppe zur Charles-Street-Seite der Brücke hinunterging, achtete darauf, sein Gesicht vor den aufdringlichen Lichtern abzuschirmen.

Heute nacht kein vertrautes Gesicht im Garden. Noch nicht. Das jähe Geräusch eines knackenden Zweiges ließ ihn herumwirbeln, nur um dann ins Nichts zu starren. Ein entspanntes Grinsen breitete sich auf seinem Gesicht aus. Die Wahrscheinlichkeit, im Garden überfallen zu werden, war heute geringer als sonst, da jeder zweite Penner ein verkleideter Cop war. Er dachte über das letzte Pärchen nach, das Arm in Arm über die Brücke geschlendert war. Sehr romantisch. Falls sie Undercover-Cops waren, würde die Polizei sie jetzt wahrscheinlich dabei erwischen können, wie sie in den Büschen am Teich gegen eine ganze Reihe von Vorschriften verstießen.

Der kleine Tunnel unter der Brücke war der vereinbarte Treffpunkt. Spraggue ging beiläufig darunter her. Seine Augen fotografierten die mit Graffiti beschmierten grauen Steine. Eine leere Flasche Southern Comfort verzierte den Weg. Einen Augenblick hob sich der Nebel, dann war er wieder im Freien. Er umrundete den Teich einmal, bummelte an der Edward-Everett-Hale-Statue vorbei, kehrte zum Lieferwagen zurück.

«Jesus», sagte der Neue, der auf sein diskretes Klopfen aufmachte. «Ich wollte Ihnen schon sagen, die Heilsarmee wäre ein Stück die Straße rauf.» Er grinste Spraggue breit an und half ihm hinein. «Sie sind ja klatschnaß. Die Jungs draußen werden tagelang was zu meckern haben.»

«Ist der Lieutenant hinten?» unterbrach Spraggue.

«Ja.»

Zwanzig nach eins: Hurley starrte auf seine Uhr, als Spraggue hereinkam. Eines von acht auf einem schmalen Tisch aufgereihten Walkie-talkies erwachte knackend zum Leben.

«Zielperson eins betritt jetzt von der Boylston Street den Park. Pünktlich.»

«Irgendwas zu sehen von...», begann Spraggue.

«Nein», erwiderte Hurley schroff. «Schlechte Nacht für so was. Der Nieselregen macht es schwer, überhaupt was zu erkennen. Vielleicht taucht keiner auf.»

«Vielleicht», stimmte Spraggue zu. «Hat einer von ihnen die Cops angerufen?»

«Nur unsere Miss Ambrose. Sie ist etwa zur Abendbrotzeit reingejammert gekommen. Wie eine Sirene. Wir hätten die Szene filmen und verkaufen sollen.»

«Sonstwer?»

«Nein. Wir können einen Volltreffer ziehen... oder eine Niete.»

«Lieutenant?» Das große Tonbandgerät, das vor der rechten Wand des Lieferwagens stand, begann sich zu drehen. Eddies Flüstern füllte den Wagen. «Ich gehe jetzt unter die Brücke. Niemand zu sehen.»

Hurley knallte seine Fäuste auf den Tisch. «Ich habe dem Jungen doch klipp und klar gesagt, sich nicht mit mir in Verbindung zu setzen! Ich hätte einen Lockvogel benutzen sollen!»

«Ein Doppelgänger könnte Ihren Mörder vielleicht in den Park locken, unter die Brücke, aber eine Falle stellen könnte er ihm nicht», sagte Spraggue gelassen. «Ich seh's schon vor Gericht. ‹Natürlich, ich war neugierig, Euer Ehren. Ich wollte wissen, was wohl in dieser Schachtel sein konnte, wodurch sie fünfzigtausend Dollar wert wurde. Sicher, ich hätte die Polizei verständigen sollen, ich weiß, aber...›»

«Wir hätten das Geld», sagte Hurley. «Das ist Geständnis genug.»

«*Falls* er das Geld mitbringt. Vielleicht hat er aber auch nur sein getreues altes Messer dabei. Falls es überhaupt soweit kommt...»

Hurley wischte seine großen Hände an den Hosenbeinen ab. «Ich mache jede Wette, der Junge wird's vermasseln.»

«Ich habe ihn gut vorbereitet und trainiert. Er ist kein schlechter Schauspieler... müßte seinen Text behalten...»

«Das sollte er besser.»

«Er hat eine verdammt gute Motivation», meinte Spraggue ruhig.

«Wieso meldet sich denn keiner?»

«Hören Sie auf zu jammern, Hurley! Man könnte meinen, Sie hätten so was noch nie gemacht...»

«Mein Arsch steckt doch in der Schlinge, wenn hier irgendwas schiefgeht, Spraggue. Sie wissen ja, wie der alte Captain Menlo ist.»

«Menlo ist beschäftigt.»

«Ja. Arbeitet an einem heißen Tip, den er telefonisch bekommen hat. Ich würde zu gern wissen, ob Sie das zufällig waren, der ihn angerufen hat.»

«Wir haben ihn aus dem Weg, richtig? Und wenn Sie Langfords Mörder schnappen...»

«Mein Leben wird einfach wunderbar, gleichgültig, wie diese Sache hier ausgeht.» Hurley sah so bedrückt aus, daß Spraggue am liebsten gelacht hätte.

Ein anderes Walkie-talkie knisterte. «Wir haben hier einen Burschen, der von der Arlington Street aus reinkommt. Sieht gut aus. Nervös. Den Kragen aufgestellt, den Hut tief in die Stirn gezogen...»

«Ein großer, fetter Mann?» wollte Spraggue sofort wissen.

«Sie wissen doch, daß die Talkies nur in eine Richtung funktionieren, Spraggue. Das werden Sie schon noch früh genug herausfinden.»

«Was glauben Sie, wie lange wird er brauchen, um zu Eddie zu kommen?»

«*Falls* es nicht einfach nur irgendein einsamer Kerl ist, der sich auf den Weg macht, ausgelassen eine Nacht in der Combat Zone herumzutollen...»

«Kommen Sie, Hurley!»

«Kommt drauf an. Vielleicht ist er vorsichtig, dreht zuerst eine

Runde durch den Park. Kann auch sein, daß er beschließt, die verdammte Geschichte so schnell wie möglich hinter sich zu bringen.»

Ein Geräusch kam aus dem Lautsprecher des Tonbandgerätes: Jemand räusperte sich. Spraggue konzentrierte sich darauf, seine Nacken- und Schultermuskulatur zu entspannen. Die Zeit verstrich. Glocken schlugen zwei Uhr. Irgendwas mußte bald passieren, andernfalls ...»

«Ich sollte Sie bei der Polizei anzeigen.» Die Stimme aus dem Lautsprecher war leise, fast nur ein Flüstern, aber dennoch zu erkennen.

«Wer zum Teufel ist das?» donnerte Hurley.

Spraggue schluckte laut.

«Ich habe Sie zu diesem kleinen Ausflug mitgenommen, weil ich die Schauspieler ohne Programmheft nicht auseinanderhalten kann. *Wer ist es, Spraggue?*»

«Darien», sagte er.

«Sie dachten, es wäre der Intendant, stimmt's, der, den sie Spider nennen?» Ein triumphierender Unterton schwang in Hurleys tiefer Stimme mit.

«Nein», antwortete Spraggue kategorisch. «Ich wußte, daß es Darien war.»

«Tun Sie das.» Eddies heller Tenor war spöttisch und überraschend laut. «Rufen Sie die Polizei.»

Kein Laut. Zögerte Darien? Vielleicht liefen alle Berechnungen doch auf die falsche Schlußfolgerung hinaus. Tonbänder waren sowieso blöd. Spraggue sehnte sich nach einem Fernsehschirm, nach einer Möglichkeit, die leichte Veränderung in einem gezwungenen Lächeln zu registrieren, das plötzliche Heben einer Augenbraue zu sehen.

«Warum haben Sie angerufen?» fragte Darien.

«Ich habe es Ihnen doch gesagt. Ich habe etwas, das Ihnen gehört. Ich bin nicht in der Lage, es in Bargeld zu verwandeln, daher dachte ich, Sie würden es vielleicht gern zurückkaufen wollen.»

«Die gehört doch Caroline, glaube ich.» Gut. Eddie mußte ihm jetzt die Schachtel gezeigt haben. Spraggue nickte Hurley zu. Alles lief ganz nach Plan.

«Ich bitte Sie nicht darum, Blumen zu kaufen, Darien. Sie können allerdings mein Schweigen erkaufen... mit einem kleinen Näschen-Bonus.»

«Mehr als fünftausend habe ich nicht auftreiben können.»

«Damit bleiben dann noch fünfundvierzigtausend.»

«Wie kann ich mich mit Ihnen in Verbindung setzen?» fragte Darien.

«Nicht nötig. Ich werde mich mit Ihnen in Verbindung setzen. Zu meinen Bedingungen. Glauben Sie mir, Ihnen bleibt gar keine andere Wahl.»

Ein kurzes Rascheln.

«Er übergibt jetzt den Umschlag», sagte Hurley jubelnd. «Wir haben ihn!»

«Gehen Sie nicht.» Das war Eddies Stimme, unerwartet schroff. «Ich möchte zuerst zählen.»

«Beeilen Sie sich.»

«Kommandieren Sie mich nicht herum, Darien! Ich möchte mir Zeit lassen, Sie ansehen, herausfinden, was eine Frau wie Alison in Ihnen gesehen hat...»

«Lassen Sie mich los», zischte Darien.

Hurleys Augenbrauen schossen nach oben.

Eddies Stimme hatte jetzt einen harten, monotonen Klang. «Hören Sie mir jetzt ganz genau zu, Darien. Sie werden nicht ungeschoren damit durchkommen. Nicht wegen Langfords Tod. Sondern wegen Alison. Sehen Sie mich an! Erkennen Sie sie in mir? Na, können Sie? Sie sitzen in der Falle, ich habe Sie am Haken. Hier wimmelt es von Cops. Ich arbeite mit ihnen zusammen. Sehen Sie dieses Mikrophon? Alles, was Sie gesagt haben...»

Ein Geräusch wie von zerreißendem Stoff, ein Platschen und Schreie dröhnten aus den Lautsprechern.

«Jesus, Spraggue!» brüllte Hurley. «Haben Sie dem Jungen diesen Text beigebracht? Eine nette, ruhige Festnahme auf dem Rückweg zum Hotel...»

Hurley drehte sich um. Er sprach in die Luft. Spraggue war verschwunden.

Das Nieseln hatte sich in einen ausgewachsenen Regen verwandelt. Eine Windböe riß Spraggue den Hut vom Kopf, als er zur Brücke rannte. Er konnte nichts sehen, aber er hörte das Planschen im Teich, die quatschenden, sich schnell entfernenden Schritte.

«Eddie!» rief er.

«Alles in Ordnung... ich bin okay.» Die Stimme war schwach, aber nahe genug für Spraggue, um sie zu orten. Er watete in den hüfttiefen Teich, zog das klatschnasse Bündel ans Ufer.

«Alles in Ordnung. Holen Sie sich Darien. Auf dem anderen Ufer...»

Spraggue vertraute Gene zwei Pennern an, die, plötzlich alarmiert, angelaufen kamen. Dann platschte er weiter durch den Teich, auf das andere Ufer und eine schnell schwindende, halb laufende Gestalt zu.

«Darien», brüllte er. Der Wind spuckte ihm die Worte ins Gesicht zurück.

Die Silhouette verschwand, tauchte wieder auf, scharf konturiert im grellen Schein der Straßenlaternen, war dann wieder verschwunden. Spraggue folgte ihr. Die Lampen am Rand des Parks waren heller. Blitzendes Blaulicht, das sich über Streifenwagen drehte, markierte die Ausgänge. Ihre Strahlen trieben Darien, drängten ihn in die Mitte des Garden. Spraggues durchnäßte Hosenbeine klatschten um seine Knöchel. Er hoffte, Hurley hatte seine Männer instruiert, nicht zu schießen.

Darien lief auf die Brücke zu, beugte sich vor, stolperte. Spraggue fluchte; sein linker Schuh, voller Teichwasser, behinderte ihn. Er schleuderte ihn fort.

Darien hatte es inzwischen halb über die Brücke geschafft, als der am anderen Ende parkende Streifenwagen seine Scheinwerfer aufflammen ließ und aufblendete. Er drehte sich um; Spraggue versperrte ihm den Rückweg. Der Regisseur wich seitlich zum Geländer zurück, drückte seinen Rücken gegen eine Steinsäule.

«Kommen Sie nicht näher!» Heftig nach Luft schnappend, preßte er die Worte raus, doch seine Stimme war überraschend kräftig.

Spraggue hörte Hurleys Antwort, die Stimme blechern verzerrt durch ein Megaphon. «Sie sind umstellt, Darien. Wir werden Ihnen nichts tun...»

Etwas blitzte in Dariens rechter Hand auf. «Ich habe ein Messer», sagte er.

«Damit können Sie nichts ausrichten», brüllte Hurley. «Legen Sie es fort.»

«Spraggue?» Darien drehte sich zu ihm um. Das grelle Licht spiegelte sich in seinen geröteten Augen. Spraggue spürte hinter sich die lautlose Rückendeckung von Polizisten. Dariens Blick bewegte sich. Spraggue wußte, daß Darien versucht hätte, es mit ihm aufzunehmen, wenn er allein gewesen wäre. Dreißig Jahre Altersunterschied, dreißig Zentimenter kleiner. Egal. In Dariens Augen funkelte ein irrer Blick.

Er analysierte die Lage – Wasser unter und hinter ihm, die Polizei auf beiden Seiten. Er schätzte die Entfernung von Brücke zu Wasser, ein armseliger Plumps von zweieinhalb Metern in matschige Schmach, kein phantastischer Golden-Gate-Sprung. Und die ganze Zeit wurden diese großen, starrenden Augen keine Sekunde unsicher; er hielt das Messer in der Hand, bewegte sich langsam in einem weiten Halbkreis. Sein Mund öffnete und schloß sich, und ein rauhes, schluchzendes Geräusch löste sich aus seiner Kehle. Es dauerte eine Weile, bis Spraggue erkannte, daß es ein Lachen war. Als Darien schließlich wieder den Mund aufmachte, klang seine Stimme vollkommen beherrscht.

Er redete mit Spraggue, als wären sie allein – netter Onkel möchte gern erklären. «Ich wollte schon immer *Macbeth* inszenieren», sagte er, als wäre es der natürliche Anfang einer Unterhaltung auf einer Brücke mitten in der Nacht und im Visier von fünf sechsschüssigen S & W-Revolvern. «Und wollen Sie wissen, warum?»

Von der anderen Seite der Brücke nickte Hurley eifrig. «Warum?» fragte Spraggue, viel zu laut.

«Weil ich den Schluß so ungeheuer ausdrucksstark finde. Sie erinnern sich: ‹Ich will mich nicht ergeben, um zu küssen den Boden vor des Knaben Malcolm Fuß.›»[9]

«Ja», sagte Spraggue. «Werfen Sie das Messer ins Wasser, Arthur.»

«Macbeth hatte unrecht, unrecht während des ganzen Stückes. Er hat Ehre gegen Verleumdung eingetauscht, Liebe gegen Haß.» An dieser Stelle schwankte Dariens Stimme. «Aber Macbeth stirbt als Held! Genau so würde ich es inszenieren. Er weiß, daß er sterben wird, und doch kämpft er. ‹Frisch zu, Macduff; und verdammt sei der, der zuerst «Halt, genug!» ruft.›»[9]

Es hätte eigentlich einfach nur lächerlich wirken müssen. Ein alter Mann mit einem Messer, Regen und Tränen strömten über sein Gesicht, während er vor der Polizei Shakespeare zitierte.

«Tötet mich», bat Darien. «Ich will mich nicht ergeben.»

«Niemand wird Sie töten», sagte Hurley. «Legen Sie das Messer fort.»

«Ihr versteht immer noch nicht. Ja, wißt ihr denn nicht, was ich war? Ich habe getrunken, Spraggue, aber ich war ein großer Regisseur. Die Menschen sollten sich an meinen Namen erinnern, nicht wie an Nichols, nicht wie an Papp, sondern wie an Stanislavsky, wie an Meyerhold. Die Klassiker des Theaters ...»

«Wie an Samuel Borgmann Phelps», sagte Spraggue.

«Ja. Aber dieser Druck, dieser ungeheure *Druck*. Ich habe getrunken. Und sie wußten es. Und es kamen keine Manuskripte und Regiebücher mehr. Kein Mensch wollte mir mehr vertrauen; kein Mensch wollte meine Inszenierungen finanzieren. Ich brauchte das Geld, Spraggue. Um mich selbst wieder zu beweisen. Und es hätte funktioniert. Mit diesem Stück wäre ich wieder ganz nach oben gekommen, dorthin, wohin ich gehöre. Verstehen Sie das nicht?»

«Aber Langford kam Ihnen in den Weg?»

Darien versuchte zu lachen, es gelang ihm nicht. «Er wußte es. Wie ein schlauer, kleiner Pfadfinder kam er vor der Aufführung zu mir, sprudelte über mit seinen Neuigkeiten. Er hat keine Sekunde vermutet, daß ich etwas damit ...»

«Spider», sagte Spraggue.

«Ja. Er glaubte, Spider wäre derjenige, der die Fäden zog. Kein Mensch hat mich herumkommandiert, Spraggue. *Ich* hatte das Szepter in der Hand. Wer war denn schon Langford? Ein Schauspieler, eine Marionette. Ich habe ihn tanzen lassen; mir hat er seinen Applaus zu verdanken. Mir. Und das konnte ich für jeden Schauspieler tun. Auch für Sie. Wozu brauchte ich Langford?»

«Legen Sie das Messer fort, Arthur.»

«Nein.» Mit der linken Hand knöpfte er seinen Mantel auf, öffnete sein Hemd.

«Macbeth würde sich niemals umbringen», sagte Spraggue.

Der Regisseur drehte sich zu ihm um. Ein Lächeln ließ seine irren Augen leuchten. «Ja, ich erinnere mich. ‹Weshalb sollt' ich den röm'schen Narren spielen, sterbend durchs eigene Schwert?› Stimmt's? ‹Solange Leben noch vor mir sind, stehn denen Wunden besser.›» [10] Während er sprach, wurde seine Stimme wütender, entschlossener. Er hob sein Messer und stürzte sich auf Spraggue.

«Ich werde mit ihm fertig!» rief Spraggue. «Nicht schießen!»

Er sprang zurück, und die Spitze des Messers schoß keine drei Zentimeter an seiner Brust vorbei. Blaues Licht schimmerte auf der Klinge. Spraggue riß seine durchnäßte Jacke herunter, wickelte sie um den linken Unterarm, benutzte sie als Schutz, lockte Darien näher und wartete auf Hurley.

Er rechnete nicht mit Wahnsinn. Darien kämpfte wie ein Tier, krümmte sich, schlug zu; ein schriller Schwall Beschimpfungen ergoß sich aus seinem schäumenden Mund. Das Messer erwischte Spraggues Hemdsärmel; eine dünne Linie brannte seinen rechten Arm hinab. Er hakte ein Bein hinter das Knie des Regisseurs, brachte ihn zu Fall und stürzte sich auf die Hand, die das Messer hielt.

Der Kampf änderte sich; Darien bemühte sich nicht mehr um Spraggue. Er drehte das Messer nach innen, auf sein eigenes Gesicht, auf seine Augen. In grimmigem, verschwitztem Schweigen kämpften sie weiter.

Andere Hände griffen ein, um zu helfen. Blaugekleidete Körper knieten neben Darien, umzingelten ihn. Der Regisseur stieß einen scharfen Schrei aus, erschlaffte plötzlich.

«Sein Herz! Was ist mit seinem Herz?» Das mußte Hurley gewesen sein.

«Keine Ahnung», keuchte Spraggue.

Wie Darien es schaffte, wie er sich mit einem Polizeirevolver bewaffnet aus dem Handgemenge befreien konnte, wußte niemand.

«Nicht...!» schrie Spraggue. Seine Worte gingen in der Explosion des einzelnen Schusses unter. Dariens Waffe schepperte auf den Boden. Seine Hand zuckte hoch, umklammerte seine Seite. Er brauchte sehr lange für seinen Sturz.

Hurley beugte sich über ihn, schüttelte seinen Kopf, während er gleichzeitig mit den Fingern nach einem Puls suchte.

«Er hatte keine...», begann Spraggue. Er schaute auf Dariens ruhiges, babyrundes Gesicht hinab, auf die grauen Haare, die auf seiner Stirn klebten. Er zuckte mit den Achseln, schluckte zweimal. «Himmel, Sie haben ihm einen großen Gefallen getan.»

Spraggue stand auf der Brücke, lehnte sich gegen eine Säule, taub allen Fragen gegenüber. Er rollte seine Jacke vom Arm, zog sie langsam an. Untersuchte die Wunde auf seinem Arm: ein Kratzer, mehr nicht. Dann stellte er seinen Kragen hoch und ging. Stimmen riefen ihm nach. Er ging weiter. Nach einer Weile sperrte der trommelnde Regen alle anderen Geräusche aus.

Kapitel Dreißig «Sie hören sich ja toll an», sagte Hurley, nachdem Spraggue zum dritten Mal in zwei Minuten geniest hatte. «Wie wär's mit einem Drink?»

Das *Satch's*, hinter dem Polizeipräsidium an der Stanhope Street, war um drei Uhr nachmittags praktisch leer. Sie rutschten auf zwei Barhocker.

«Nur einen Kaffee», erwiderte Spraggue. «Schwarz. Ich bin bis unter die Halskrause voll mit Antibiotika.»

Hurley bestellte bei der Bardame. Bourbon on the rocks. Spraggue hob eine Augenbraue.

«Kaffee», brummte Hurley traurig. «Und dabei wollte ich Sie mal einladen. Geschieht Ihnen ganz recht, wenn Sie die halbe Nacht patschnaß durch die Gegend rennen. Ich hätte beinahe eine Fahndung nach Ihnen rausgegeben – aber ich dachte, das sieht vielleicht nicht besonders gut aus: bekloppter Millionär, verkleidet als Penner. Was sollen da die Leute denken? Und bei Ihrem Glück wäre Menlo wahrscheinlich derjenige gewesen, der Sie gefunden hätte. Der hätte sie auf der Stelle erschossen.»

«Was will er?» fragte Spraggue verärgert. «Sein Fall ist doch gelöst.»

«*Mein* Fall, Spraggue. Mit dem Ding habe ich eine Menge Punkte gemacht. Ich werde so schnell aus dem Erkennungsdienst raus sein...»

Die Drinks kamen. Spraggue versuchte, an seinem Kaffee zu riechen, gab es dann auf. Aber der Dampf fühlte sich gut an. Er nahm die Tasse in beide Hände. «Das erklärt also die Feier.»

«Und ich dachte, Sie würden vielleicht gern erfahren, daß wir Ihren Freund geschnappt haben. Spider. Haben ihn auf dem Flughafen erwischt.»

«Glückwünsche.»

Hurley nippte an seinem Bourbon. «Wissen Sie, nach solchen Anrufen, wie sie Ihr Junge, dieser Eddie, gemacht hat, ruft nur einer von vier Bürgern die Polizei an, wenn ihm mit Erpressung gedroht wird. Caroline Ambrose war die einzige, die zu uns gekommen ist. Darien – nun, Darien hatte gute Gründe, es nicht zu tun. Spider wollte nach Miami...»

«Vermutlich mit Ziel Südamerika im Sinn.»

«Genau.»

«Was ist mit Hudson?» fragte Spraggue. «Ich war sicher, daß er nichts damit zu tun hatte, aber indem er überhaupt nicht reagierte, hat er mich schon aus dem Konzept gebracht.»

«Behauptet, er hätte das nur wieder für einen weiteren Streich gehalten. Und er hat alle Hände voll zu tun, diese rothaarige Wunderfrau zu trösten. Ich mache jede Wette, sie hat ihm das aus dem Kopf geschlagen.»

Spraggue trank einen Schluck heißen Kaffee.

«Ich bringe auch Grüße», fuhr Hurley fort. «Ihre kleine blonde Freundin ist wieder aus dem Gefängnis. Sie läßt Ihnen ihren ewigen Dank ausrichten. Wenn Sie sie anrufen, wird sie Ihnen das auch noch persönlich sagen.»

«Ja.»

«Die andere, Karen Snow, hat mich gebeten, Ihnen das hier zu geben.» Hurley drückte Spraggue einen kleinen Umschlag in die Hand. «Sie hat heute morgen mit ihrem Stiefbruder die Stadt verlassen. Sind rauf nach Maine, um die Familie zu besuchen. Niemand hat Anklage erhoben.»

Spraggue drehte den Umschlag um. Vielleicht war's auch besser so, dachte er. Wenn sie ihn nicht so hereingelegt hätte...

«Wollen Sie nicht wissen, was Spider gesagt hat?»

«Doch, klar.»

«Spider hat die ganze Sache angeleiert...», begann Hurley.

«Indem er Darien wegen dieses Autounfalles erpreßt hat?»

«Genau. Darien war sternhagelvoll. Spider hat alles gesehen, vom Rücksitz des Wagens aus. Indem er geschickt gewisse zwielichtige Verbindungen spielen ließ, gelang es ihm, Darien vom Haken zu holen – im Hinblick auf zukünftige Entwicklungen. Und Darien *hatte* damals eine echte Zukunft, bevor er zum Alkoholiker abgestempelt wurde.»

«Wann ist das Kokain ins Spiel gekommen?»

«Während eines Besuches bei Freundin Caroline unten in Kolumbien. Zu diesem Zeitpunkt hatte Spider Darien bereits ganz schön geschröpft. Darien kam auf die Idee, schmuggelte etwas Dope in die Staaten, gerade genug, um sich Spider vom Hals zu halten. Später, nachdem Caroline de Renza verlassen hatte, überlegte Darien sich eine Möglichkeit, aus dem Schwindel mit den Orchideen größeres Kapital zu schlagen.»

«Er hatte einen Komplizen in Kolumbien?»

«Ja, einen von de Renzas Assistenten. Soweit de Renza weiß, hat er Caroline als Zeichen seiner Hochachtung nur ein Jahr lang Blumen geschickt.»

Spraggue lächelte. «Das wird ein ganz schöner Schlag für ein gewaltiges Ego sein. Glauben Sie, sie wußte, was wirklich gespielt wurde?»

Hurley zuckte mit den Achseln, kippte einen großen Schluck Bourbon. «Ich bezweifle, daß sie es überhaupt wissen wollte. Ich bin sicher, daß sie niemals ihre Beliebtheit als Dariens Hauptdarstellerin in Frage gestellt hat. Das haben nur die Kritiker gemacht.»

«Das eine Mal, als sie mit mir über ihre Freunde geredet hat, über Spider und Darien, ist ihr Hund gestorben. Spider mußte sie irgendwie wissen lassen, daß ein eindeutiger Zusammenhang zwischen diesen beiden Ereignissen bestand.»

«Spider hat zugegeben, den Hund getötet zu haben.»

«Und was noch?»

«Oh, er war ziemlich versessen zu gestehen. Alles, bis auf den Mord. Diese Ehre überläßt er Darien.»

«Komisch, wie auf einmal alle Steinchen zusammenpassen», sagte Spraggue.

«Dann lassen Sie mich auch mal lachen. Ich kapiere immer noch nicht alles.»

«Von Anfang an?»

«Wäre nicht schlecht.»

«Okay. Gene Arnold sorgt dafür, daß er eine Rolle in Dariens Stück bekommt. Er leiht sich den Lebenslauf eines anderen Schauspielers aus, den des echten Eddie Lafferty, der wahrscheinlich irgendwo in Europa auf Tournee ist. Genes Ziel: Darien ordentlich Schuldgefühle zu machen. Vielleicht wollte er ihm sogar so eine Angst einjagen, daß er ganz aus seinem Beruf aussteigt.

Darien gerät in Panik. Er will Schutz, hat aber wegen des Kokains Angst, zu den Cops zu gehen. Also versucht er, selbst ein paar Streiche abzuziehen.»

«Noch einen Bourbon», sagte Hurley zur Bardame. «Welche Streiche?»

«Er schafft sich Frank Hodges mit den Bloody Marys vom Hals. Wenn das nicht geklappt hätte, dann hätte er etwas anderes versucht. Weil er wollte, daß ich in das Ensemble kam und seinen Scherzbold schnappte. Und um mich zu ködern, hat er mir die Fledermaus geschickt, dabei die Handschrift des Scherzboldes imitiert.»

«Dann war Eddie also für das alles verantwortlich? Für die Puppen und die...»

«Hier. Ich bin das alles schon mal durchgegangen.» Spraggue zog sein schwarzes Notizbuch aus der Tasche, schlug es auf der Seite auf, die er im Taxi geschrieben hatte: «Sehen Sie sich's mal an.»

A.

1. Die enthaupteten Puppen
2. Die blutige Maske
3. Der tote Rabe
4. Eddies Ermordung
5. Emmas Blutbad
6. Allisons Tonband-aufnahme, die Ratten

B.

1. Die Bloody Marys
2. Die enthauptete Fledermaus
3. Einbruch in Carolines Garderobe
4. Carolines Stolperdraht
5. Carolines gestohlene Orchideen
6. Carolines ermordeter Hund
7. Langfords Tod

«A steht für Eddie?» fragte Hurley.

«Für Eddie oder Gene, welcher Ihnen lieber ist.»

«Sie haben eine saumäßige Klaue. B steht für Darien?»

«Darien und Spider.»

«Okay. Dann lag der einzige Sinn der beiden ersten Streiche von der B-Liste darin, Sie ins Spiel zu bringen.»

«Richtig.»

«Ein dummer Zug.»

«Das war Darien. Spider war nie mit mir einverstanden.»

«Und der Einbruch in die Garderobe der Hauptdarstellerin?»

«Das war Spider, glaube ich. Er muß eine der Orchideenschachteln fallen gelassen und dabei etwas Koks verschüttet haben. Also hat er ein, zwei Gläser von Carolines Puder zerbrochen, um das zu vertuschen.»

Hurleys Finger glitt die Liste hinunter. «Carolines Stolperdraht?»

«Das hat mich fast genauso aus dem Konzept gebracht, wie es Eddie durcheinandergebracht hat. Darien muß am Ende zu dem Schluß gekommen sein, daß Carolines schlechte schauspielerische Leistung das Stück womöglich zu einem Mißerfolg werden lassen konnte. Er steckte in einer dummen Klemme. Er *mußte* sie einsetzen; sie war die Kokainquelle. Durch Eddies Streiche ist Darien auf die Idee gekommen. *Wenn* seine Hauptdarstellerin verletzt war, wenn sie sich zum Beispiel ein Bein brach, konnten ihr die Orchideen immer noch ins Krankenhaus geschickt werden. Es wäre ein wenig kitzlig gewesen, aber ich mache jede Wette, Spider hätte schon eine Möglichkeit gefunden, die Blumen für sie zu arrangieren und die mit Koks gefüllten Schachteln in die Finger zu bekommen. Darien würde das Geld bekommen. Caroline würde in einem hiesigen Krankenhaus liegen, *und* er würde ein großartige Ersatzschauspielerin verpflichten.»

«Die gestohlenen Orchideen?»

«John Langford. Im Rahmen seiner eigenen detektivischen Ermittlungen. Wenn er auch nur ein Wort gesagt hätte, wäre er jetzt vielleicht noch am Leben. Aber er ist mit seiner Entdeckung schnurstracks zu Darien getrabt.»

«Und Spider brachte den Hund um», sagte Hurley.

«Ja. Und Darien hat Langford umgebracht.»

«Kann ich mir das Notizbuch mal ausleihen?» Als Spraggue nickte, schob Hurley es in seine Gesäßtasche. «Sie wollen bestimmt keinen Drink?»

«Würde auch nichts helfen.»

«Wie wär's mit einem weiteren Puzzlesteinchen?» Hurley versuchte, sich seine Zufriedenheit nicht anmerken zu lassen.

«Welches?»

«Das Theater.»

Spraggue brauchte einen Augenblick. «Die *Acme Holding Company*», murmelte er leise.

«Häh?»

«Tante Mary hat versucht herauszufinden, wem das Gebäude gehört. Dabei ist sie auf eine Holdinggesellschaft gestoßen.»

Hurley nickte. «Darien. Dorthin ist das ganze Geld aus dem Kokainverkauf gewandert.»

«Was wird jetzt aus dem Theater?»

«Wahrscheinlich wird es abgerissen. Es ist nutzlos. Es sei denn, irgendein reicher, junger, arbeitsloser Schauspieler beschließt, es zu kaufen...»

Spraggue trank seinen Kaffee aus und stand auf.

«Soll's doch verrotten», sagte er.

Er marschierte aus der Tür, Karens Umschlag immer noch ungeöffnet in der Hand.

Macbeth-Varianten für Fortgeschrittene

zusammengestellt von Jürgen Bürger

Die mit «T-» gekennzeichneten Übersetzungen sind aus:
Shakespeare, W.: Macbeth, Stuttgart (Philipp Reclam jr.), 1970 [17], in der Übersetzung von Dorothea Tieck;

die mit «R-» gekennzeichneten entstammen dem Band:
Shakespeare, W.: Macbeth, Englisch/Deutsch, Stuttgart (Philipp Reclam, jr.), 1977,
Bibliographisch ergänzte Ausgabe 1983 [9870],
in der Übersetzung von Barbara Rojahn-Deyk.

1 Duncan: There's no art to find the minde's construction in the face...
1. Akt, 4. Szene:

T- Duncan: Kein Wissen gibt's,
Der Seele Bildung im Gesicht zu lesen.

R- Duncan: Keine Kunstfertigkeit hilft, um die Deutung der Seele im Gesicht zu finden.

2 Son: And must they all be hanged that swear and lie?
Lady Macduff: Every one.
4. Akt, 2. Szene:

T- Sohn: Müssen denn alle aufgehängt werden, die schwören und es nicht halten?
Lady Macduff: Ja wohl.

R- Sohn: Und müssen alle aufgehängt werden, die schwören und lügen?
Lady Macduff: Alle.

3 Lady Macbeth: The raven himself is hoarse
That croaks the fatal entrance of Duncan
Under my battlements.
1. Akt, 5. Szene:

T- Lady Macbeth: Selbst der Rab' ist heiser,
Der Duncans schicksalsvollen Eingang krächzt
Unter mein Dach.

R- Lady Macbeth: Der Rabe selbst ist heiser, der Duncans unheilvollen Einzug unter meine Zinnen krächzt.

4 Macbeth: It will have blood, they say; blood will have blood.
Stones have been known to move and trees to speak;
3. Akt, 4. Szene:

T- Macbeth: Es fordert Blut, sagt man: Blut fordert Blut.
Man sah, daß Fels sich regt', und Bäume sprachen;

R- Macbeth: Es will Blut haben, sagt man: Blut will Blut haben. Man weiß, daß Steine sich bewegt und Bäume gesprochen haben;

5 Witch: Pour in sow's blood, that hath eaten her nine farrow...
4. Akt, 1. Szene:

T- 1. Hexe: Gießt der Sau Blut, die neun Jungen fraß, noch zu...

R- 1. Hexe: Gießt das Blut einer Sau hinein, die ihren Wurf von neun Ferkeln gefressen hat...

6 Lady Macbeth: The thane of Fife had a wife; where is she now? – What, will these hands ne'er be clean?
5. Akt, 1. Szene:

T- Lady Macbeth: Der Than von Fife hatte ein Weib; Wo ist sie nun? – Wie, wollen diese Hände denn nie rein werden?

R- Lady Macbeth: Der Than von Fife hatte eine Frau: wo ist sie jetzt? – Was, wollen diese Hände niemals sauber werden?

7 Lady Macbeth: Yet who would have thought the old man to have had so much blood in him?
5. Akt, 1. Szene:

T- Lady Macbeth: Aber wer hätte gedacht, daß der alte Mann noch so viel Blut in sich hätte?

R- Lady Macbeth: Doch wer hätte gedacht, daß der alte Mann so viel Blut in sich gehabt hätte?

8 1 Witch: Thrice the brinded cat hath mew'd.
2 Witch: Thrice, and once the hedge-pig whin'd.

3 Witch: Harpier cries: 'Tis time, 'tis time.
4. Akt, 1. Szene:

T- Erste Hexe: Die gelbe Katz' hat dreimal miaut.
Zweite Hexe: Ja, und einmal der Igel quiekt.
Dritte Hexe: Die Harpyie schreit: – 's ist Zeit.

R- 1. Hexe: Dreimal hat die gestreifte Katze miaut.
2. Hexe: Dreimal, und einmal der Igel gejault.
3. Hexe: Harpier schreit: – s'ist Zeit, s'ist Zeit.

9 Macbeth: I will not yield, to kiss the ground before young Malcolm's feet... Lay on, Macduff; and damn'd be him that first cries, ‹Hold, enough!›
5. Akt, 7. Szene:

T- Macbeth: Ich will mich nicht ergeben, um zu küssen den Boden vor des Knaben Malcolm Fuß... Nun magst dich wahren, Wer Halt! zuerst ruft, soll zur Hölle fahren!

oder 5. Akt, 8. Szene:

R- Macbeth: Ich werde mich nicht ergeben, um den Boden vor den Füßen des jungen Malcolm zu küssen... Frisch zu, Macduff; und verdammt sei der, der zuerst «Halt, genug!»

10 Macbeth: Why should I play the Roman fool, and die on mine own sword? Whiles I see lives, the gashes do better upon them.
5. Akt, 7. Szene:

T- Macbeth: Weshalb sollt' ich den röm'schen Narren spielen,
Sterbend durchs eigene Schwert? Solange Leben
Noch vor mir sind, stehn denen Wunden besser.

oder 5. Akt, 8. Szene:

R- Macbeth: Warum sollte ich den römischen Narren spielen und auf meinem eigenen Schwert sterben? Solange ich Lebende sehe, machen sich die Wunden an ihnen besser.

WUNDERLICH TASCHENBUCH

Lady Crime. Jeden Monat neu als Wunderlich Taschenbuch.

Wir wünschen gute Unterhaltung!

5072/1

Wolf Haas

Wolf Haas wurde 1960 in Maria Alm am Steinernen Meer geboren. Nach Abschluß seines Linguistik-Studiums arbeitete er zwei Jahre als Uni-Lektor in Swansea (Südwales). Seit 1990 lebt er in Wien.
«Haas ist schlicht die Krimi-Entdeckung der letzten Jahre.» *Die Woche*

Auferstehung der Toten
(rororo 22831)
«Ein erstaunliches Debüt. Vielleicht der beste deutschsprachige Kriminalroman des Jahres.» *Frankfurter Rundschau*

Komm, süßer Tod
(rororo 22814)
Auf den Straßen von Wien bekämpfen sich die Rettungsdienste bis aufs Spenderblut. Nach dem Doppelmord an einem schmusenden Liebespaar tritt Ex-Polizist und Ex-Schnüffler Brenner auf den Plan: Hört die Konkurrenz den Funkverkehr der Kreuzretter ab? Das Buch zur Verfilmung des Erfolgskrimis.
Ausgezeichnet mit dem Deutschen Krimi-Preis 1999.
«Soviel Spaß, Weisheit und Spannung um einen wohlfeilen Preis, das gibt's normal gar nicht.» *Der Standard*

Der Knochenmann
(rororo 22832)
«... ein Muß für alle, die da süchtig sind nach vielversprechenden Talenten.»
Die Welt

rororo

Silentium!
(rororo 22830)
Der Salzburger Klerus beauftragt Privatdetektiv Brenner mit der Aufklärung eines Mordes in einem katholischen Jungeninternat.
«Komischer war der Krimi nie, intelligenter nur selten. Weshalb auch Thomas Bernhard sicher von irgendwoher zuschaut und sich totlacht.»
Die Woche

Ausgebremst *Der Krimi zur Formel 1*
(rororo 22868)

«Im Grunde genommen liest sich zurzeit nichts so vergnüglich wie ein neuer Wolf Haas, außer natürlich ein alter Wolf Haas.» *Der Falter*

3663/5